*Fanny Lewald*

# Die Erlöserin

*Zweiter Band*

Fanny Lewald

**Die Erlöserin**

Zweiter Band

ISBN/EAN: 9783959133340

Auflage: 1

Erscheinungsjahr: 2017

Erscheinungsort: Treuchtlingen, Deutschland

Literaricon Verlag UG (haftungsgeschränkt), Uhlbergstr. 18, 91757 Treuchtlingen. Geschäftsführer: Günther Reiter-Werdin, www.literaricon.de. Dieser Titel ist ein Nachdruck eines historischen Buches. Es musste auf alte Vorlagen zurückgegriffen werden; hieraus zwangsläufig resultierende Qualitätsverluste bitten wir zu entschuldigen.

Printed in Germany

Cover: Eduard Gaertner, Zimmerbild, 1849, Abb. gemeinfrei

# Die Erlöserin.

Roman

von

# Fanny Lewald.

**Zweiter Band.**

Das Recht der Uebersetzung ist vorbehalten.

**Berlin, 1873.**
Druck und Verlag von Otto Janke.

# Erstes Capitel.

Emanuel hatte sich bei seiner Reise nur die unabweisliche Ruhe gegönnt, und doch war an den glücklichen Ufern des Genfersees der Frühling schon im Erblühen, als er sein dortiges Landhaus wiedersah, denn die Beförderungsmittel waren auch für den Begüterten, der mit Extrapost nach eigenem Ermessen reiste, noch sehr unvollkommen. Aber selbst der erfreuliche Abstand zwischen der eisigen Starrheit des nordischen Winters und dem lieblichen Erwachen einer südlicheren Natur vermochte diesmal nicht, ihm das Herz zu lösen und den umdüsterten Sinn zu erheitern.

Er hatte es vermieden, die Gräfin wiederzusehen, sondern ihr nur angezeigt, daß er das Schloß verlasse, und sich dabei mit schwerer Anklage gegen ihre unberufenen Eingriffe in seine Verhältnisse und Pläne ausgesprochen. Sie hatte darauf ihre Handlungsweise zu rechtfertigen, eine Ausgleichung und Verständigung herbeizuführen versucht, Emanuel war jedoch für eine solche Ueberredung in jenem Augenblicke noch nicht zugänglich gewesen, und des Pfarrers Absicht, den Frieden und die Eintracht in der gräflichen und der freiherrlichen Familie auf Kosten seines Kindes zu erhalten, war damit mißglückt.

Das Opfer, welches er der Tochter auferlegt, hatte Niemandem gedient, als nur der Gräfin, der es gelungen war, ihre Absichten in jeder Hinsicht durchzusetzen. Nicht nur die Verbindung ihres Bruders mit der Pfarrerstochter war verhindert, sondern auch Miß Kenney und Hulda waren, wie die Gräfin es gewünscht hatte, für die nächste Zeit zu einander geführt und an einander gebunden worden, ohne daß die Gräfin nöthig gehabt hätte, darauf mit besonderer Bestimmung einzuwirken. Miß Kenney hatte aus eigenem Antriebe erklärt, daß sie unter den obwaltenden Umständen Hulda nicht sich selber überlassen könne, daß sie es vielmehr als eine Pflicht erachte, in des ihr theuren Mädchens Nähe zu verweilen, bis es sich gefaßt und in sich selbst zurechtgefunden haben werde.

Es war aber ein stilles und freudenarmes Leben, das Hulda nach ihrer Genesung in der Pfarre führte. Das Frühjahr war wiedergekommen, die Kirschbäume blühten wieder so wie sonst, indeß Hulda's weißes Kleid flatterte nicht so lustig als im verwichenen Jahre zwischen den blühenden Bäumen auf der straffgespannten Leine, und man rüstete sich nicht mehr auf den Festbesuch der Gäste aus dem Amte, die sonst in jedem Jahre gekommen waren. Hulda saß still und einsam in ihrer Trauerkleidung bei der Arbeit, und wenn ihre Wangen sich auch wieder gerundet und geröthet hatten, so blickten ihre Augen doch nicht mehr mit der hoffnungsvollen Neugier der Kindheit und der frischen Jugend in die Zukunft. Das Gewicht ihrer Erinnerungen hielt ihre Gedanken an der Vergangenheit fest, und kein Tag verging, an dem sie sich nicht fragte: "Habe ich das Alles denn erlebt? und wenn ich es erlebte, wie konnte es vorübergehen gleich einem Traume? Wie kann er ferne von mir bleiben, da mein Herz ihn ruft zu jeder Stunde, da sein Ring es mir sagt und immer sagt: "Halt feste, wie der Baum die Aeste, wie der Ring den Demant, Dich und mich trennt Niemand."

Das Pfingstfest stand wieder vor der Thüre, aber weder Hulda noch der Vater hatten daran denken mögen, Mamsell Ulrike zu besonderem Besuche aufzufordern. Sie hatte immer, wenn sie gekommen war, dem Pfarrer sowohl als Hulda wehe gethan mit ihren Andeutungen wie mit ihren Fragen, mit ihrem Bemitleiden wie mit ihrem Trösten.

Nur der Amtmann sprach wie früher mit vertrauensvoller Freundschaft in der Pfarre vor, wenn seine Geschäfte ihn des Weges führten, und Miß Kenney, welche nach Hulda's Genesung ihre Wohnung in dem Gartenflügel des Schlosses wieder bezogen hatte, kam zum Oefteren zu ihren Freunden, da der Amtmann ihr auf Anordnung der Gräfin ein kleines bequemes Fuhrwerk zur freien Verfügung hatte stellen müssen.

Hulda ging niemals nach dem Schlosse, wenn ihre alte Freundin sie nicht ausdrücklich dahin beschied.

Sie mochte den Vater nicht verlassen, mochte Mamsell Ulrike nicht unnöthig begegnen, und die Stätten, an denen alle ihre Erinnerungen hafteten, standen ohnehin immerfort vor ihrer Seele. Wenn nicht eine Liebespflicht sie in das Dorf rief, kam sie oft die ganze Woche hindurch nicht über den Bereich ihres Gärtchens hinaus. Sie hatte draußen Nichts zu suchen, sie hatte auch gar Nichts zu erwarten. Und doch wartete sie und wartete von Tag zu Tag, und wie lang ihr die einzelne Stunde auch wurde, die Tage schwanden in ihrer unterschiedslosen Eintönigkeit ihr so rasch dahin, daß es sie verwunderte, wenn die Kirchenglocken wieder den Sonntag einläuteten, und wieder eine Woche um war, ohne daß eine Kunde zu ihr gekommen war von ihm, der ihr die Welt war, ihre ganze Welt.

Die Gräfin hatte dem Pfarrer nach der Herstellung seiner Tochter noch einmal geschrieben, ihn wiederholt für die verständige Selbsterkenntniß und Selbstbeschränkung zu beloben, mit denen er in diesem Falle gehandelt, und sie hatte ihn dabei versichert, daß er und seine Tochter in allen Fällen auf sie und auf den Beistand der beiderseitigen Familien rechnen könnten. Wenn Hulda etwa Pläne und Wünsche für ihre Zukunft hegen sollte, für welche sie einer Förderung bedürfe, so brauche sie dies nur auszusprechen, um der Gewährung sicher zu sein. Indeß Hulda hatte keine Pläne, keine Wünsche außer dem einen, dem Niemand mehr als eben die Gräfin entgegen war. Ihre Aufgabe lag eng begrenzt vor ihren Augen. Selbst die leidenschaftliche Sehnsucht, die sie gerade in Augen=

blicken der tiefsten Entmuthigung hinausziehen wollte in das Leben und in die Welt, in welcher der Geliebte lebte, in welcher ein Zufall ihn ihr entgegenführen konnte, hatte sie in sich wie eine Sünde zu unterdrücken. Denn Befreiung aus den Banden, welche sie an diese Stelle fesselten, konnte ihr nur der Tod des Vaters bringen — und sie erschrak vor sich selber, wenn sie sich mit ihrem hoffenden Gedanken unwillkürlich auf dem Wege antraf, der jenseits seines Grabes für sie anfing.

Arbeit, fleißige Arbeit, das war die Stütze, an welche sie sich jetzt allein zu halten hatte, und das tüchtige Wissen ihres Vaters wie der Schatz von Sprachkenntnissen, welchen ihre alte Freundin sich angeeignet hatte, kamen ihr wesentlich dabei zu Hilfe. Die Arbeit bewahrte sie vor dem Versinken, aber sie konnte ihr doch die Flügel nicht verleihen, sich in fröhlichem Aufschwunge zu jenem unabsehbaren Hoffen zu erheben, wie die Jugend es bedarf, und wie das Leben in weiten wechselnden Bereichen es selbst Demjenigen ermöglicht, der sich die Kraft dazu verloren glaubte.

## Zweites Capitel.

Konradine war glücklicher daran als Hulda.

Sie hatte bei ihrer Ankunft in der Residenz die Ernennung zur Stiftsdame bereits ausgefertigt vorgefunden und sich augenblicklich zur Abreise in das Stift angeschickt, um, wie das Ordensgesetz es heischte, die ersten sechs Monate nach der Ernennung in der Stille desselben zuzubringen.

Es war ihr sonderbar zu Muthe gewesen und sie hatte in gezwungener Fassung die Zähne aufeinandergepreßt, als sie zum erstenmale versuchsweise das schwarze wollene Kleid mit der dicken Gürtelschnur und den weiten Aermeln, das weiße Busentuch, die dichte, vielfaltige Haube mit dem schwarzen Schleier angelegt, und das Ordenskreuz auf ihrer Brust befestigt, welche sie während der Monate zu tragen hatte, die sie in jedem Jahr in dem Stifte verweilen mußte. Aber ihr eigenes Bild überraschte sie, wie es ihr aus dem Spiegel dann entgegentrat. Die Regelmäßigkeit ihrer Gestalt und ihrer Züge erschien ernster nnd reiner in der strengen dunklen Tracht; für ihre hellen, klaren Farben, für ihr röthlich schimmerndes Haar bildete der schwarze Schleier einen unvergleichlichen Hintergrund; und weil sie sich in der Kleidung wohlgefiel, welche sie von der Gewohnheit ihrer bisherigen Gesellschaft abschied, gab sie sich der Hoffnung hin, daß auch die zeitweilige Abgeschiedenheit von dieser Gesellschaft selbst, ihr wohlthun, und sie in der Einsamkeit des Klosters Sammlung und Befriedigung in ruhigem Selbstgenießen finden werde.

Die Trennung von der Mutter fiel ihr dabei nicht schwer. Sie hatten Beide das Bedürfniß, nur den eigenen Neigungen zu leben. Konradine betrat also ihre neue Heimat mit jener Zuversicht, welche man sonst nur gegenüber von freigewählten Verhältnissen zu empfinden pflegte.

Das Stift war schön gelegen. Es war ein stattlicher Bau, den die einzelnen Wohnungen der Stiftsdamen mit ihren Gärten freundlich umgaben, und der Empfang, den man Konradinen bereitete, war dazu angethan, ihrer Selbstschätzung durchaus zu genügen.

Es hatte natürlich in der Gemeinschaft der Stiftsdamen kein Geheimniß bleiben können, durch welches Schicksal ihnen die neue Genossin zugeführt worden war, und ihr Antheil an Konradine hatte sich dadurch gesteigert. Manche unter den älteren Damen, welche, wie die gräfliche Aebtissin, auf eigene schwere Lebenswege zurückzusehen, oder Herzenskränkungen zu beklagen hatten, waren gern bereit, mit der Verlassenen, falls sie danach verlangte, über die Treulosigkeit und den Leichtsinn der Männer erbarmungslos den Stab zu brechen, während die jungen, durch die Bedeutung ihrer einflußreichen Familien zu den Präbenden gelangten Fräulein, sich Konradinen mit jenem Antheil näherten, den romantische Erlebnisse der Jugend immer einzuflößen pflegen. Im Grunde hatte Jede von ihnen nicht übel Lust, wie die neue Stiftsdame von einem fürstlichen Manne geliebt zu werden, besonders weil Jede sich es zutraute, ihn besser fesseln und festhalten und ihr Lebenslos glücklicher gestalten zu können, als es Konradine vermocht zu haben schien.

Indeß weder zu dem Anschluß an die Einen noch an die Anderen fühlte diese sich geneigt, wenn schon ihre neue Lebenslage ihr bald nicht mehr mißfiel. Die Sorge für die Herstellung ihres eigenen Haushaltes, die dem Menschen angeborene Freude an dem eigenen Besitz und Heerde, beschäftigten sie angenehm. Die Möglichkeit, sich, wenn sie danach verlangte, völlig abzuschließen, war ihr in hohem Grade erwünscht, und ihr scharfer Verstand fand sich von der Beobachtung des ansehnlichen Frauenkreises unterhalten, auf den sie zunächst angewiesen war, während ihm durch mannigfache Gäste und einen lebhaften Verkehr, mit den in der Provinz angesessenen vornehmen Familien, auch die Abwechslung nicht fehlte.

Weil Konradine durch die unruhige Reiselust ihrer Mutter von Kindheit an ein unstätes Wanderleben geführt hatte, that es ihr wohl, in dem Stifte jetzt nach eigenem Ermessen ungestört verweilen zu können, und da sie es aus richtigem Selbstgefühle vorsichtig vermied, der Theilnahme und der Neugier ihrer Gefährtinnen durch irgendwelche Mittheilungen über sich selbst zu entsprechen, obgleich sie mit ihrer sicheren Weltgewandheit und natürlichen Gefälligkeit Allen eine heitere Stirne zu zeigen und freundlich zu begegnen wußte, rühmten die Aebtissin und die älteren Stiftsdamen ihr bald nach, daß sie sich mit würdigem Stolze zu bescheiden und zu trösten vermocht habe, und wie ihre Fassung und Haltung einen Seelenadel und eine Charakterstärke bekundeten, denen man die höchste Achtung nicht versagen könne. Diese Anerkennung wurde Konradinen für den Augenblick zu einer sie erhebenden Kraft. Sie war an Beachtung, an Bewunderung gewöhnt, aber dieselben hatten sie immer nur gefreut, wenn sie sich hatte sagen dürfen, ihre Schönheit, ihr Geist, oder welche ihrer anderen Eigenschaften eben dabei in Betracht gekommen waren, verdienten die gute Meinung, die man von ihr hegte. Denn während eine leicht zu befriedigende Eitelkeit durch Huldigungen zu feiernder Selbstgenügsamkeit verleitet wird, so reizten dieselben in diesem wie in allen früheren Fällen nur den Ehrgeiz Konradinens auf, und sie fand es ihrer Würde angemessener, ein Schicksal wie das ihre mit Fassung zu ertragen, als der Welt das Schauspiel einer untröstlichen Verlassenen zu geben.

Es war ihr eine Beruhigung, daß Niemand in ihrer jetzigen Umgebung die Einzelheiten dieses Schicksals kannte, Niemand sie, wie die Mutter es in guter Absicht oft gethan hatte, darauf ansah, ob sie geschlafen oder ob sie in zornigen Thränen die schleichen=

den Stunden der Nacht gezählt habe; und es währte
denn auch nicht lange, bis sie es zu bereuen anfing,
daß sie Emanuel so tief in ihrem Herzen hatte lesen
lassen. — Was hatte es ihr gefrommt? Was konnte
es ihr frommen? Sie hätte ihn jetzt gern vergessen
machen mögen, was sie ihm im Schlosse in leiden=
schaftlicher Erregung unaufgefordert anvertraut hatte.
Sie verstand sich jetzt selbst nicht mehr in jenem
heftigen Verlangen nach Theilnahme, das sie damals
ihm gegenüber gefühlt hatte, und da sie sich in ihrer
neuen Umgebung als einen Gegenstand der Verehrung
behandelt fand, fing die Vorstellung, daß ein Anderer,
daß eben Emanuel sie bemitleide und sie für beklagens=
werth halte, sie zu drücken und zu peinigen an.

Sie waren nicht besonders übereingekommen, daß
sie einander schreiben würden. Es hatte sich, da sie
sich so nahe getreten waren, ganz von selbst verstanden,
und Beide hatten eine Erleichterung darin gefunden,
sich in den Briefen frei und völlig auszusprechen.
Emanuel, der in der Stille seines einsamen Land=
hauses ganz auf sich und seine Erinnerungen und
Betrachtungen angewiesen war, empfand die Zerstörung
der Hoffnungen, in denen er sich eine Zeit hindurch
gefallen hatte, je länger um so schwerer; und wie er
sich auch anfangs dagegen sträuben mochte, es tauchte
allmälig ein Schuldbewußtsein in ihm auf, das ihm
das Herz beschwerte.

Wenn er in melancholischem Sinnen auf der
Terrasse seines Gartens umherging und es sich aus=
malte, wie er Hulda in dem Schatten dieser Laurus=

gänge umherzuführen, wie er ihrem staunenden Blicke
die Herrlichkeit dieser so lieblichen und zugleich so er=
habenen Natur zu zeigen gehofft hatte, und wenn es
ihm dann wehe that, auf diese erwartete Freude ver=
zichten zu müssen, so konnte er den Ausruf nicht
unterdrücken: „Und sie, wie mag sie meiner, wie mag
sie hieher denken!" Gerade in solchen Stunden aber,
in denen seine Erinnerungen sich mit erhöhter Zärt=
lichkeit zu dem geliebten Mädchen zurückwendeten,
konnte er es am wenigsten verschmerzen, daß Hulda's
Liebe nicht stark genug gewesen war, ihr töchterliches
Pflichtgefühl zu überwinden. Wenn er in dem einen
Augenblicke sich sagte, an ihm, an dem unabhängigen,
lebenserfahrenen Manne, wäre es gewesen, das junge
Mädchen über alle Bedenken fortzuheben, es mit allen
Mitteln, auch gegen des Vaters Willen, zu der Heirath
mit ihm zu überreden, da der Vater nachträglich über
dem Glücke seines Kindes wohl seine Einwendungen
vergessen haben würde, so trat gleich daneben sein
altes Mißtrauen gegen sich selber feindlich wider jene
gute Stimmung auf, und selbst der Stolz des alten
Edelmannes machte sich dabei geltend. Er fragte sich,
ob Hulda's Kindesliebe entschieden haben würde, wie
sie es gethan, hätte ein schönerer Mann vor ihr ge=
standen? Nun er sie nicht mehr vor sich sah, der
zärtliche Blick ihres Auges, die schmerzliche Angst und
der verzweifelnde Ton ihrer Stimme ihn nicht mehr
berührten, konnte er bisweilen an ihr zweifeln. Er
konnte sich sagen, daß es ihm am Ende doch auch
nicht zugestanden habe, um die Hand eines Mädchens

zu betteln, dem er so große Opfer zu bringen, dem
er einen Namen zu bieten bereit gewesen war, welchen
zu tragen die Tochter der edelsten Geschlechter des
Landes stolz sein durften. Sehnsucht nach der Ent=
fernten und der Vorsatz, sie zu vergessen, wechselten
dann oft in rascher Folge in ihm ab, bis er in seiner
Einsamkeit wieder heimisch wurde und der lebhafte
briefliche Verkehr mit Konradinen ihm dieselbe weniger
fühlbar zu machen begann.

Es verfloß keine Woche, in welcher er nicht
Nachricht von seiner Freundin und Vertrauten aus
dem Stift erhielt, und jeder ihrer Briefe wiederholte
es ihm, daß sie in ihren jetzigen Verhältnissen einer
Befriedigung genieße, die sie vorher nicht gekannt, ja
die sie für eine Natur wie die ihre nicht erreichbar
geglaubt habe. Sie sprach ihm von ihrer Leidenschaft
für den Prinzen, von ihrer ersten Verzweiflung über
dessen Untreue mit einer so klaren Ruhe, als wären
es Ereignisse, welche nicht sie selber, sondern eine
Andere in lang vergangenen Tagen betroffen hätten;
und weil sie für diese Selbstüberwindung auch die
Bewunderung ihres Freundes erntete, kam sie dahin,
sich immer mehr in diesem neuen Standpunkte fest=
zusetzen, bis sie sich endlich dazu emporschwang, die
Handlungsweise des Prinzen durch die Vorstellungen
und Anschauungen erklärlich zu nennen und zu ent=
schuldigen, in denen er erzogen worden war. Sie
erkannte es gegen Emanuel ganz ausdrücklich an, daß
der Prinz wohl eine Pflichterfüllung in einer Hand=
lungsweise habe erblicken können, die jedem anderen,

nicht an den Stufen eines Thrones geborenen Manne zur Unehre und Schande gereicht haben würde. Daß es ihrem stolzen Herzen leichter dünkte, der unabweislichen Nothwendigkeit geopfert, als leichthin aufgegeben worden zu sein, das sprach sie dem Freunde allerdings nicht aus; aber sie versicherte ihm, daß es ihr wohlthue, jetzt ohne Zorn und Widerwillen Desjenigen gedenken zu können, den sie so sehr geliebt habe; und, fügte sie hinzu, gerade darin werde es ihr klar, daß nicht in der erwiderten Liebe, sondern in dem Lieben, und vor Allem in dem Beruhen auf sich selbst, das höchste Glück des Menschen liege.

Wie viel sie davon anfangs als eine Wahrheit in sich selbst empfand, das zu bestimmen möchte schwierig sein; aber die Anschauungsweise, in welche sie sich so lebhaft hineindachte, und die sie eben deshalb auf alle ihre Verhältnisse zur Anwendung brachte, übte allmälig ihren Einfluß auf sie aus. Sie ward endlich Herr und Meister über sie, und was im Beginne vielleicht nur ein freiwilliger Selbstbetrug gewesen war, das bildete sich im Verlauf der Tage in ihr zu einer Gemüthsverfassung aus, die errungen zu haben, die behaupten zu können, sie mit Genugthuung erfüllte. Es that ihr wohl, sich, wie sie es nannte, wieder gefunden zu haben, wieder die alte Konradine geworden zu sein. Sie versicherte, ihr Stiftskleid mit wahrem Stolze zu tragen, weil es, ohne die Freiheit ihrer späteren Entschließungen im mindesten zu beeinträchtigen, doch eine Art von äußerlicher Schranke aufrichte zwischen ihr und jenen anderen unvermählten Frauenzimmern, denen erst durch die Ehe ein Rang und jene Selbstständigkeit der Stellung gegeben werde, deren ihr weltliches Ordenskreuz sie jetzt theilhaftig machen würde, auch wenn sie sie nicht durch ihr eigenes Bewußtsein ohnehin besäße.

Da sie die Vorzüge einer adeligen Geburt sehr hochhielt, war sie, eben so wie ihre Mutter, von der ersten Stunde an in ihrem Innern dem bürgerlichen Heirathsplane ihres Freundes abgeneigt gewesen. Hulda's eifersüchtiges Gebahren gegen sie hatte sie gegen dieselbe persönlich eingenommen, und wenn sie sich in ihrer damaligen Stimmung auch nicht entschieden gegen die Absichten des Freundes ausgelassen hatte, weil sie selber der Gewalt von Standesrücksichten zum Opfer gefallen war, so legte sie sich jetzt in der Beziehung keinen Zwang mehr auf.

Sie machte in ihren Briefen an Emanuel keinen Hehl daraus, daß sie die Sorge und das Bedauern, mit denen er an Hulda denke, übertrieben finde. Sie habe, schrieb sie ihm, nie ein besonderes Gewicht auf die sogenannte erste Liebe zu legen vermocht. Liebe sei die höchste Kraftäußerung eines vollentwickelten Herzens, und auch das Herz müsse seine Kraft erst üben und erproben lernen, ehe es jener großen Liebe fähig werde, die das ganze Wesen eines Menschen so hinnehme, daß ihr, wenn sie eine Täuschung erleide, keine andere mehr folgen könne. Er möge sich einmal ehrlich fragen, ob er das junge,

kaum der Kindheit entwachsene Mädchen einer solchen
Liebe fähig glaube? ob er wähne, daß Hulda's Leben
nicht auch ohne ihn, eine sie völlig befriedigende und
vielleicht ihren Anlagen noch gemäßere Gestaltung ge=
winnen könne? und ob er wirklich glaube, daß ein
solches junges Kind den blöden, schüchternen Traum
seines Frühlingsmorgens nicht vergessen, daß es un=
tröstlich sein und bleiben könne, wenn selbst eine reife
Frau wie sie, Ruhe und Frieden wieder gefunden
habe, nachdem ein höchstes, frei erwähltes und ihr
bereits zu eigen gewesenes Glück ihr entrissen und
zertrümmert worden sei?

Emanuel blieb ihr, und wohl auch sich, die be=
stimmte Antwort auf diese Frage schuldig. Es war
nach der Kenntniß, die er von Hulda's Eigenartigkeit
besaß, ein Etwas in ihr, was sie von anderen Mäd=
chen unterschied. Die spröde, tiefe Innerlichkeit ihres
völlig unentweihten Herzens verbot ihm, den gewöhn=
lichen Maßstab an sie zu legen. Was für hundert
Andere richtig sein konnte, fand keine Anwendung auf
sie und ihre glaubens= und vertrauensvolle Weltfremd=
heit. — Aber er stand mit Konradine in einem un=
ausgesetzten lebhaften Verkehr, und Hulda war ihm
ganz entrückt.

Einen Brief, den er bald nach seinem Fortgehen
von dem Schlosse an sie gerichtet, hatte der Pfarrer
ihm mit der Bitte zurückgesendet, er möge seine Tochter
schonen; und Miß Kenney, an die er sich später ge=
wendet, um Nachricht von Hulda zu erhalten, hatte

ihm betheuert, daß dieselbe sich mit jedem Tag erhole, daß die Kraft und Lebenslust der Jugend sich auch an ihr heilbringend bewähren. Sie erwähnte, daß Hulda sie bei einer kleinen Reise nach der Stadt begleitet habe, daß sie acht Tage dort verweilt und ihre junge Freundin durch die Eindrücke, welche sie dort empfangen, namentlich durch die ersten theatralischen und musikalischen Aufführungen, denen sie beigewohnt habe, im höchsten Grade ergriffen, ja völlig von sich selber abgezogen worden sei. Dem Baron werde also dereinst die Genugthuung gewiß nicht fehlen, das Mädchen, dem er so viel Antheil zugewendet, heiter und dem Leben wiedergegeben zu sehen. Es werde bei angemessener Zerstreuung und Behandlung sicherlich gelingen, Hulda die Hoffnungen vergessen zu machen, in denen ihre Jugend sich eine kurze Spanne Zeit hindurch gewiegt habe; nur Ruhe zu innerer Sammlung müsse man ihr gönnen, und Emanuel möge ihr dieselbe durch erneute Annäherung nicht unmöglich machen.

Er las das, las es wieder, es machte ihn allmälig ungewiß in seiner Neigung, besonders, da der Amtmann, der ihm im Hochsommer eine geschäftliche Meldung zu machen hatte, sich in gleichem Sinne äußerte. Er berichtete am Ende seines Briefes ganz unaufgefordert, im Pfarrhause stehe Alles wohl und seine Pathe blühe wieder wie eine Rose. — Der Amtmann hatte genau gewußt, weshalb er diese Nachricht gab. Er hielt Etwas auf Hulda, er gönnte also dem Baron den Glauben nicht, daß sich das Mädchen seinetwegen härme und verzehre.

Man hatte eben nicht viel Mühe, Emanuel die Ansicht aufzudringen, daß ein schönes junges Mädchen ihn vergessen, seine Liebe verschmerzen könne. Wehe that es ihm — aber es enthob ihn einer großen Sorge, einer ernsten Reue — es befreite sein Gewissen.

## Drittes Capitel.

Darüber ging der Sommer hin. Als die Erntezeit vorüber und der Herbst im Anzuge war, fing Miß Kenney davon zu sprechen an, daß sie bei ihren vorgerückten Jahren und ihrer schwankenden Gesundheit, welche ihr doch öfters den Rath eines Arztes wünschenswerth mache, unmöglich daran denken könne, noch einen zweiten Winter in dem entlegenen Schlosse zuzubringen. Die Gräfin, welche sich eben damals auf dem Schlosse der Fürstin befand, deren erster Niederkunft man entgegensah, machte also ihrer alten Freundin augenblicks den Vorschlag, sich vorläufig in dem Hause niederzulassen, welches die gräfliche Familie in der Hauptstadt der Provinz besaß, und dort abzuwarten, wie die Gräfin nach der Entbindung und Genesung ihrer Tochter, sich über die Wahl des eigenen Winteraufenthaltes entschieden haben würde.

Miß Kenney zeigte sich damit einverstanden. Als sie in der Pfarre von ihrem Entschlusse Kunde gab, nahmen ihn nicht nur der Pfarrer, sondern auch Hulda als etwas Selbstverständliches mit Ruhe hin. Sie hatten nicht erwarten können, die Freundin der Gräfin dauernd in ihrer Nähe zu behalten, der Pfarrer war an Einsamkeit gewöhnt, und Hulda meinte Alles entbehren, jeden Verlust ertragen zu können, nachdem sie an sich erfahren hatte, daß sie zu leben vermochte ohne den Mann, an welchem ihre Seele hing und auf den alle ihre Gedanken gerichtet waren. Dazu war sie von einer anderen Sorge schwer bedrängt.

Die Gesundheit ihres Vaters war ins Schwanken gekommen. Es zeigte sich mit einer allgemeinen Schwäche eine Abnahme des Augenlichtes, die bedenklich wurde, und der herbeigerufene Arzt hatte den Ausspruch gethan, daß der Pfarrer womöglich nach der Hauptstadt gehen müsse, um sich dort der nachhaltigen Behandlung eines Augenarztes zu bedienen. Das war aber nicht ohne weiteres möglich. Der Pfarrer bedurfte dazu eines Urlaubes von der ihm vorgesetzten Behörde, es war nöthig, einen Stellvertreter für ihn anzustellen, und bei seiner Mittellosigkeit kamen in erster Reihe auch die Ausgaben in Betracht, welche ein mehrmonatlicher Aufenthalt in der Hauptstadt in seinem Gefolge haben mußte. Ueber diese letzte Sorge half jedoch die theilnehmende Gunst der Gräfin fort, sobald sie durch Miß Kenney Nachricht davon erhielt.

Sie rieth dem Pfarrer, sich zugleich mit ihrer alten Freundin nach der Stadt zu begeben und Hulda natürlich mit sich zu nehmen. Dort in ihrem Stadthause, das er ja als Erzieher ihres verklärten Gatten, in seinen jungen Jahren lange genug bewohnt habe, möge er sich in den ihm vertrauten uud lieben Zimmern einrichten, und als ihr Gast so lange verweilen, als es ihm erwünscht und nöthig sei. Daß sie den Stellvertreter besolde, den man ihm geben werde, daß sie alle die Kosten decke, welche die Kur und der Aufenthalt in der Stadt erfordern würden, bezeichnete sie als etwas Selbstverständliches, da es sich ja darum handle, ihren Gütern den treuen Seelsorger, ihrem Hause den vielbewährten Freund in erneuter Rüstigkeit noch ferner zu erhalten.

Das hob schnell alle Schwierigkeiten, und der schlichte Sinn des Greises an die Abhängigkeit von der gräflichen Familie von jeher gewöhnt, fand sich durch den Gedanken beruhigt und erfreut, daß ihm der Beistand dieses edlen Hauses auch jetzt nicht fehle, und daß er also auf denselben auch über seinen Tod hinaus für seine Tochter rechnen dürfe. Anders aber wirkte diese Gunst der Gräfin auf das junge Mädchen.

Hulda konnte keinen Zweifel darüber hegen, daß man das Anerbieten der Gräfin als ein Glück zu betrachten und es dankbar anzunehmen habe. Indeß wie sie sich dies auch vorhielt, wie redlich sie sich's sagte, daß es hier auf Nichts ankomme als auf die Möglichkeit, das Augenlicht und das Leben ihres Vaters zu erhalten, es war in ihrem Innern ein unüberwindliches Widerstreben dagegen, das Haus der Gräfin zu betreten, ihrer Großmuth irgend Etwas zu verdanken. Schon während der wenigen Tage, welche sie im Sommer mit Miß Kenney in der Stadt verlebt hatte, war es ihr beständig gewesen, als wolle eine geheime Gewalt sie nicht in jenen ernsten, schönen Räumen dulden, und selbst die Aussicht auf das Neue jener Genüsse, theilhaftig zu werden, an welche auch nur zu denken, etwas Berauschendes für sie hatte, konnte das gekränkte Ehrgefühl in ihr nicht zum Schweigen bringen, so oft sie sich's auch im Gebete als einen falschen Stolz und einen Mangel an Kindesliebe, ja als eine Auflehnung gegen die Wege Gottes zum Vorwurfe machte.

Der Herbst brach früh herein, Miß Kenney und der Pfarrer wünschten, nun die Angelegenheiten einmal geordnet waren, die Uebersiedelung nach der Stadt so viel als möglich zu beschleunigen; und das Laub war noch nicht von den Bäumen abgefallen, als der Pfarrer wieder, wie vor langen Jahren, aus dem Fenster seines einstigen Wohnzimmers in den Garten des gräflichen Stadthauses hinaussah, in dessen gradlinigen Alleen Miß Kenney, von Hulda begleitet, ihren täglichen Spaziergang machte.

Es war das erste Mal, daß der Pfarrer seine Kirche für längere Zeit verließ, daß er seiner Amtsthätigkeit nicht obzuliegen hatte, und die volle Muße dünkte dem müden Manne süß, da der Ausspruch des Arztes, daß er sich dieselbe nothwendig zu vergönnen habe, sein Gewissen beruhigt. Er kam sich wie verjüngt vor, wenn er in dem Büchersaale umherging, dessen Bücher er einst geordnet hatte. Er nahm den Katalog zur Hand, den er in doppelten Exemplaren ausgeführt, und freute sich, daß seine Handschrift trotz seiner vorgerückten Jahre noch nicht wesentlich verändert war.

Daß ihm unter seinen Amtsbrüdern und in manchen anderen Aemtern noch hie und da einer der Freunde lebte, mit denen er dereinst studirt und die ihn nicht vergessen hatten, obschon er sie inzwischen nur selten und immer nur in flüchtigem Besuche wiedergesehen, das erhöhte sein Behagen.

Auch Miß Kenney fühlte sich in der Stadt zufrieden. Sie liebte den Verkehr mit Menschen, sie war heimisch und sehr geschätzt in den adeligen Familien, mit welchen die Gräfin befreundet und verwandt war, und die Freigebigkeit der Letzteren legte es ihrer alten Freundin förmlich als eine Pflicht auf, für sich und den Pfarrer die Einrichtungen so zu treffen, als ob sie in ihrem eigenen Hause wären, und zu schalten und zu walten wie in einem solchen. Es kamen auf diese Weise häufig Besuche zu Miß Kenney, auch der Pfarrer entbehrte der Gesellschaft nicht, und Hulda wurde bisweilen von ihrer Beschützerin, die eine große Theaterfreundin war, zu den besten Aufführungen in das Theater mitgenommen.

Das waren denn für Hulda Stunden, iu welchem sie Alles zu vergessen vermochte: die Gefahr, die ihrem Vater drohte, und ihr eigenes Herzeleid. Sie ward sich selbst entrückt. Sie stand im Geiste selber an der Stelle der Schauspielerin, deren Rolle sie am mächtigsten ergriff. Sie durchlebte und durchlitt, was sie auf der Bühne erleben und erleiden sah; und wenn es Liebesworte, Liebesklagen waren, neidete sie es den Künstlerinnen, daß sie sagen, daß sie aussprechen durften, was sie selber still in sich verschließen mußte.

Sie mußte lächeln, wenn sie sich dieses Gedankens einmal bewußt ward, konnte sich es aber dennoch nicht versagen, dem Vater, dem sie vorzulesen hatte, die Monologe und die Scenen nachahmend zu wiederholen, welche ihr am mächtigsten in's Herz gedrungen waren. Der Pfarrer ließ sich das gerne gefallen. Er freute sich der Wärme, mit welcher das Schöne und Erhabene auf die Tochter wirkte; und sie, wenn auch nur für Stunden, von sich und von ihren trüben Erinnerungen abgezogen, sie heiter und erhoben zu sehen, machte ihn selber froh und glücklich.

Man war schon seit ein paar Monaten in der Stadt, als die Nachricht von der bevorstehenden Ankunft einer der größten Bühnenkünstlerinnen jener Tage, die Theaterfreunde in eine gespannte Erwartung versetzte. Wer Gelegenheit gehabt hatte, die berühmte Gabriele früher einmal spielen zu sehen, erinnerte sich dessen als eines wahrhaften Genusses. Nicht nur in tragischen Rollen nannte man sie unvergleichlich, auch das Muntere und Scherzhafte sollte ihr in demselben Maße gelingen, denn sie war immer noch jung und schön zu nennen. Vor Allem aber konnten Diejenigen, welche ihr persönlich in der Gesellschaft begegnet waren, sich nicht genug thun in der Schilderung ihrer natürlichen Anmuth, ihrer selbstgewissen Freimüthigkeit, ihres edlen Künstlerstolzes; und allen diesen Aussagen stimmte Miß Kenney bei. Sie hatte die Künstlerin zuerst auf der Bühne in der Residenz bewundert und sie danach in Italien wiedergesehen, als dieselbe bei einer ihrer Erholungsreisen im Hause der Gräfin fast täglich em=

pfangen worden war. Seitdem waren allerdings mehrere Jahre verflossen.

Man berechnete, daß Gabriele wohl die erste Hälfte der Dreißig überschritten haben müsse, und wie man eines Abends in dem kleinen Zimmer von Miß Kenney wieder einmal auf die Erwartete zu sprechen kam, that eine der anwesenden Personen der Gerüchte Erwähnung, welche über die Künstlerin im Schwange waren.

Man erzählte, daß sie die ausgezeichnetesten Männer, Künstler, Schriftsteller und Fürsten zu ihren Füßen gesehen, und wie ein junger, begabter Schauspieler sich aus Liebe zu ihr das Leben genommen habe. Dann wieder hieß es, sie habe für einen berühmten Musiker, dem sie ihre Neigung zugewendet, große Opfer aller Art gebracht und sei von ihm leichtsinnig aufgegeben und verlassen worden; nnd nachdem man ihr noch diese und jene vorübergehenden Herzensangelegenheiten nachgesagt hatte, behauptete man schließlich auf das Bestimmteste, daß sie seit einigen Jahren heimlich einem regierenden Fürsten vermält sei, und daß diese morganatisch geschlossene Ehe nur deshalb verheimlicht werde, weil Gabriele vor allem Anderen Künstlerin sei und es sich ausdrücklich vorbehalten habe, auf der Bühne bleiben zu dürfen, so lange sie dazu den Antrieb in sich fühle.

Wohlwollen und jene Abgeneigtheit, welche die regelrechte Mittelmäßigkeit allem Außerordentlichen gegenüber naturgemäß empfindet, welterfahrene Duldsamkeit und unnachsichtige Sittenstrenge machten sich auch in diesem kleinen Kreise in der Beurtheilung der berühmten Künstlerin geltend. Darin aber stimmte man überein, ihre großen Eigenschaften des Geistes und des Herzens anzuerkennen. Nur eine alte entfernte Verwandte der Gräfin blieb hartnäckig bei ihrem Tadel. Sie behauptete, man dürfe über die mancherlei Verirrungen und über die Verstöße gegen das Herkommen nicht hinwegsehen, welche Gabriele sich habe zu Schulden kommen lassen; denn die Nachsicht, welche man in diesem Betracht gegen weibliche Berühmtheiten, namentlich gegen Bühnenkünstlerinnen übe, sei überhaupt nicht zu verantworten.

Die Heftigkeit, mit welcher sie ihre Meinung vertrat, reizte die duldsamen Verehrer der Künstlerin zu lebhafter Entgegnung, und da man, auf diesen Weg gelangt, einander rasch zu den äußersten Grenzen der Meinungsverschiedenheiten hindrängte, so stand die alte Dame bald nicht an, es unumwenden auszusprechen, daß in ihren Augen eigentlich jedes Frauenzimmer, welches die Bühne betrete, das Anrecht verliere, von der guten Gesellschaft und von gesitteten Frauen als ihresgleichen behandelt zu werden. Sie für ihre Person habe sich niemals entschließen können, mit einer Frau Verkehr zu halten, welcher der Erstebeste öffentlich sein Mißfallen bezeigen könne, wenn er das Geld an sein Eintrittsbillet einmal gewendet habe. Natürlich rief das eben so heftige Entgegnungen hervor nnd die Unterhaltung war nahe daran, gegen die gute Gewohnheit des Kreises, eine persönlich verletzende Wendung zu nehmen, als der Pfarrer sich in das Mittel legte.

Er hatte den Erörterungen, hinter seinem Lichtschirm sitzend, bis dahin mit schweigender Aufmerksamkeit zugehört, denn das bevorstehende Gastspiel Gabrielens interessirte ihn, obschon sein Zustand ihm den Besuch des Theaters untersagte. Er hatte aber in seinen jungen Jahren das Theater sehr geliebt und die Eindrücke, welche er dort empfangen, nie vergessen. Wie er in seiner langjährigen Einsamkeit Frau und Tochter an den Werken unserer großen Dichter herangebildet und erhoben, hatte er ihnen an manchem langen Winterabende davon gesprochen, in welcher Weise die Dichtungen, die er besonders liebte, von den großen Bühnenkünstlern, die er noch gesehen, von einem Eckhoff, einem Schröder, einem Iffland aufgefaßt worden waren. Er hatte seine achtsam Zuhörenden damit entzückt, als würden sie der Genüsse selber theilhaft, die er ihnen zu schildern versuchte. Seiner verständigen Bildung wie seinem milden Sinne mißfiel deshalb die Herbigkeit, mit welcher jene Frau sich gegen die abwesende Bühnenkünstlerin zu äußern für nöthig hielt.

„Ich brauche es wohl nicht erst besonders hervorzuheben," sagte er endlich, „daß ich die Bedenken gegen alles öffentliche Auftreten von Frauen theile, und daß ich ein solches für Frauen, die mir angehören, nicht gutheißen würde. Gott hat die Frau ihrer Natur nach zur Gefährtin eines Mannes, zur Mutter Einer Familie, zur Mitbegründerin Eines Hauses bestimmt, und die Frau, welche diese Schranke überschreitet, verläßt damit die Grenze des Bereiches, für welches sie

Gott erschaffen hat, wofern es nicht Liebespflichten und Werke der Barmherzigkeit sind, welche sie zu einem Heraustreten aus ihrem natürlichsten Wirkungskreise veranlassen. Sie ist innerhalb der Familie fraglos vor allem Irren und Fehlen, vor allen Anfechtungen und verleitenden Leidenschaften am sichersten behütet."

Die Dame, welche sich gegen Gabriele ausgesprochen hatte, glaubte damit gewonnenes Spiel zu haben. Sie stimmte also dem Pfarrer lebhaft bei, bis dieser noch einmal das Wort nahm. „Vielleicht," meinte er, „hat man das eigentliche Wesen der Frauen in jenen Zeiten richtiger gewürdigt, in denen man ihnen das Auftreten vor allem Volk verwehrte, und selbst die Frauenrollen von Jünglingen und Knaben zur Darstellnng bringen ließ, wie dies, unbeschadet ihrer Wirkung auf die Menge, bei den Alten und bis weit hinein in unsere Zeit bei den größten dramatischen Werken geschehen ist. Aber da wir die Welt und die Zustände in ihr doch in der Entwickelung anzuerkennen haben, welche sie ohne Zulassung der Vorsehung nicht genommen haben könnten, so dürfen wir denjenigen Frauen, welche ihre Lebensaufgabe außerhalb der schönen Schranken einer Häuslichkeit zu erfüllen haben, keine zu strengen Richter sein. Wer in der Darstellung großer Leidenschaften und gewaltiger Seelenkämpfe seine Gedanken immer mit hochgespannten Empfindungen zu erfüllen hat, wer sich gewöhnt, sie in dem Augenblicke des Darstellens als die seinen vor aller Welt Ohren auszusprechen, wer als Schauspielerin sich mit seiner Person dem Blicke und dem Urtheil von

Tausenden von Männern immer auf das Neue preis=
zugeben und ihren Beifall auf jede Weise zu erringen
nöthig hat, dessen Gefühlsleben muß mit der Zeit
nothwendig durch solche gewaltige Anspannung über=
spannt werden, der muß eine gewisse Zartheit und
Keuschheit des Empfindens einbüßen, und allmählich
das rechte Maß für die Grenze der Sitte, die rechte
Würdigung für die schlichte Erhabenheit verlieren, mit
welcher ein gottergebenes Gemüth sich in engster Be=
schränkung und Zurückgezogenheit schweigend in stiller
Pflichterfüllung zu bescheiden und sich glücklich zu
fühlen vermag."

"Ich sehe nicht, Herr Pfarrer," meinte die Sitten=
richterin, "daß Sie meiner Ansicht widersprechen. Sie
bestätigen nur für die Allgemeinheit, was ich von einer
bestimmten Person behauptete, und Sie verurtheilen
die Schauspielerinnen im Grunde härter noch als ich."

"Nein!" entgegnete der Greis; "ich bin weit da=
von entfernt, die Frauen zu verdammen, die wir zu
beklagen haben, weil ihnen mit der zarten Scheu der
sich achtenden Weiblichkeit, die sie in ihrer Lebenslage
schwer bewahren können, die schönste Zierde und die
sicherste Schutzwehr ihres Geschlechtes nothwendig ver=
loren gehen muß. Gerade deshalb hat man aber es
mit doppelter Anerkennung zu betrachten, wenn eine
Frau, die sich den großen Prüfungen und Versuchungen
einer Schauspielerin aussetzt, sich im Leben Achtung
und die Freundschaft edler Menschen zu erwerben weiß,
wie ich es hier von der Künstlerin, die Sie erwarten,
doch vielfach habe aussagen hören."

Die Unterhaltung blieb darauf noch eine geraume Zeit mit dem Theater und mit den verschiedenen Schauspielern beschäftigt, aber Hulda beachtete kaum noch, was man von ihnen sagte. Sie konnte ihres Vaters Ausspruch nicht vergessen. Er hatte begütigen sollen und kam ihr härter vor als Alles, was man Anklagendes geäußert hatte. Sie vermochte nicht zu glauben, daß man das Große, das Schöne darstellen könne, ohne selbst davon erhoben zu werden. Ueberlief es sie doch jedesmal mit einem heiligen Schauer, wenn ihre Lippen die Worte unserer Dichter sprachen; und wenn sie von der Bühne aus ihr Ohr berührten, war es ihr feierlich wie in der Kirche. Bei aller Demuth, welche sie vor dem Urtheile ihres Vaters hegte, sträubte sich ihr Gefühl gegen seine soeben geäußerte Meinung, und der Glaube, daß er, in diesem Falle von einem Vorurtheile befangen, den Schauspielerinnen Unrecht thue, daß es Ausnahmen auch unter ihnen gebe, viele Ausnahmen geben müsse und daß Gabriele zu diesen zähle, befestigte sich in ihr.

Sie hatte Gabrielens Bild seit Wochen an den Fenstern der Kunsthandlungen aushängen sehen, und der Adel ihrer schönen Züge hatte sie mächtig angezogen. Diese reine Stirne konnte nichts Unedles denken. Die großen Augen sahen so sicher in die Welt, als kennten sie dieselbe und wüßten sie zu überwinden. Selbst das Lächeln auf ihren Lippen war stolz bei aller Freundlichkeit, die ganze Haltung des Bildes hatte etwas Majestätisches. Hulda meinte, so könne nur eine

Frau den Kopf erheben, die auf sich selbst vertrauen dürfe und ein gut Gewissen habe.

Sie hatte sich mit der rasch zu belebenden Begeisterungsfähigkeit der Jugend ein Ideal aus der Künstlerin gemacht, und da man es anzutasten, es von seiner Höhe herabzuziehen wagte, schloß sie es nur noch fester in ihr Herz. So jung, so ohne Weltkenntniß sie sich wußte, meinte sie es doch schon nach eigener Erfahrung ermessen zu können, daß man unverschuldet Uebelwollen gegen sich erregen, und wie Neid und böser Wille dem Rufe einer Frau zu nahe treten könnten.

Alles, was man an dem Theetische für und gegen Gabriele vorgebracht, trug nur dazu bei, die Spannung zu erhöhen, mit welcher sie der Ankunft derselben entgegensah, und mit einer Freude, wie sie sie so lange nicht mehr gefühlt hatte, vernahm sie die Zusage, daß sie Miß Kenney bei dem ersten Auftreten der Künstlerin, zu welchem dieselbe die Prinzessin in Göthe's „Tasso" gewählt hatte, in das Theater begleiten solle.

———

## Viertes Capitel.

Es war ein finsterer, kalter Winterabend, an dem die beiden Frauenzimmer, tief in ihre Mäntel und pelzverbrämten Kappen eingehüllt, den Weg nach dem Theater einschlugen. Der Schnee knisterte unter den Füßen des Dieners, der ihnen die Stocklaterne durch die menschenleeren Straßen vortrug. Nur vor dem Schauspielhause war Leben und Bewegung: Wagen um Wagen fuhren in rascher Folge auf. Männer und Frauen schritten durch die engen Vorhallen und Treppen. Aus der Konditorei drang der Geruch heißer geistiger Getränke heraus, mit denen einzelne der angekommenen Männer sich stehenden Fußes zu erwärmen suchten. Aber Alles eilte, Alles hastete, als erwarte man etwas ganz Ungewohntes; und die ersten mächtigen Töne der Ouvertüre drangen schon an ihr Ohr, als die beiden Frauen in das Theater traten.

Der Raum war von Menschen überfüllt, alle Blicke hingen an dem Vorhang. Er rauschte empor, eine italienische Landschaft breitete sich vor dem Auge aus, helles Sonnenlicht bestrahlte die Kronen der

Pinien, die Gipfel der Cypressen. Es glänzte wider von der Marmor=Balustrade der Terrasse, auf der die beiden Leonoren, Kränze windend, dagesessen hatten, und nun sich erhebend und zwischen den Hermen Virgil's und Ariosto's aus dem Hintergrunde langsam vorwärtsschreitend, trat Gabriele, welche die Prinzessin darstellte, von ihrer Mitspielerin begleitet, ruhig und gemessenen Schrittes in den Vordergrund.

Ein Beifallssturm empfing sie. Ihr bloßes Erscheinen entsprach der Erwartung, mit der man ihr entgegengesehen hatte. Ihr schönes Auge überflog die Versammlung, aber sie hatte Geschmack genug, ihre Darstellung nicht durch jene Zeichen des Dankes zu unterbrechen, mit welchen die Masse der Schauspieler in solchen Fällen sich nicht scheut, aus ihrer Rolle herauszutreten und die Phantasie der Zuhörer zu beleidigen; und in freundlicher Gelassenheit tönte die Frage von ihren Lippen:

> Du siehst mich lächelnd an, Eleonore,
> Und siehst Dich selber an und lächelst wieder.
> Was hast Du? Laß es eine Freundin wissen,
> Du scheinst bedenklich, doch Du scheinst vergnügt.

Es war, als ob ein Zauber mit den Worten ausgesprochen worden wäre. Man fühlte sich dem Leben, daß man zu leben gewohnt war, wie entrückt. Man athmete in einer anderen Luft, man empfand mit Sinnen, von denen der Druck des mühevollen Ringens, des arbeitsamen Tages, von denen alles Sorgen und Wünschen fortgenommen war, und gab sich in feiernder Betrachtung dem Augenblicke und dem Genusse der Schönheit hin.

Selbst Diejenigen unter den Zuhörern, welche sich sagen durften, daß sie vollauf mit dem Geiste des Gedichtes vertraut wären, daß jedes Wort desselben in ihnen lebendig sei, mußten sich eingestehen, daß sie es bis zu dieser Stunde nicht in seiner ganzen Schönheit gewürdigt hatten, weil heute zum erstenmale eine Prinzessin Leonore vor ihnen stand, wie sie dem Dichter vorgeschwebt haben mußte in dem scheuen Liebebedürfniß ihrer zu entsagender Abgeschlossenheit herangebildeten Natur. Die Künstlerin beherrschte und rührte durch ihre schlichte Erhabenheit. Man ward so sehr von der maßvollen Schönheit ihrer Bewegung, ihrer Stimme und Sprache ergriffen, daß selbst der begeisterte Beifall, den sie erntete, in seinem Ausdrucke durch eine Art von Ehrfurcht gemäßigt wurde. Und jenes Zutrauen, das Hulda ihr entgegengebracht hatte, noch ehe sie Gabriele gesehen, steigerte sich zu einer liebenden Hingebung an die seltene Erscheinung.

Das Herz schlug ihr seit der Trennung von Emanuel zum erstenmale leicht und frei, zum erstenmale fühlte sie wieder ein lebhaftes Verlangen, das sich nicht auf ihn bezog. Sie wollte Gabriele sprechen. Was sie davon erwartete, das hätte sie nicht sagen können. Es war ein reines Bedürfniß, zu verehren, und jene unbestimmte Hoffnung in ihr, die den Gläubigen sich vor einem wunderthätigen Bilde neigen machen, und es erschien ihr deshalb wie die sichere Anwartschaft auf ein großes Glück, als Miß Kenney, ebenfalls ergriffen durch die Darstellung, die Absicht kundgab, Gabrielen für den gehabten Genuß brieflich zu danken, sie an ihr früheres Zusammentreffen zu erinnern und daran den Wunsch eines Wiedersehens anzuknüpfen.

Das Briefchen wurde denn auch gleich an dem nächsten Tage geschrieben und abgesendet, und erhielt sofortigen und freundlichen Bescheid. Gabriele lehnte es ab, den Besuch der alten Dame zu empfangen, da sie über ihre Zeit nicht Herr und in ihrem Gasthofe wenig sich selbst überlassen sei; aber sie verhieß zu kommen, sobald ihr eine freie Stunde bleibe, und sie drückte daneben die Erwartung aus, Miß Kenney werde auch ihren ferneren Darstellungen mit gleichem Antheil folgen.

Das verstand sich für die alte Theaterfreundin ganz von selbst. Wer es nur irgend erschwingen und sich eines Platzes versichern konnte, versäumte in diesen Tagen das Theater nicht, und jede neue Rolle, in welcher Gabriele erschien, wurde zu einem neuen Triumphe für sie. Heute entzückte sie die Zuschauer als Mirandolina, morgen bewunderte man sie als Julia, und worin immer man sie sah, meinte man, sie in ihrer besten Rolle gesehen zu haben. Sie machte fast den einzigen Gegenstand der Unterhaltung aus, und mit jedemmale, daß man von ihr im Beisein Hulda's sprach, bedauerte diese es lebhafter, daß sie keine Aussicht hatte, Gabriele noch einmal auf der Bühne zu sehen. Bald wollte sie den Vater, bald

Miß Kenney darum bitten, ihr die Freude noch einmal zu bereiten, aber sie hatte in beiden Fällen Bedenken, es zu fordern. Wenn ihr dann dazwischen der Einfall kam, an Gabriele zu schreiben, ihr zu sagen, wie glücklich sie sie machen könne, so wies sie solchen Gedanken schon im nächsten Augenblicke wieder von sich, und schalt sich für die thörichte Vermessenheit, aus welcher er entsprungen war.

Darüber vergingen die Tage, welche für Gabrielens Gastspiel bestimmt waren. Sie war zum zweitenmale als Julia aufgetreten, weil man sie eben in dieser Rolle noch einmal zu sehen gewünscht hatte, und so mächtig war der Eindruck gewesen, daß Miß Kenney troß ihrer Jahre durch ihn in eine völlige Aufregung versetzt worden war. Noch in den späten Abendstunden wurde sie nicht müde, dem Pfarrer und seiner Tochter mit solcher Lebhaftigkeit davon zu sprechen, daß sie dadurch endlich selbst in dem Greise den Wunsch anregte, des erhebenden Genusses auch einmal theilhaftig geworden zu sein.

Am folgenden Tage spielte Gabriele nicht. Der Pfarrer und Hulda waren also Abends, wie gewöhnlich, in Miß Kenney's Zimmer gegangen, um ein paar Stunden mit gemeinsamem Lesen auszufüllen, als ein Wagen in den stillen Vorhof des Hauses einfuhr, und Gabriele sich melden ließ. Gleich darauf und noch ehe Hulda, wie ihr befohlen, die Lichter auf dem Seitentische zum Empfange des ersehnten Gastes hatte anzünden können, trat die Gefeierte schon bei ihnen ein, so freundlich und so strahlend, daß man meinte, sie bringe das Licht mit sich, welches das Zimmer jetzt erhellte.

"Sie haben wohl an mir zu zweifeln angefangen, weil ich mich gar so lange habe erwarten lassen," sagte sie, indem sie rasch auf Miß Kenney zuschritt und mit anmuthiger Bewegung ihrer alten Bekannten die beiden Hände reichte, "aber bei solchen Kunstreisen gehört man sich ja nicht, und thut am seltensten Dasjenige, was man eben thun möchte, denn: "Schau zu spielen ist ja unser Fall!" Ich habe mir die Stunde bei Ihnen, liebe Freundin, auch nur dadurch frei machen können, daß ich mich früh zu dem Balle bei dem Gouverneur ankleiden ließ, auf welchem ich mich heute Abends von nahebei ansehen und ausfragen zu lassen habe. Dafür will ich mich aber hier im voraus schadlos halten. Sie sollen mir eine Tasse Thee geben und mir erzählen, wo die Gräfin ist, wie sie lebt, wie Clarisse und der junge Graf sich entwickelt haben, und wie es zugeht, daß ich Sie hier ohne die gräfliche Familie finde."

Sie hatte das Alles schnell wie eine Fürstin gesprochen, die es weiß, daß man sich glücklich schätzt, sie reden zu hören, und daß man sich durch die Theilnahme, welche sie erweist, geehrt fühlt. Nun wendete sie sich gegen den Pastor und dessen Tochter, sagte, sie freue sich, daß ihre alte Freundin nicht allein zu leben scheine, und erkundigte sich bei derselben, ob es Verwandte wären, welche sie hier bei sich hätte.

Miß Kenney stellte ihr die Beiden vor, gab Auskunft auf alle Fragen ihres Gastes und während der Pfarrer sich mit Sicherheit, wie es sich eben schickte, in die Unterhaltung mischte, sah Hulda, welche den Thee bereitete, mit stummer Freude unverwandt zu Gabriele hin. Sie erschien ihr jünger und schöner noch als auf der Bühne, aber sie konnte sich nicht darin finden, daß diese nach der letzten Mode mit Blumen und mit Edelsteinen reichgeschmückte Frau, Tasso's Prinzessin Leonore sei, daß sie lache und scherze, daß sie zum Balle gehen und tanzen werde. Sie meinte eine Enttäuschung zu erleiden, und doch entzückte Gabriele sie, denn Alles an ihr war schön und ausgebildet. Ihre Stimme, ihre Sprache, ihre Ausdrucksweise und jede ihrer Mienen, waren im Einklang mit einander, daß sie bei aller Natürlichkeit wie ein Kunstwerk wirkte und erfreute.

Als Hulda herantrat ihr den Thee zu reichen, schien sie erst achtsam auf das junge Mädchen zu werden. Sie sah Hulda mit Ueberraschung an, und rief, indem sie dieselbe fest ins Auge faßte: „Sonderbar! aber ich glaube, so muß ich einmal ausgesehen haben!" — und sich zu Miß Kenney wendend, während Hulda's Wangen sich in dunkler Röthe färbten, fragte sie: „Sie haben mich ja gekannt, als ich zehn, zwölf Jahre jünger war; finden Sie nicht, daß dieses Mädchen mir sehr ähnlich sieht?"

Miß Kenney wollte das nicht gelten lassen. Eine gewisse Gleichheit der Farben, sagte sie, sei wohl vorhanden, eine wirkliche Aehnlichkeit der Züge könne sie nicht auffinden. Indeß Gabriele war nicht gewohnt, daß man ihr Unrecht gab, und sich rasch erhebend, nahm sie Hulda bei der Hand, trat mit ihr an den Spiegel heran, und mit prüfendem Blicke über die beiden Köpfe hingleitend, wiederholte sie: "Aber ganz auffallend gleichen Sie mir, liebes Mädchen! Nur schlagen Sie die Augen nicht so nieder und machen Sie kein so ängstliches Gesicht, denn zum Erschrecken ist es doch wirklich nicht, daß Sie mir ähnlich sehen. Sie bog sich dabei freundlich zu Hulda hinüber, küßte sie auf die Stirne und sagte: "Nun darf ich nicht einmal mehr sagen, daß Sie mir gefallen, und Sie haben also doch gleich einen Nachtheil durch die schlimme Aehnlichkeit mit mir!"

Sie ging darauf an den Theetisch zurück, fragte den Pfarrer, dem die Freude, welche die berühmte Frau an seinem Kinde hatte, gar wohl that, wie er sich innerlich wegen dieser Eitelkeit auch tadelte, ob er die Tochter auf dem Lande erzogen habe, und weil Miß Kenney, die vor allem Anderen immer Gouvernante und Erzieherin war und blieb, die große Beachtung nicht für angemessen hielt, welche Gabriele auf Hulda wendete, meinte sie, die Frage der Künstlerin plötzlich unterbrechend, das Beste an Hulda's Erziehung sei, daß sie ihr Empfindung für das Große und das Schöne gegeben habe. Hulda sei sehr glücklich gewesen, Gabriele neulich als Leonore zu bewundern.

"Und in welchen Rollen haben Sie mich sonst gesehen?" fragte die Künstlerin. Hulda sagte, daß sie nur das eine Mal im Theater gewesen sei, obschon sie sehnlich gewünscht habe, sie als Julia sehen zu können. Selbst der Pfarrer drückte ihr sein Bedauern aus, daß ihm diese Freude versagt worden sei, und Miß Kenney erwärmte sich auf das Neue, als sie es Gabrielen aussprach, wie einzelne ihrer Worte und Bewegungen sie ergriffen hätten.

Die Künstlerin hörte es mit der heiteren Genugthuung an, welche jede ehrliche und warmherzige Anerkennung auch dem Vielgefeierten bereitet. Dann sich zu Hulda wendend, an welcher sie ein unverkennbares Wohlgefallen zu haben schien, sagte sie: „Die Julia spiele ich hier nicht wieder, dazu kann ich Sie leider nicht mehr einladen, aber ich halte sie selbst für eine meiner besten Rollen und freue mich immer, wenn die Leute das ebenfalls finden. Indeß — da Sie so sehr gewünscht haben, mich als Julia zu sehen, so muß man versuchen, wie man Ihnen, soweit als möglich, einen Ersatz dafür bietet, und zugleich den Herrn Pfarrer für diese Stunde entschädigt, in der Sie sonst seine Vorleserin machen. Sie zog die Uhr aus dem Gürtel ihres Kleides, sah nach der Zeit und meinte dann: „Eine halbe Stunde habe ich noch vor mir. Haben Sie einen Shakespeare hier im Hause, so will ich Ihnen ein paar Scenen lesen, wenn Sie mir die Gegenparte halten wollen."

„Ich? Ihnen? Ach, das kann ich nicht!" rief Hulda, der immer unwahrscheinlicher wurde, was sie eben jetzt erlebte.

„Probiren Sie es nur, es kostet nicht das Leben,"

scherzte Gabriele, „und nun schnell das Buch herbei, denn wir dürfen keine Zeit verlieren!"

Das Trauerspiel war gleich zur Hand. Hulda hatte es in den Tagen gelesen, da es ihr nicht vergönnt gewesen war, der Aufführung beizuwohnen. Gabriele schlug die erste Scene zwischen Romeo und Julie auf und wies Hulda an, den Romeo zu lesen, während sie ihre Rolle aus dem Gedächtniß sprach. Sie war in allerbester Stimmung. Sie begann mit der Ballscene, ließ die Zwiesprache vom Balkone darauf folgen und reihte daran die Scene, in welcher Julia, Kunde von Romeo erwartend, den Tod Tybalt's erfährt. Dann ging sie zu dem Abschiede der Liebenden bei Tagesanbruch über, und so in geschickter Wahl von Scene zu Scenee bis an das Ende der Dichtung fortschreitend, spann sie ihre drei Zuhörer mit jedem Worte fester in die Täuschung ein, welche sonst nur der Anblick der Darstellung gewährt. Sie hatte die Liebesscenen und das Selbstgespräch, bevor sie den Schlaftrunk nimmt, mit einer so überwältigenden Wahrheit gesprochen, daß den beiden Alten die Thränen in die Augen gekommen waren. Was Hulda jedoch dabei empfand, das ging weit hinaus über eine solche Rührung.

Das Herz hatte ihr laut geschlagen, als sie die ersten Worte der Dichtung vor Gabrielen hatte aussprechen müssen, aber je weiter sie gelesen hatte, um so mehr hatte sie sich selbst vergessen, um so freier war ihre Seele in der Bewunderung Gabrielens geworden. Wie man im Traume Dinge erlebt und vollbringt, die man,

während man sie thut, mit seinem eigentlichen Bewußt=
sein für unmöglich hält, so hatte sie sich ganz an die
Dichtung und an die Darstellerin hingegeben. Sie
hatte fort und fort gelesen und zuletzt in beglücktem
Staunen dagesessen, als die Künstlerin ihren letzten
Monolog mit den Worten

„O willkommener Dolch!
Dies werde deine Scheide. Roste da
Und laß mich sterben!"

beschloß.

Gabriele erhob sich danach rasch, warf, aufathmend
und lächelnd, die reichen Locken des schönen Hauptes
zurück, die ihr über die Stirne gefallen waren, und
sagte, weil die Macht des Eindruckes ihre Hörer ver=
stummen ließ, sich zu Hulda wendend, indem sie ihr
die Hand reichte: „Nun, habe ich es gut gemacht? Sind
Sie mit mir zufrieden liebes Mädchen?"

„Ja!" sagte Hulda; und selbst das Eine Wort
zu sprechen fiel ihr schwer, aber sie neigte sich, während
der Vater und Miß Kenney der Meisterin mit Wärme
dankten, küßte Gabrielens Hand und blieb dann stehen
und sah sie an. Die Thränen flossen ihr vor Begei=
sterung über die Wangen nieder.

„Wie lebhaft Sie empfinden!" sagte Gabriele,
der die stille, leidenschaftliche Huldigung des jungen
Mädchens wohlgefiel. „Ihre Tochter liest sehr gut,
Herr Pastor!" fügte sie hinzu, „wirklich ungewöhnlich
gut. Sie hat mich durch keinen falschen Ton gestört,
bisweilen sogar überrascht. Dafür soll Sie mich nun
auch noch als Donna Diana in meiner Abschiedsrolle

sehen. Sie sind ja ein Kind vom Lande," scherzte sie gegen Hulda, "also wohl früh auf. Kommen Sie morgen um neun Uhr zu mir, dann sollen Sie Eintrittskarten für Sie und für Miß Kenney haben, und nun muß ich machen, daß ich fortkomme, denn ich mag nicht auf mich warten lassen!"

Damit wickelte sie sich in die Zobelpalatine ein, die sie bei ihrem Eintritte umgehabt hatte und verließ die dankbar ihr Folgenden mit der Versicherung, daß sie ebenso viel Freude an ihrem Beifall gehabt, als hätte sie vor dem größten Publikum gespielt.

———

## Fünftes Capitel.

---

Die Sonne war noch nicht über die hohen Giebel=
dächer der alten Häuser in den schmalen Straßen
emporgestiegen, und es war bitterkalt, als Hulda nach
damaliger Landessitte in ihrem festanliegenden Pelz=
rock, mit dunklem Wollenzeuge überzogen, die kleine,
das Gesicht umschließende Sammetkappe auf dem
Kopfe, sich am Morgen auf den Weg zu Gabrielen
machte.

Zwei mit Postpferden bespannte Wagen standen
vor dem Gasthof. Unten in dem Hausflur brannten
die Lichter noch, denn es wird im Winter in jenen
Gegenden spät Tag. Der Hauswart, an welchen sich
Hulda, die noch nie allein in ein Gasthaus eingetreten
war, mit verlegener Frage wendete, sagte ihr, daß
Mademoiselle schon aufgestanden sei und Befehl ge=
geben habe, wenn ein junges Mädchen käme, es bei
ihr vorzulassen. Man mochte sie als eine Hilfesuchende
betrachten.

Gabriele saß in einem dunkelen seidenen Morgen=
rocke mit hellen Aufschlägen an ihrem Frühstückstische.
Das Feuer flackerte mit lustigem Scheine in dem
Ofen, silberne Armleuchter erhellten den Tisch. Trotz
der befrorenen Scheiben standen blühende Blumen in
Töpfen an den Fenstern und blühende Sträuße in
den Vasen auf den Tischen. Bücher, Zeitungen,
Briefe und eine Menge von Kleinigkeiten aller Art
nahmen den Schreibtisch ein. Die Kammerfrau trug
ein Kostüm von rothem, goldgesticktem Sammet durch
das Zimmer.

Hulda hatte in dem Schlosse wohl Aehnliches ge=
sehen, es hatte jedoch hier, wie sie meinte, Alles einen
anderen Anstrich. Es sah Alles hier weit freier, zu=
fälliger, romantischer aus. Es gefiel ihr besser, ohne
daß sie sich während des flüchtigen Blickes Rechenschaft
darüber geben konnte, denn Gabriele rief ihr freundlich
„Guten Morgen!" zu. Sie sagte, nach solchem
Gange durch den kalten Morgen habe Hulda gleich
eine Erwärmung nöthig. Sie befahl also noch eine
Tasse zu bringen, und hieß Hulda den Pelz und die
Kappe ablegen, um mit ihr zu frühstücken.

Sie selber rückte ihr den Stuhl heran, schenkte
ihr die Chokolade ein, und wie sie Hulda dann noch
einmal ansah, meinte sie: „Jetzt, da Sie mit den
frischen rothen Farben von der Straße kommen, sehe
ich erst recht, wie jung sie sind. Gestern täuschte mich
Ihre stattliche Figur darüber. Wie alt sind Sie eigent=
lich, mein liebes Kind?"

Hulda sagte, sie stehe im achtzehnten Jahre.

"Und Sie waren immer auf dem Lande? — Sie haben, wie Ihr Vater mir gestern sagte, Ihr Vaterhaus nicht viel verlassen. Dafür haben Sie merkwürdige Töne in Ihrer Stimme, und in Ihrer Brust — Töne, die man in der Kinderstube doch nicht zu erlernen pflegt. Wo haben Sie die her?"

Hulda sah sie an, als verstehe sie die Frage nicht recht. "Ich meine, ob Sie sonst schon ähnliche Versuche wie den gestrigen gemacht, ob Sie schon öfters Dramen mit vertheilten Rollen gelesen haben?"

Hulda bejahte das. "Man hat mich im verwichenen Winter bisweilen in das Schloß hinüberkommen lassen," sagte sie, "um bei dem Lesen auszuhelfen."

"Da also haben Sie es gelernt? Mit wem haben Sie denn dort gelesen?"

"Es war oft größere Gesellschaft beisammen, bisweilen aber waren es nur Comtesse Clarisse und der Fürst und" — sie stockte — "und der Herr Baron."

"Was für ein Herr Baron?"

"Baron Emanuel!" sagte Hulda, während eine dunkle Röthe ihr Gesicht übergoß und sie die Augen nicht aufzuheben vermochte, weil sie fühlte, daß sie sich verrieth.

"Ja so! nun versteh' ich's! Nun verstehe ich es, mein Kind! wo Du den tiefen, weichen Ton der Klage her hast, den man nicht vom Hörensagen lernt — am wenigsten mit fiebzehn Jahren!" rief Gabriele aus, und wie sie dabei dem jungen Mädchen mit ihrem klugen, klaren Blick die Hand reichte, da hielt sich Hulda länger nicht.

Alles, was sie das ganze Jahr hindurch still und klaglos in sich verschlossen hatte, all das schöne Hoffen, das ihr mit einem harten Schlage zertrümmert worden war und das neu aufzubauen sie sich verbieten mußte, die ganze trostlose Entmuthigung, die selbst das Vorwärtsblicken in die Zukunft scheute, und das nicht zu ertödtende Verlangen nach einem nahe geglaubten Glück, das Alles stürmte mit einemmale und so gewaltig auf sie ein, daß sie, hingerissen von dem freundlichen Entgegenkommen der Frau, in der sie ein höheres Wesen verehrte, sich unwillkürlich zu Gabrielens Füßen warf und, das Gesicht auf deren Knieen bergend, unter stürzenden Thränen die Worte hervorstieß: "Ach vergeben Sie mir! ich kann nicht anders! ich bin so unglücklich."

"Steh' auf, Kind! liebes armes Kind! so steh' doch auf!" rief Gabriele, indem sie die Weinende emporhob und in ihre Arme schloß, die, beschämt über ihr leidenschaftliches Thun, ihre Augen trocknete und sich zu fassen suchte. Aber Gabrielens Theilnahme, die zuerst durch jene Aehnlichkeit erregt worden war, welche Hulda wirklich mit derselben besaß, zeigte sich auch jetzt. Sie hatte Mitleid mit dem Zwange, den das junge Mädchen sich auferlegte.

"Quäle Dich nicht!" sprach sie, "weine Dich nur aus. Es giebt Thränen, die Vater und Mutter nicht sehen dürfen, die aber doch geweint sein wollen und sanfter fließen, wenn ein Anderer es sieht, der es gut mit uns meint — und ich meine es gut mit Ihnen! Sehr, sehr gut! Also reden Sie, weinen Sie sich nur aus! Was ist Ihnen denn geschehen? Erzählen Sie mir Alles! Ich werde es verstehen! Denn ich habe auch vielerlei, gar vielerlei erleben und erleiden müssen! Mir dürfen Sie Alles sagen, Alles!"

Und Hulda erzählte Alles, Alles! mit all ihrer Wahrhaftigkeit. Es war ihr wie eine wirkliche Erlösung, daß sie endlich einmal sprechen konnte, daß endlich über ihre Lippen kam, was keines Menschen Ohr von ihr vernommen, was sie dem Geliebten nie zu sagen vermocht und was ihr fast das Herz zersprengt hatte, weil sie es allein in sich getragen hatte, bis auf diese Stunde.

Draußen war es völlig Tag geworden. Die Sonne schien hell durch die beeisten Scheiben, die Kerzen brannten noch immer auf dem Tische, aber keine der beiden Frauen bemerkte es, keine dachte daran sie auszulöschen. Erst als Hulda mit einem stillen Seufzer ihre einfache Erzählung schloß, und Gabriele auf ihre Erkundigung, was denn nach der Entfernung des Barons und nach Hulda's Genesung noch geschehen sei, die Antwort erhalten hatte, fragte sie: „Und was erwarten Sie nun ferner? Was denken Sie zu thun?"

Hulda hob die Augen traurig zu ihr empor. „Was kann ich thun, als meine Pflicht erfüllen! Muß ich doch Gott danken, daß er mir die Möglichkeit dazu noch gönnt!" entgegnete sie mit leiser Stimme.

„Ja!" versetzte Gabriele, „ich fühle Ihnen das wohl nach, Sie müssen jetzt bei ihrem Vater bleiben. Aber ich hätte nicht also gehandelt, und der Baron rechnet Ihnen Ihre Kindesliebe sicher nicht als Tugend an. Ich kenne ihn seit Jahren!" — Sie sah, wie das Gesicht des Mädchens bei den Worten von einer schnell aufzuckenden Freude leuchtete. „Ich kenne Baron Emanuel genau und gut, fügte sie danach hinzu, ihn und sein schwärmerisches, weiches Herz, und ich kann begreifen, daß Sie ihn lieben, wie daß er Sie liebte. Aber er ist ein Mann, und eben ein schwärmerischer Mann, und er hat die ganze empfindungsvolle und mißtrauische Selbstsucht eines solchen. Ein Mann, wie Baron Emanuel, fordert andere Liebesproben, als Sie ihm geboten haben; der anerkennt keinen Anspruch, als nur denjenigen, welchen sein Herz und seine Liebe an Sie zu machen hatten. Er wollte ein Opfer bringen für Sie, so waren Sie ihm auch ein Opfer schuldig. Er hat sich ganz gewiß gesagt, die rechte Liebe kennt Nichts als sich selbst, die rechte Liebe muß, wie es ja auch in der Bibel heißt, Vater und Mutter verlassen und dem Manne folgen! Sie haben ihn in diesen Erwartungen getäuscht. Wie soll er an Ihre Liebe glauben, da Ihr kindlicher Gehorsam stärker gewesen ist, als Ihre Liebe für den Geliebten Ihres Herzens?"

Hulda hatte eine solche Antwort nicht erwartet, sie that ihr deshalb wehe. „Konnte ich denn gegen meines Vaters Willen handeln?" fragte sie. „Konnte ich —"

Gabriele ließ sie nicht vollenden. „Freilich konnten Sie das, freilich mußten Sie das! Und auf

Händen hätte Sie der Baron dafür getragen — denn gerade er hatte eines solchen Liebeszeichens nöthig. Aber Ihr leset und lernet Euere Dichter und beherziget sie nicht! — Sie haben es gewiß schon oftmals ausgesprochen das tiefsinnige: „Und sehnt' ich mich nach ungemeinen Schätzen, ich muß das Ungemeine daran setzen!" — und jenes ewig wahre: „Was du von der Minute ausgeschlagen, bringt keine Ewigkeit zurück!" — Haben Sie danach gehandelt?"

Hulda verstummte davor. Gabriele ergriff ihre Hand. „Ich will Ihnen nicht wehe thun, Kind!" sagte sie sanft. „Im Gegentheile! Ich möchte Ihnen nur beweisen, daß Ihnen Nichts widerfahren ist, was Sie nicht selbst veranlaßt haben; denn ich finde, man wird immer ruhig, wenn man sich einer vernünftigen Folgerichtigkeit der Dinge gegenüber weiß. Deshalb halte ich Sie aber keineswegs für schuldig. Man erzieht Euch ja in den sogenannten guten Bürgerfamilien in einer Anschauungsweise, die Euch den Muth Euerer Meinung nimmt. Man erzieht Euch für den Hausgebrauch, und nur Wenige kommen darüber hinaus. Auch Sie, mein Kind, haben das nicht vermocht. Sie trauten sich zu, den Bann zu brechen, der über Ihrem Geliebten lag, und konnten sich selbst nicht losmachen von den Banden, die Sie für heilige hielten, und die ein Jeder bis zu einem gewissen Punkte auch zu ehren hat. Das werden Viele loben und bewundern. Ich freilich lobe und bewundere es nicht. Es ist Jeder von uns um seiner selber willen auf der Welt, und wenn die Liebe die stärkste Kraft des Frauenherzens ist, so ist der Muth der Liebe in meinen Augen des Weibes höchste Tugend." Sie machte eine kleine Pause, sah Hulda, die sprachlos und überwältigt an ihrer Seite saß, eine kleine Weile an und sagte danach: „Sie haben den Romeo so gut gelesen und die Julia so schlecht verstanden! — Trotzdem — es ist Etwas in Ihnen, das mich an meine Jugend mahnt!"

„Sie mußten also Ihr Vaterhaus und Ihre Eltern auch verlassen?" fragte Hulda schüchtern.

„Ich? — Ich habe keine Eltern und kein Vaterhaus gekannt. Was ich geworden, das bin ich durch mich selbst geworden!" sagte Gabriele, indem sie ernst und stolz den Kopf erhob. Meiner früh verstorbenen Mutter Schwester, eine Tänzerin wie sie, hat mich aufgenommen; erzogen hat mich Niemand. Ich bin herangewachsen — das war Alles. Wie eine junge Ente in das Wasser, bin ich, wie in das mir angeborene Element, in das Leben hineingegangen — und es ist nicht immer ein helles, klares Wasser gewesen, das vor mir gelegen hat. Alles habe ich mir erschaffen und erobern müssen, sogar mein Pflichtbewußtsein und die Achtung vor mir selbst. Was ich gewonnen und verloren habe, gewann, verlor ich mir allein, bis auch mir die Stunde der Erlösung — der Erlösung durch den großen, erhabenen Glauben eines Einzelnen an mich, einmal gekommen ist, die mich neu geboren hat; und solch eine Stunde, solch eine erlösende Schicksalsgunst fehlt kaum einem Menschenleben. Sie kommt in wechselnder Gestalt — nur daß wir sie so oft ver=

träumen, daß wir sie nicht festzuhalten und uns in und an ihr nicht emporzuheben wissen." Sie unterbrach sich, über ihre Hingebung verwundert, und sagte dann: "Aber das hat mit Ihrer Lage im Grunde Nichts zu schaffen. Sie sagen mir, daß Sie die Hoffnung auf= gegeben haben, Baron Emanuel zu Ihnen zurückkehren zu sehen, da er Ihnen seit so lange kein Zeichen der Theilnahme mehr gegeben hat, und ich glaube, daran thun Sie wohl, denn solches zuwartende Hoffen bricht die Kraft entzwei. Aber haben Sie Jemanden, zu dem Sie sich wenden können, der für Sie sorgen würde? Oder was denken Sie zu thun, wenn Ihr Vater, der ja betagt und nicht der Stärkste mehr zu sein scheint, die Augen einmal schließen wird?"

Kaum ein Tag war vergangen, an welchem sich Hulda diese Frage nicht vorgehalten, und seit Monaten hatte sie sich gesagt, daß sie auch nicht die entfernteste Hoffnung auf eine Wiedervereinigung mit Emanuel zu bauen habe, daß sie bestimmt sei, ihren Weg im Leben einmal selbst zu suchen und ihr Brot zu ernten, wie sie können würde. Jetzt, da sie dieses vor Ga= brielen auszusprechen hatte, fühlte sie, wie sie nicht glaubte, was sie sagen wollte, wie all ihr Hoffen an dem Entfernten hing; und unfähig, es zu unterdrücken, rief sie: "Er kann mich ja nicht vergessen haben!"

Der Ton, mit dem sie dieses sagte, entzückte Ga= briele durch seine Naturwahrheit und erhöhte ihre Theilnahme und ihr Mitgefühl für Hulda.

"Vergessen?" wiederholte sie. "Wer kann ver= gessen? Was vergißt man denn? Aber auch Unver=

vergeßliches wird aufgegeben, muß oft aufgegeben, werden, und dann je eher, um so besser, gutes Kind!"

Ihre Dienerin unterbrach sie mit einer Meldung. Der Direktor eines größeren Theaters in der benachbarten Provinz war in der Frühe angelangt und wünschte vorgelassen zu werden. Er hatte Gabrielen den Antrag gemacht, zwei oder drei Vorstellungen auf seinem Theater zu geben, und war, da sie es nicht bewilligen zu können glaubte, nun selbst gekommen, um sie womöglich dazu zu bestimmen. Da sie sich bereit erklärte, ihn zu empfangen, wollte Hulda sich entfernen, aber Gabriele hieß sie bleiben, denn man hatte ihr die Eintrittskarten noch nicht gebracht, welche sie den beiden Frauen geben wollte.

Der Direktor war ein großer und noch sehr stattlicher Mann, obschon er den Sechzigern nicht ferne sein mochte. Hulda hatte von ihrem Vater seinen Namen schon als Kind vernommen, denn er gehörte einer altbekannten Schauspieler=Familie an, die in früherer Zeit das Theater in der Hauptstadt in Pacht gehabt, und der Pfarrer hatte damals Gelegenheit gefunden, ihn als jugendlichen Liebhaber mehrfach zu bewundern. Auch schien der Direktor sich in der Rolle eines solchen noch immer zu gefallen. Er war modisch und mit einer Sorgfalt gekleidet und frisirt, die an Uebertreibung grenzte. Sein Ton, seine Haltung waren zuversichtlich und auf eine besondere Wirkung berechnet. Man merkte es sofort, er konnte gar Nichts anders als Komödie spielen, jeder Naturlaut war ihm abhanden ge=

kommen. Er spielte sogar sich selber; und auch der Enthusiasmus und die Vertraulichkeit, mit denen er sich Gabrielen nahte, waren berechnet und gemacht.

„Ich hoffe, Unvergleichlichste," rief er, als sie ihm sagte, sie sei überrascht, ihn hier zu sehen, „Sie glauben nicht, was Sie mir sagen. Hielten Sie mich denn für „so sehr aus der Art geschlagen," daß ich Sie so nahe wissen konnte, ohne Ihnen die schöne Hand zu küssen, und hätte ich meinen Weg nicht nur durch die Schneefelder, sondern „durch eine Welt von Plagen" machen sollen!" — Er zog dabei den Hand= schuh ab, drückte mit einer geflissentlichen Uebertreibung Gabrielens Hand an seine Lippen, und als sie darüber lachend den Kopf schüttelte und ihm einen leisen Schlag gab, rief er: „Immer dieselbe bezaubernde Anmuth! das unwiderstehliche Lachen aus den „Erziehungs=Re= sultaten!" — Weinen — weinen, das kann der ganze große Troß! Aber wer kann lachen wie Gabriele? Wer hat je gelacht wie Sie? — Nur Sie wieder einmal lachen zu hören — das wäre schon die Reise werth!"

Sie lachte wieder, denn es belustigte sie, zu be= merken, wie er sich in den Jahren, während deren sie ihn nicht gesehen hatte, gleich geblieben war, und auf seinen Ton eingehend, versetzte sie: „Damit also könnten Sie denn wieder gehen, Werthester! Und noch jenseits meiner Thüre, sollten Sie mich lachen hören über die phantastische Laune, die Sie hieher gebracht hat. Aber, Scherz bei Seite — was führt Sie eigentlich hieher, da ich Ihnen ja geschrieben habe, daß ich gegenwärtig nicht bei Ihnen spielen könne, wenn ich es auch wollte?"

„Was mich hieherführt? Wollen Sie, daß ich es Ihnen sage, und wollen Sie mir nicht darüber grollen? — Es ist meine Kenntniß von den Frauen und mein Glaube, daß Sie keine Ausnahme von der Regel machen würden. Ein Nein zu schreiben, fällt den Frauen leicht. Dem Hoffenden, dem Bittenden," er betonte dieses Wort pathetisch und begleitete es mit der entsprechenden Miene, „dem Bittenden ein Nein zu sagen, wird dem weichen Herzen schwer. Und," fügte er schnell hinzu, „Sie können Ihre Bedingungen machen, wie Sie wollen, ich gestehe Ihnen jede im Voraus mit tausend Freuden zu. Die Hälfte, drei Viertel des Reinertrages! Man will Sie sehen um jeden Preis; zu verdoppelten Preisen bin ich sicher, auszuverkaufen bis auf den letzten Platz. Ich stelle Ihnen Extrapost, ich besorge Ihnen die Wohnung, wie Sie dieselbe wollen. Sie bestimmen Ihre Rolle, aber — ich muß nach Hause kommen und sagen können: „Die Gabriele kommt!" Ich muß die Erinnerung behalten: „Gabriele hat bei mir gespielt!" — Wie wäre es mit der Eboli? — Erinnern Sie sich, welchen Beifall wir errungen haben, als ich den Carlos noch mit Ihnen spielte? Oder wählen Sie die Thekla! Sie werden mit dem Max zufrieden sein! Ein großes, vielversprechendes Talent, schöne Gestalt, vortreffliches Organ, bequemer Partner. Entscheiden Sie, Verehrteste!"

Gabriele hatte ihn seine Rede ruhig zu Ende führen lassen. Da er endlich innehielt, sagte sie: „Es thut mir in der That sehr leid, verehrter Freund, daß die unabweisliche Nothwendigkeit mich zwingt, Ihre Kenntniß des Frauenherzens Lügen zu strafen. Mich bindet mein Kontrakt, und wenn Sie mir auch goldene Brücken bauen und mir einen Cherub zum Partner bieten, ich muß auch mündlich bei dem Nein verharren, daß ich Ihnen schrieb. Ich bin ermüdet, darf mir bei der Kälte keine so großen Anstrengungen auferlegen, und die Reise, die ich vor mir habe, ist lang und schwer."

Der Direktor wollte sich damit noch nicht abweisen lassen. Bald als bewundernder Verehrer, bald als eifriger Geschäftsmann redend, schmeichelnd, scherzend, Gewinn versprechend, versuchte er das Mögliche. Gabriele ging je länger, je mehr auf seine Scherze ein und ließ vor ihm endlich die Hoffnung durchblicken, daß sie, wenn das Gastspiel in der nordischen Kaiserstadt sie nicht zu sehr angegriffen haben sollte, bei der Rückkehr zwei oder drei Vorstellungen auf seiner Bühne geben wolle. Er war ganz Freude bei der Aussicht. Man traf für diesen Fall die mündlichen Verabredungen, man sprach auch von seinem Personale. Es kam dabei in freiem Tone Manches aus dem Privatleben desselben und aus dem Privatleben gemeinsamer Bekannter auf das Tapet, das dem Ohre des zuhörenden jungen Mädchens befremdlich und fast erschreckend klang; und nicht bevor der Theaterdiener eintrat, der Gabrielen die Billete brachte, erhob sie sich, um den Direktor zu entlassen. Da erst wurde der Letztere auf Hulda achtsam, die sich zurückgezogen hatte und an einem der Seitentische saß.

Er trat an sie heran, betrachtete sie, daß ihr das Blut zu Kopfe stieg, und fragte dann: „Eine junge Kollegin? eine Anverwandte? hat Aehnlichkeit mit Ihnen. Vortheilhafte Erscheinung! Würde mit dem schönen Haar, wie Sie zu Ihrer Zeit, ein reizendes Käthchen von Heilbronn geben! Ein Käthchen, wie's im Buche steht!"

Hulda vermochte die Augen nicht aufzuschlagen, aber ihre Verlegenheit und ihr Erröthen ließen sie nur schöner erscheinen. Gabrielens Blicke ruhten mit jenem Wohlgefallen auf ihr, das sie von der ersten Minute, da Hulda vor sie hingetreten war, für sie gefühlt hatte.

„Nichts da von Kollegin!" sagte sie, „Mademoiselle ist eines Landgeistlichen, eines Pfarrers Tochter! Aber Sie finden also auch, daß sie mir ähnlich sieht? Es hat mich gestern überrascht, und Sie haben Recht, sie würde ein hübsches Käthchen machen. Sie ist, wie ich glaube, auch nicht ohne ein gewisses Talent. Wir haben gestern mit einander gelesen, und sie hat ihre Sache ganz artig, ganz geschickt gemacht."

Sie reichte Hulda dabei die Hand und das war gut, denn es war derselben, als brenne, als wanke der Boden ihr unter den Füßen. Der Direktor hatte die Brille aufgesetzt und sah sie unverwandten Blickes an. „Das ist ein Lob, auf das Sie stolz sein können, Mademoiselle! ein Lob, nach dem Erprobte geizen würden. Sie haben wahrscheinlich Lust, zur Bühne zu gehen? Haben Sie Versuche dafür gemacht?"

„Ich?" rief Hulda, und es war ihr unmöglich, ein weiteres Wort zu finden, so daß Gabriele dem Direktor die Erklärung gab, durch welche zufällige Veranlassung das Mädchen zu ihr geführt und wie sie mit demselben bekannt geworden sei.

Das schien jedoch den Direktor in seinem Plane nicht im geringsten zu beirren. „Es heißt im „Faust", sagte er: „Ein Komödiant könnt' einen Pfarrer lehren! — aber es ist auch schon Mancher aus dem Bereich des Pfarrhauses, ja Mancher, der für die Kanzel bestimmt gewesen, auf die Bühne gegangen; denn zur Bühne wie nach Rom führen alle Wege. Der Weg dahin ist aus einem Pfarrdorfe nicht weiter wie aus jedem anderen Orte. Wenn Sie meinen, daß Mademoiselle Talent hat, und wenn Mademoiselle in sich Beruf verspürte —"

„So und so weiter!" fiel ihm Gabriele in das Wort — „und damit lassen Sie es auf sich beruhen, mein Bester! Sie sehen, Sie ängstigen, Sie verwirren das arme Kind. Man muß mit solchem Scherz nicht Ernst machen. Nicht wahr, liebe Hulda? Es wird Ihnen bange unter uns Komödianten — und ganz Unrecht haben Sie damit nicht. — Glücklicherweise sind die Billete jetzt auch da!"

Sie ging an den Seitentisch, gab ihr die beiden Karten, trug ihr Grüße an ihren Vater und an Miß Kenney auf, sagte, sie möchte sich ihrer erinnern, möchte denken, daß sie eine gute Freundin an ihr habe, möchte sich zuversichtlich an sie wenden, wenn sie glaube, daß sie ihr einmal nützlich sein könne, und entließ sie dann, um sich ankleiden zu lassen und zur Probe zu gehen, wohin der Direktor sie mit ihrer Erlaubniß begleiten wollte.

## Zehntes Capitel.

Wie Hulda nach Hause gekommen war, wie der Tag ihr vergangen, was sie am Abende im Theater gedacht, gefühlt hatte, das wußte sie nach wenig Tagen schon nicht mehr. Nur daß der Direktor aus der Prosceniums=Loge, in der er sich befunden, sie durch die Brille mit seinen großen, hervortretenden Augen immer wieder angesehen, daß er sie mit einer Vertraulichkeit begrüßt hatte, als ob er ein alter Bekannter von ihr wäre, dessen erinnerte sie sich genau, und es war ihr beruhigend, daß Miß Kenney es nicht gesehen hatte. Die Achtsamkeit, welche der Direktor auf sie gerichtet, hatte sie förmlich befangen und gepeinigt. Das Spiel Gabrielens war ihr darüber zum Theil verloren gegangen. Sie hatte von dem Direktor sogar in der Nacht geträumt. Es war plötzlich ein ganz neues, ihr unheimliches Element in ihr Leben gekommen, eine Angst, eine Unruhe, über die sie nicht Herr zu werden vermochte. Sie wagte es weder dem Vater noch ihrer alten Freundin zu erzählen, was sich an dem Morgen bei Gabrielen zugetragen, was sie

dort erlebt und an welche Möglichkeiten man für sie
gedacht hatte; und doch lag ihr jener Morgen immer=
fort im Sinne, doch sagte sie sich unaufhörlich: wenn
Er, wenn Emanuel es wüßte, daß man sie Gabrielen
so sehr ähnlich fand, daß man die Laufbahn einer
Schauspielerin als eine ihr angemessene erachte!

Die Tage und Wochen und die Jahreszeit nahmen
inzwischen ihren still gewohnten Lauf. Hulda that
an jedem Tage, was ihr oblag, sie pflegte den Vater,
leistete ihrer Beschützerin die kleinen häuslichen Dienste,
deren sie bedurfte, und wenn man sie daneben oft=
mals noch still und in sich versunken sah, so ließ man
sie gewähren, denn man war gewiß, sie bei der
Gesundheit ihrer Natur getrost sich selber überlassen
zu dürfen. Man hoffte, die Zeit würde die Wunde
ihres Herzens heilen und vernarben machen, besonders
da Emanuel Nichts weiter von sich hören ließ und
Niemand in ihrer jetzigen Umgebung einen Zusammen=
hang zwischen Hulda und dem Baron auch nur ver=
muthete.

Der Pfarrer freute sich, daß Hulda's Lust, sich
zu unterrichten, ihre Vorliebe für die classische Literatur
mit jedem Tage zunahmen, daß sie ihr Gedächtniß
mit den schönsten Stellen deutscher Dichtkunst füllte.
Er und Miß Kenney bemerkten es mit Wohlgefallen,
welch einen Einfluß auf Hulda's Vortrag die flüchtige
Begegnung mit Gabriele ausgeübt hatte. Mit der
Blindheit, welche man fast immer für das Seelen=
leben seiner Nächsten hat, ahnte es keiner von den
Beiden, was in des jungen Mädchens Seele vorging,

und wie gerade in den Stunden, in welchen sie am
schmerzlichsten um die verlorene Liebe trauerte, eine
Hoffnung und ein Verlangen vor Hulda aufstiegen,
von deren blendendem Glanze sie wie vor einer gefähr=
lichen Verlockung noch ihr Auge schloß, besonders da
eben jetzt die gesteigerte Sorge um den Vater, sie von
sich selber abzog.

Das Augenleiden des Pfarrers hatte sich trotz
der Sorgfalt und Kunst des Arztes nicht gebessert.
Eine Operation, auf die man sich vertröstet, stellte sich
als nicht ausführbar heraus. Man hatte also im
besten Falle zu erwarten, daß des Greises Augenlicht
nicht ganz erlöschen, daß er noch fähig bleiben werde,
seinen Amtsgeschäften unter Beistand des Adjunkten,
den man ihm gegeben hatte, theilweise vorzustehen;
aber zu einem fortgesetzten Aufenthalte in der Stadt,
war nach solchem Ausspruch des Arztes für den Pfarrer
keine Nothwendigkeit mehr vorhanden. Der Greis,
für den der verhältnißmäßig lebhafte Menschenverkehr,
dessen er durch die Uebersiedelung in die Stadt theil=
haftig geworden, am Anfange erfreulich und belebend
gewesen war, fing an, sich nach seinem Dorfe, nach
seinen Pfarrkindern, nach seiner ihm noch möglichen
Thätigkeit zu sehnen. Der Gedanke, daß wachsende
Erblindung ihn behindern könne, die Stätten und
Plätze, an denen seine ganze Seele hing, noch ein=
mal mit leiblichen Augen zu schauen, lag ihm be=
ständig im Sinne, und trieb ihn noch mehr dazu an,
auf die Rückkehr in die Heimat mit einer ihm sonst
fremden Hast zu dringen.

Miß Kenney hatte zuerst Einwendungen dagegen gemacht. Sie war an Hulda als Gesellschafterin, als Vorleserin gewöhnt, sie behagte sich als Herrin des Hauses, in welchem sie den Winter mit ihren Freunden zugebracht hatte. Die Unabhängigkeit, in der sie zum erstenmale ausschließlich nach ihrem eigenen Gefallen hatte leben können, war ihr, da das Bequemlichkeits=Bedürfniß des Alters sich endlich auch bei ihr ein=gestellt, wohlthuend geworden, und sie hatte sich also ganz allmälig in die Aussicht hineingelebt, die Jahre, welche noch vor ihr liegen mochten, abwechselnd auf dem Schlosse und in dem gräflichen Hause in der Stadt zuzubringen, wobei sie die Gesellschaft Hulda's als etwas sich von selbst Verstehendes in Rechnung gebracht hatte. Sie wünschte deshalb auch Hulda, und mit ihr den Vater, dessen Amtsthätigkeit doch keine nachhaltige mehr sein konnte, bei sich in der Stadt zu behalten, bis es ihr selber passen würde, auf das Land hinauszugehen, und die Gräfin durfte sich, so weit es ihre Plane für ihre alte Erzieherin betraf, wieder einmal der Scharfsicht und Voraussicht rühmen, mit denen sie das derselben Angemessene er=kannt und für sie vorbereitet hatte. Trotzdem be=stimmten Umstände, welche völlig außerhalb ihrer Be=rechnung gelegen, die Gräfin, über die greise Dienerin und Freundin noch einmal in anderer Weise zu verfügen.

Ihr Schwiegersohn wünschte, durch Familien=Angelegenheiten dazu veranlaßt, nach Paris zu gehen und seine Frau mit sich zu nehmen. Die Gräfin war

geneigt, sich ihnen anzuschließen, aber die junge Fürstin
konnte es nicht über sich gewinnen, ihren nur wenige
Monate alten Erstgeborenen mit der Dienerschaft allein
zurückzulassen, und den Knaben bei der immer noch
winterlichen Jahreszeit den Zufällen einer so weiten
und langwährenden Reise auszusetzen, trug der Vater
Bedenken. Die Gräfin schlug also vor, die Kenney
herbeizurufen, um dem fürstlichen jungen Paare über
alle Besorgnisse hinwegzuhelfen. Damit war man
augenblicklich einverstanden. Die Anweisung, sich auf
den Weg zu machen, wurde der Vielbewährten in der=
selben Stunde noch ertheilt, die Zeit, in welcher der
Brief in ihre Hände gelangen mußte, der Abgang der
nächsten schicklichen Postgelegenheit waren dabei genau
berechnet. Die Gräfin schrieb ihr, wann sie auf der
Station einzutreffen habe, auf welcher das Fuhrwerk
des Fürsten ihrer warten würde; und weder in dem
Gedankenkreis der an unbedingten Gehorsam gegen
ihre Anordnungen gewöhnten Herrin, noch in dem
Bereiche dessen, was die unbedingte Unterordnung von
Miß Kenney für möglich hielt, lag die Voraussetzung,
daß irgend etwas Anderes als schwere Krankheit sie
behindern könne, der empfangenen Weisung sofort
pünktlich nachzukommen. Aber der zögernde Pulsschlag
des Alters steht mit raschen Entschließungen, mit plötz=
licher Umgestaltung seiner Pläne im Widerspruche, und
wie das Vertrauen, das man in sie setzte, und die
Aussicht, das Kind ihrer Clarisse zu sehen und zu
behüten, die Greisin auch erfreuen mochten, die Noth=
wendigkeit, innerhalb der nächsten vierundzwanzig

Stunden aufzubrechen, um, nur von einer Magd begleitet, eine längere Postreise anzutreten, erschreckte sie und vermehrte in ihr die Unbehilflichkeit des Alters.

Sie wollte bald dies, bald das, und wollte vor Allem doch gehorchen. Hätte die Gräfin sie in solcher Rathlosigkeit gesehen, es hätte sie die Auskunft bereuen machen müssen, die sie für ihr Enkelkind getroffen hatte. Sie gab Hulda und dem Dienstmädchen Befehle, die sich widersprachen, und es blieb der Ersteren denn endlich auch nichts Anderes übrig, als nach eigenem Ermessen einzugreifen und für ihre Beschützerin vorzusorgen, wie sie es für ihren Vater schon seit lange thun mußte.

Der Tag verging in rastloser Geschäftigkeit, es war viel des nächsten Nothwendigen zu besorgen, zu bedenken; es mußte Abrede getroffen werden für die Heimkehr des Pfarrers und Abrede auch auf den Fall, daß Miß Kenney, wie sie es für wahrscheinlich hielt, für längere Zeit bei dem jungen Prinzen zu bleiben haben sollte. Man kam wenig zur Ruhe, weniger noch zu einem gesammelten Gespräche. Der Abend war da, ehe man sich deß versah. Auf ein so plötzliches Scheiden hatte man nicht gerechnet, aber die Gottergebenheit des Pfarrers und das Pflichtgefühl der Greisin gaben Beiden Fassung, als sie sich vor Nacht um die gewohnte Stunde trennten.

„Verlassen Sie meine Tochter nicht!" sagte der Pfarrer, das war Alles. Miß Kenney drückte ihm die Hand. „Hulda weiß es," entgegnete sie ihm, „wie sie auf uns Alle zählen kann. Sie wird nie verlassen sein, wenn sie sich getreu bleibt wie bisher." Damit trennten sich die Beiden.

Die Post ging in den frühen Morgenstunden fort. Hulda hatte sich sehr zeitig erhoben, um der Reisenden den Aufbruch zu erleichtern. Sie fand dieselbe ebenfalls schon angekleidet, und beschäftigt, verschiedene Besorgungen aufzuschreiben, welche Hulda im Schlosse für sie ausrichten sollte. Wie sie ihr dieselben mit jener ängstlichen Genauigkeit des Alters eingeschärft hatte, welches von der eigenen Schwäche und Unzulänglichkeit auf die der Anderen zu schließen liebt, sagte sie, während sie noch die letzten Stücke in ihre Reisetasche steckte: „Ich mache mir einen Vorwurf daraus, daß ich mich mit Dir nicht längst einmal über Deine Zukunft ausgesprochen habe; indeß ich hatte nicht erwartet, so bald und so plötzlich von Dir gehen zu müssen. Nun drängt der Augenblick und solche Dinge machen sich mündlich doch immer leichter ab als schriftlich. Der Arzt hat mir gesagt, daß Deines Vaters ganzer Zustand besorgnißerregend ist. Sein Augenleiden ist Folge einer allgemeinen Erschöpfung, die bei seinen Jahren keine Hoffnung auf neue Belebung der Kräfte zuläßt. Ich habe Dir dies bisher verschwiegen, weil ich mit Euch zu bleiben und Dir im Nothfall, in der entscheidenden Stunde, zur Seite zu stehen hoffte; das kann nun anders kommen. Du wirst voraussichtlich auf Dich und Deine eigene Kraft und Fassung angewiesen sein, und ich denke,

Du wirst Dich zu bewähren und das Zutrauen zu rechtfertigen wissen, das wir in Dich gesetzt haben. Glücklicherweise ist ja auch der Adjunktus draußen, der ein wackerer und gemüthvoller Mann zu sein scheint. Indessen eben seine Anwesenheit wird Dich in betreffendem Falle nöthigen, die Pfarre sobald als möglich zu verlassen, und Du wirst dann am besten thun, wenn Du zu dem Amtmanne gehst, der Dir wohlgesinnt ist, bis sich eine Stelle für Dich gefunden haben wird, die wir natürlich so bald und so wünschens= werth als möglich für Dich zu ermitteln suchen werden."

Sie packte während dessen die warmen Schuhe ein, die sie im Postwagen anzuziehen dachte, unter= suchte die Stöpsel und Korke an ihren Aether= und Riechfläschchen, sah, ob die Bonbons ihr leicht zur Hand wären, und sie hätte noch lange fortsprechen und noch lange unter ihren Sachen kramen können, ohne daß Hulda sie unterbrochen haben würde.

Es war nicht lange her, daß Gabriele die schmerzende Frage an sie gerichtet hatte, was sie zu thun denke, wenn ihr Vater einmal die Augen schließen werde? Aber wie traurig diese Frage sie auch ge= macht, sie hatte nicht die niederwerfende, die völlig entmuthigende Wirkung auf sie hervorgebracht, wie Miß Kenney's eben gehörte Worte. Gabriele hatte doch nicht voll ermessen können, welch ein Sonnen= schein einmal über Hulda's Leben aufgegangen war, wie hell die Zukunft ein paar kurze Tage hindurch sich vor ihr ausgebreitet hatte, und wie unglaublich es sie deshalb dünken mußte, daß all die Liebe und Hoffnung, und all die Freude und all das Glück nicht dagewesen sein sollten; daß ihre heiße, treue Liebe, ihr Glaube und ihre Zuversicht zu dem Manne, in dem sie das Urbild allen Seelenadels verehrt hatte, sie betrogen haben könnten. Miß Kenney wußte dieses Alles — und benahm ihr trotzdem jede Hoffnung, jede! Miß Kenney hatte es ihr so häufig wiederholt, welch mütterliche Zärtlichkeit sie für sie hege und konnte an ihr Riechsalz und an die kleinste ihrer Bequemlich= keiten denken, während sie über das Schicksal eines armen treuen Herzens den Stab in kühler Seelen= ruhe brach.

Es war vergebens, daß Hulda mit sich rang, vergebens, daß sie sich es vorhielt, wie viel sie ihrer alten Beschützerin an Unterricht und Pflege, an Unter= weisung und Erziehung, an tragender und stützender Geduld und Güte schuldig geworden sei. Der Gedanke: sie nimmt Dir alle Hoffnung, sie findet es in der Ordnung, was Dir geschehen ist und was Du leidest, und daß Dein Leben wie eine öde Haide weit und grau und farblos vor Dir liegt, preßte ihr das Herz zusammen und schnürte ihr die Kehle zu. Hätte sie sprechen wollen, sie hätte ihre Lippen nur mit einem Aufschrei öffnen können. Die Bitterkeit, welche sie in ihrem Schweigen zum erstenmale in sich aufsteigen fühlte, steigerte ihre Pein, und machte ihr auch das kleinste Wort des Dankes zur Unmöglichkeit.

Glücklicherweise war die gute Kenney viel zu sehr mit sich beschäftigt, um Hulda's starres Verstummen sonderlich zu merken. Die Anstrengungen und Unbequemlichkeiten, welche ihre Rückkehr zu der gräflichen Familie ihr auferlegte, machten sie alles Andere vergessen. Hätte sie es nicht als ihre Aufgabe erachtet, ihre Pflicht auf jedem Platze, auf den sie das Geschick gestellt, bis auf das Letzte gewissenhaft zu erfüllen, so hätte sie vielleicht in der Spannung und Aufregung, in welche der plötzliche Befehl der Gräfin sie versetzt hatte, überhaupt kaum noch daran gedacht, Hulda in solcher Weise voraussichtig zu berathen.

Aber sie war beruhigt, daß sie es doch noch gethan hatte, ehe der Wagen vorfuhr, der sie nach der Post zu bringen hatte. Sie forderte Hulda noch in aller Eile auf, ihre musikalischen Uebungen und ihre Sprachstudien fleißig fortzusetzen, weil man diese an einer Gouvernante am meisten suche und bezahle. Sie rieth ihr, auch das Zeichnen nicht zu vernachlässigen, in welchem sie unter ihrer Leitung gute Fortschritte gemacht hätte; sie versicherte, daß sie der Gräfin und der Fürstin über Hulda's verständiges Verhalten das Allerbeste sagen werde, und daß diese sicher sein könne, nie des Schutzes und des Beistandes der Herrschaften entbehren zu müssen, durch deren empfehlende Verwendung ein Unterkommen für sie, sich gewiß leicht finden werde, sobald es einmal erforderlich sein sollte. Darauf küßte sie Hulda ganz gerührt, drückte sie mit wirklicher Zärtlichkeit an ihr Herz, als Hulda ihr in den Wagen half, rief ihr noch zu, sie möge den Vater grüßen und möge es ihr gleich schreiben, wenn Etwas vorkommen sollte, und Hulda sah, wie sie sich die

Augen trocknete, als ihre Dienerin der Morgenkälte wegen das Wagenfenster schloß.

Hulda stand unter dem Portale und schaute dem Wagen nach.— „Sie wird den Baron gewiß bald wieder=
sehen," dachte sie, „sie wird ihm sagen, daß ich mich getröstet habe!" fügte sie hinzu, und die verhaltenen Thränen, die ihr bis dahin das Herz belastet hatten, stürzten ihr aus den Augen.

## Siebentes Capitel.

Ein paar Tage später, gerade als der Adjunktus des Pfarrers wieder einmal in das Schloß gekommen war, den Amtmann und Mamsell Ulrike zu besuchen, traf ein Brief von Hulda ein. Sie schrieb dem Amtmann im Auftrage von Miß Kenney, daß diese zu der jungen Fürstin hinbeschieden sei, theilte danach dem alten Freunde das Urtheil mit, welches der Arzt über den Zustand ihres Vaters ausgesprochen hatte, und bat ihn im Namen des Letzteren, er möge ihnen, so bald es sein könne, für die Heimkehr ein Fuhrwerk in die Stadt senden, da der Vater sich danach sehne, in sein Haus und in seine Heimat zurückzukehren.

Der Amtmann, der mit unerbittlicher Strenge darauf hielt und darauf zu halten Ursache hatte, daß die Schwester keinen Brief in die Hände bekam, der an ihn gerichtet war, wie unverfänglich sein Inhalt auch immer sein mochte, faltete das Blatt, nachdem er es gelesen hatte, mit Genauigkeit zusammen, steckte es in die Brusttasche seines Flausrockes und fuhr ruhig zu rauchen und mit dem Kandidaten weiter zu conversiren fort.

„Sie werden's nicht durchsetzen, Herr Adjunktus! das mit Ihrer Sabathfeier!" sagte er. „Wir sind hierlands nicht Engländer und auch nicht Juden. Sehen Sie sich vor. Die Leute beharren hier auf ihrem Kopf, auf den Gütern so gut wie in der Kate. Es geht hier nicht wie in der Stadt. Wir haben sammt und sonders an manchem Sonntag alle Hände nöthig, um den Segen nicht zu Schanden werden zu lassen, den unser Herrgott uns gegeben hat; und wer sechs Tage in der Woche bei der Arbeit gekeucht hat und geschwitzt, der will am siebenten Tage vor Vergnügen keuchen und zum Vergnügen schwitzen. Sehen Sie sich vor! Was man durchzuführen nicht gewiß ist, das muß man mit den Leuten gar nicht erst probiren. Ein Pferd, das Ihnen vor dem Graben Kehrt gemacht hat, über den Sie es springen lassen wollten, das haben Sie nie wieder sicher in der Hand. Und damit ich Ihnen nackt die ganze Wahrheit sage, an mir haben Sie mit dieser Sache keinen Rückhalt und an unserem Herrn Pastor auch nicht."

Der Adjunktus schwieg. Es war ihm Ernst mit seinem Amte, Ernst auch mit der Heilighaltung des Sonntags, wie man sie einzuführen strebte, seit sich die frömmelnde Richtung in der protestantischen Kirche geltend machte. Er war guter Leute Kind, ein hübscher junger Mann von reinen Sitten und von gutem Herzen, kurz ein Mann, gegen den der Amtmann sonst Nichts einzuwenden hatte, als daß er ihm zu welt=

fremd und zu fromm war, und daß er nicht rauchte. Aber er dachte bei sich: das Rauchen lernt er wohl aus langer Weile noch, und die übergroße Frömmigkeit, die wird sich auf dem Lande legen, wenn er sie nicht mehr mit Seinesgleichen in bequemer Geselligkeit, sondern ganz für sich alleine zu betreiben hat.

Auch die Mamsell war ganz für den Adjunktus. Sie sah es gerne, daß er fast in jeder Woche einmal in das Amt kam, sie ließ sich's gerne gefallen, wenn er zu ihr von seiner Mutter sprach, die ihn nach des Vaters frühem Tode mit Opfern aller Art erzogen hatte, bis auch sie gestorben war. Sie nannte ihn ein dankbares Gemüth, einen wohl zu leidenden sanften Menschen, und der Amtmann lachte, wenn sie in des Adjunktus Beisein ihre Stimme dämpfte und ihrer Rede Gewalt anthat, als besorgte sie, ihn zu erschrecken oder zu verscheuchen.

„Sie wird sich aus Narrheit noch auf die Sanftmuth und Frömmigkeit verlegen, denn die Pfarr-Adjunkten sind einmal ihre Leidenschaft!" sagte er im Scherze zu seinem alten Freund, dem königlichen Oberförster. Auch heute wieder, so schwer ihr's ankam, ihre Neugierde zu zügeln, denn sie hatte die Handschrift auf dem Briefe erkannt, ging die Mamsell auf des jungen Mannes Unterhaltung ein, und stellte sich auf seine Seite, weil sich der Bruder gegen ihn erklärte.

„Nein, weiß Gott, nicht!" sagte sie so sanft und leise, als sie konnte. „An dem Bruder finden Sie Ihren Rückhalt nicht, Herr Adjunkt! Der kennt Nichts als Arbeit, immer Arbeit, am Sonntage wie am Wochentage und sich im Stillen freuen hat er nie gekonnt."

Der Amtmann schlug sein hellstes Lachen auf. „Nein!" rief er, „nein, da hat sie Recht, und zu dem Vergnügen, das Sie mir heute bereiten, nicht zu lachen, da müßte ich nicht mehr ich selber sein. Aber nun ist Alles möglich! Das ist ja mehr als bloß Bekehrung, das ist die reine Hexerei. Die Schwester, die sich auf die Sonntagsruhe und auf die Heiligkeit verlegt! Das ist ein Mirakel, Herr Adjunkt! Wenn Sie mir Die zur Sanftmuth, wenn Sie mir Die zur Stille und zum Schweigen bringen, so sollen Sie mein Mann sein, mehr noch als bisher."

Ulrike wurde feuerroth. „Statt den Herrn Adjunktus zu verhöhnen und mich zu verspotten, weil ich mich noch nicht zu alt erachte, meine Fehler abzulegen, wenn man sie mir durch gutes Beispiel deutlich macht, solltest Du —" sie brach plötzlich ab und biß sich auf die schmalen Lippen.

Dem guten Sinne des jungen Geistlichen waren diese Vorgänge zwischen dem Amtmann und der Schwester sehr zuwider. Er war klug und verständig genug, die rechtschaffene Tüchtigkeit des Amtmannes trotz seiner gelegentlichen Derbheiten zu achten und zu schätzen, und doch noch unerfahren genug, sich einzubilden, daß es ihm wohl gelingen könnte, in Mamsell Ulrike, die sich immer seiner Ansicht zeigte, so oft der Amtmann derselben widersprach, eine Sinnesänderung und vielleicht, wie er es in seiner Weise nannte, eine

Bekehrung und Erhebung zu bewirken. Es war ihm bis=
weilen auch geglückt, Ulrike zu besänftigen, so daß er
sich die Ueberwindung, mit welcher sie in diesem Augen=
blicke innehielt, als sein Verdienst anrechnete und ihr
zu Hilfe kommen wollte, als der Amtmann ihm diese
Möglichkeit mit der an die Schwester gerichteten Frage
abschnitt: "Na, komm' nur damit heraus! Was soll
ich denn?"

"Du solltest," fuhr Ulrike, ihrer selbst jetzt nicht
länger mächtig, fort, "Du solltest wissen, daß ich es
nun einmal für den Tod nicht leiden kann, wenn Du
so die Briefe von der Hulda für Dich allein behältst
und wegsteckst, als ob die heiligen zehn Gebote oder
die heilige Offenbarung darin ständen, die unser Herr=
gott" — der Verkehr mit dem Adjunkten hatte ihre
Gedanken auf den Bereich der Bibel hingelenkt —
"die unser lieber Herrgott denn doch nicht bloß für
einen Einzigen in die Welt geschickt hat."

"Stehen auch gar keine Geheimnisse in dem
Briefe," entgegnete der Amtmann, dem es Spaß zu
machen schien, daß seine Schwester die ihr neue Rolle
der Gehaltenheit und Mäßigung bei jedem Anlasse
wie ein lästig Kleidungsstück von ihren Schultern
warf, und der das Necken nicht leicht lassen konnte.
"Steht Nichts darin, was ich Dir nicht hätte sofort
sagen können, hätte ich nicht befürchtet, Dir und dem
werthen Herrn Adjunktus damit Bedenken zu erregen,
daß ich das Fuhrwerk für den Pastor am Sonntag
abgehen lassen will."

„Wozu das Fuhrwerk?" fragte die Mamsell aufhorchend.

Der Amtmann ließ sich mit der Antwort Zeit. Seine Pfeife hatte sich verstopft, er mußte sie in Ordnung bringen. Ulrike klopfte mit den spitzen Fingern ungeduldig auf den Tisch. Der Amtmann schien das gar nicht zu bemerken. „Die Frau Gräfin", sagte er endlich, „die Frau Gräfin hat die Kenney zur Frau Fürstin hingerufen, sie ist vor einigen Tagen abgereist —"

„Und das sagst Du mir erst jetzt, und als ob das gar Nichts wäre?" fiel die Schwester dem Amtmann mit freudestrahlendem Triumphe in die Rede. „Das ist ja ein wahres Glück! Die also wäre man doch nun wieder los! Und das leise Kommandiren und all das bescheidene Hofmeistern und Besserwissen hat doch wieder auch einmal sein Ende. Ich wollte nur, sie holten —"

Aber sie besann sich eines Besseren. Sie sprach nicht aus, was sie erwünschte, und fragte statt dessen nur, was denn sonst noch Gutes in dem Briefe stände.

„Nicht viel Gutes," versetzte der Amtmann. „Ich hatte es aber bald gedacht, daß keine Hilfe mehr für unseren guten Pastor sein würde. Er weiß das jetzt auch selbst; das arme Kind, die Hulda aber, weiß noch mehr, als der Doktor ihm zu sagen für gut befunden hat. Der kranke Mann sehnt sich nun nach Hause, und die Hulda bittet mich, ihnen ein Fuhrwerk in die

Stadt zu schicken, was ich denn gleich übermorgen thun will, ehe die Wege vollends grundlos werden."

"Da sie so lange weggeblieben sind," meinte die Mamsell Ulrike, "so könnten sie nun schon bleiben, bis—"

"Bis die Wege vollends grundlos werden," fiel der Amtmann ein, "oder bis der arme Mann die Heimat, in die er wiederkehrt, gar nicht mehr sehen kann? Nein, das Mädchen hat ganz Recht. Sie müssen je eher je lieber in ihr Haus zurück, wo der Pfarrer Alles an seinem Flecke kennt und findet, und wo er, wie die Hulda es mir schreibt, selbst dasjenige noch zu sehen glauben wird, was er vielleicht nicht mehr genau erkennt."

Der Amtmann war gegen seine Gewohnheit ganz gerührt über diese Vorstellung und über seines alten Freundes trauriges Geschick. "Für Sie, Herr Adjunktus," sagte er, "wird es auch recht gut sein, wenn die Beiden erst wieder in dem Hause sein werden. Der Pfarrer ist hier geboren, er kennt die Leute hier und wird Ihnen noch besser als ich selber sagen können, was hier geht und nicht geht; Und die Tochter — nun, Sie haben sie ja gesehen, die drei Tage, die Sie in der Pfarre vor des Pastors Abreise noch zusammen gewesen sind. — Ich halte große Stücke von dem Mädchen. Es ist brav und gut!" und als wolle er die Empfehlung Hulda's, die er mit Geflissenheit ausgesprochen hatte, doch nicht gar zu merklich machen, fügte er hinzu: "Auch die Mutter war eine brave Frau, die mit ihrem Wenigen gut hauszuhalten wußte."

Ulrike hatte Hulda's Lob nur mit Ueberwindung angehört; seit sie aber in dem Verkehr mit dem Adjunktus angefangen hatte, sich der Milde und der christlichen Liebe zu befleißigen, hatte sie die selige Pastorin in den Kreis derjenigen ihr ungefährlichen Personen aufgenommen, von denen sie nichts Uebles sagte und auf die sie auch Nichts kommen ließ. „Ja!" versetzte sie, „die selige Simonene war eine gute Frau und hatte auch bei uns mancherlei Gutes angenommen in der Wirthschaft und im Hause. Sie und ich haben es auch nicht fehlen lassen an der Hulda! Aber, was dem Mädchen mangelt, das läßt sich nicht erlernen und nicht geben; das muß aus dem Herzen kommen, das muß angeboren sein."

„Und was mangelt denn der Hulda?" fragte der Amtmann, der seiner Schwester nie recht traute, wenn sie, wie er sich ausdrückte, wie ein Igel, der für sich Gefahr merkt, ihre Stacheln einzog.

„Demuth! Demuth mangelt ihr;" und halblaut, wie zu sich selber sprechend, setzte sie hinzu: „unter einem Baron thut es die Hulda einmal nicht!"

Der Amtmann zog die Augenbrauen in die Höhe und gab der Schwester einen Wink, den sie nicht übersehen und nicht mißverstehen konnte. Sie stand auf und ging, mit den Schlüsseln an ihrem Bunde klappernd, rasch hinaus. Der Amtmann schritt im Zimmer auf und nieder. Es ging ihm Etwas im Kopfe herum, er konnte nur nicht mit sich einig werden. Mit einemmale blieb er vor dem Gaste stehen.

„Ich müßte die Menschen hier herum, und ich müßte meine Schwester nicht kennen," hub er ohne alles Weitere an, „oder Sie haben schon allerlei von dem Gerede zu hören bekommen, das die Schwester Ihnen da eben wieder als ein rechtes Zeichen ihrer Art von Nächstenliebe aufzutischen dachte. Glauben Sie davon kein Wort, es ist Alles Lüge und Verleumdung, Alles! Alles! Das arme Kind ist zu beklagen, und einem freundlichen Gesicht im Hause zu begegnen, wird dem Mädchen gut thun. Denken Sie daran."

Es lag so viel redliche Güte in seinen Worten und in seinen Mienen, daß sie den graden Sinn des jungen Mannes überwältigte und ihm das Herz erschloß.

„Es ist wahr," entgegnete er, „und es ist mir befremdlich aufgefallen, daß man auf den bei uns eingepfarrten Gütern, und auch daß Mamsell Ulrike der Tochter des Herrn Pastors nicht geneigt ist. Soweit ich sie aber in den paar Tagen kennen lernte, die ich mit ihr verlebt habe, kam sie mir sanft und gut und schlicht vor, und die geringen Leute hängen ihr in Liebe an. Man hat auch Nichts offen gegen sie ausgesagt —"

„Weil man Nichts auszusagen hat! Weil selbst der Neid, der hier im Spiele ist, Nichts vorzubringen hat!" rief der Amtmann, der sich zu erhitzen anfing. „Setzen Sie bei allen Weibern, bei den jungen wie bei den alten, und bei meiner Schwester obenan, nur immer einen rechten gründlichen Neid voraus, wenn sie von einem schönen braven Mädchen reden, und eine heimliche Schadenfreude, wenn ihm etwas Uebles widerfährt, und Sie werden solch armen Mädchen wie der Hulda, dann gerecht sein."

Der Adjunkt hörte das mit Freude. Man hatte ihm Hulda gleich bei den Antrittsbesuchen, die er zu machen hatte, als eitel, als gefallsüchtig und intrigant geschildert. Man hatte arglistig gelächelt, wenn er ausgesprochen, daß sie ihm nicht also erschienen sei, und hatte angedeutet, der schöne Sekretär des Fürsten, und Seine Durchlaucht selber, und der Bruder der Frau Gräfin wüßten von der schlichten Unschuld mehr zu sagen. Er hatte von solchen Bemerkungen gleich abgelenkt, hatte mit richtigem Empfinden auch von Niemandem Auskunft über die Tochter seines vorgesetzten Amtsbruders verlangen wollen; aber die Aussicht, mit einem Mädchen, dessen Ruf so schwer geschädigt schien, in täglichem und engem Verkehr zu leben, war ihm bei seiner strengen Sittlichkeit und in seiner amtlichen Stellung gleich widerwärtig erschienen, und des Amtmanns Worte, das Lob, das derselbe der Pfarrerstochter mit solcher Liebe spendete, erfreuten deshalb den wackeren jungen Mann. Zum erstenmal erlaubte er sich nun die Frage, was denn Anlaß geboten habe zu den Gerüchten, die über Hulda umliefen, und der Amtmann, dem das Verhalten des Adjunkten in dieser Angelegenheit sehr wohl gefiel, gab ihm offenen und völligen Bescheid.

Darüber wurde das Essen in der Nebenstube aufgetragen, Mamsell Ulrike rief zu Tisch. Der Amtmann sagte während der Mahlzeit dem ältesten Inspektor, daß Sonntag in der Frühe der Reiseknecht mit dem halbverdeckten Holsteiner in die Stadt zu fahren habe, um den Herrn Pastor und Mamsell Hulda herauszuholen, und es war danach die Rede weiter nicht von ihnen.

Nur als der Adjunktus sich empfahl und Mamsell Ulriken zum Abschiede die Hand gab, drückte sie ihm dieselbe leise und sagte flüsternd: „Sie werden Ihr Wunder erleben, Herr Adjunkt! Aber für Sie ist mir nicht bange!"

Er that, als hörte oder verstände er es nicht. Ulrike war ihm plötzlich sehr zuwider. Er kam ernst und mit sich unzufrieden in der Pfarre an. Sein Mangel an Welt= und Menschenkenntniß drückte ihn. „Man sollte uns nicht in so jungen Jahren solche Aemter anvertrauen," dachte er in ängstlicher Gewissenhaftigkeit, und mit dem Gelöbniß, böser Rede nie sein Ohr zu leihen, schloß er an dem Abend sein Gebet.

## Achtes Capitel.

---

Des Amtmanns Reiseknecht hatte den Befehl erhalten, die Pferde in dem Stalle des gräflichen Hauses vierundzwanzig Stunden ruhen zu lassen. Den Tag danach führte der alte Wagen, den der Amtmann ihnen zu dem Zwecke in die Stadt geschickt, den Pfarrer und seine Tochter wieder in das Dorf zurück.

Es war die schlimmste Zeit für eine solche Fahrt. Das Thauwetter war früher als gewöhnlich eingetreten; die Wege hielten nicht und brachen nicht, es war nicht von der Stelle zu kommen. Obschon man am Morgen mit der Abfahrt nicht gezögert hatte, dämmerte der Abend bereits herein, als man an dem Schlosse vorüberfuhr, dessen hohe, breite Mauern sich schwer und massig gegen den weißlich-grauen Himmel abzeichneten, von dem zerschmelzender Schnee dicht und leise auf die Erde niederrieselte.

Die Fahrt in dem halbverdeckten Wagen kam dem kränkelnden Greise bei dem naßkalten Wetter recht hart an, aber nach seiner geduldigen Weise ließ er kein Wort der Klage hören. Er drückte nur von Zeit zu Zeit freundlich seine Zufriedenheit darüber aus, daß er nun bald in seinem Hause, in seiner Gemeinde sein werde. Er rühmte es zu verschiedenenmalen mit dankbarer Genugthuung, daß er selbst im Dämmerlichte die Gegenstände noch immer unterscheiden, daß er seine Heimat wirklich noch wiedersehen könne; und wie man dann an dem Schlosse vorüberfuhr, verweilte er mit freundlicher Erinnerung bei all dem Guten, das ihm durch der Gräfin Großmuth in der Stadt zu Theil geworden war, wie bei der tröstlichen Aussicht, welche ihm ebenfalls die Gunst der Gräfin für seine fernere Amtsführung durch die Anwesenheit seines jungen Gehilfen bereitet hatte.

Seine Ergebung, seine Geduld und Dankbarkeit rührten und beschämten Hulda, aber sie konnte bei dem besten Willen ihr Herz nicht dazu bringen, sie zu theilen. Sie konnte die Mauern des Schlosses nicht vor sich aufsteigen sehen, ohne sich daran zu erinnern, was sie dort erlebt hatte, und wie es dunkler und dunkler wurde, überwältigte sie die Erinnerung an jene sturmdurchtobte Herbstnacht, in welcher sie dieses Weges auch gefahren war, in des Geliebten Arm, den Kopf an seiner Brust, in berauschenden Glücksträumen, aus denen das Entsetzen über der Mutter Tod sie aufgeschreckt hatte. Alles, was sie seitdem erlebt, erlitten, was in den letzten Tagen in der Stadt erhebend, aufregend und beunruhigend an sie herangetreten war, zog wie Wolkengebilde, die der Sturmwind jagt, deutlich und doch rastlos durch ihren Sinn.

Ihr Sollen und Müssen, ihr Wünschen und Wollen standen wider einander. Das nahm ihr den Glauben an das Gute in ihrem Herzen. Sie fühlte sich zerrissen und verwirrt, unzufrieden mit sich selbst, verzweifelnd an sich selbst, und ohne einen Strahl von Hoffnung, von Befürchtungen aller Art bedrängt. Das ist sonst nur des Alters Stimmung, wenn es sich zu bescheiden nicht vermag, und Hulda kam sich auch mit ihren achtzehn Jahren alt, und fertig mit dem Leben vor, nach dessen Glück sie doch so sehr verlangte.

Es war schon völlig dunkel, als der Wagen durch das stille Dorf fuhr. Nur die Hunde schlugen an wie in jener wilden Herbstnacht des verwichenen Jahres. Vor den Fenstern waren die Strohmatten niedergelassen, wo man solche hatte, die Läden geschlossen. Der Schulz des Dorfes trat, wie er den Wagen kommen hörte, an die halbgeöffnete Thüre und rief dem Pastor sein treuherziges Willkommen durch die Nacht zu.

Durch die kleinen Scheiben des Pfarrhauses schimmerte ihnen das Licht entgegen, als der Kutscher vor dem Gitter des Gärtchens stille hielt. Der Küster, der seinen Herrn Pfarrer schon den ganzen Nachmittag erwartet hatte, war der Erste an dem Wagen, der Adjunktus folgte ihm auf dem Fuße. Ernst und bescheiden, wie es seine Art war, bot er Hulda die Hand. Er half dem Pfarrer behutsam aus dem Wagen, er ging vorsichtig neben ihm her, auch sein Willkomm kam vom Herzen.

Auf dem Tische brannten die beiden Lichter, das Feuer knisterte in dem alten grünen Kachelofen. Die

Wärme that dem Pfarrer und auch Hulda nach der langen kalten Tagfahrt wohl, und der Pfarrer setzte sich mit Behagen in den Lehnstuhl, den der Küster ihm an den Ofen herangerückt hatte. Der Thüre gegenüber hing der Schattenriß der Mutter so wie sonst. Der Adjunktus hatte einen schönen Kranz von frischem Moos und Tannengrün darum gewunden. Man sah, hier hatte guter Wille den Empfang bereitet, und es erschreckte Hulda, daß es sie nicht mehr erfreute. Ihr hatte vor dem nahen Zusammenleben mit dem fremden jungen Manne gebangt, nun kam er ihnen so gutwillig entgegen, und doch lastete eine wahre Angst auf ihr. Das Haus war ihr nie so klein, die Stube nie so eng und niedrig vorgekommen, als heute, da sie dieselbe durch mehrere Monate nicht gesehen und betreten hatte. Es umfing sie wie die Mauern eines Kerkers. Sie hätte fort mögen, hinaus, zurück in Nacht und Dunkel, den Weg zurück, zurück und hin zu ihm, von dem sie nicht abzulassen vermochte, wie fern er ihr auch war, wie wenig sie ihm galt.

Es war gut, daß die häuslichen Verrichtungen sie zwangen, rasch das Zimmer zu verlassen, daß sie ihre Augen ungesehen trocknen konnte, und daß die Einrichtung des ins Stocken gerathenen Haushaltes sie an diesem Abende und durch viele Tage ganz in Anspruch nahm. Die heilende Gewohnheit konnte sich während dessen wieder besänftigend über die Wunde legen, die bei jedem neuen Anlaß blutend aufsprang, Hulda konnte wieder lernen, ihr Geschick gelassen zu ertragen. Nur sich aufzurichten war sie nicht im Stande.

Das Beisammenleben mit dem Adjunktus gestaltete sich inzwischen gut und leicht. Weil er in seiner Gewissenhaftigkeit es sich zum Vorwurf machte, daß er auf üble Nachrede hin ungünstig von Hulda gedacht hatte, kam er ihr mit erhöhter Achtsamkeit entgegen. Er fand sie ernst und still, er sah sie dienstfertig und fleißig, ihre vorsorgende Hingebung für ihren Vater blieb sich immer gleich; und da sie ihrerseits bemerkte, daß der Pfarrer die Hilfe und die Gesellschaft des jungen Mannes als ein Glück erachtete, war sie bemüht, demselben durch Freundlichkeit zu vergelten, was er dem Vater war und leistete. Selbst der Zuschuß, den die Gräfin dem Pastor um des Adjunktus wegen in seinen Einnahmen und in den ihm zustehenden Lieferungen bewilligt hatte, kam der haushaltenden Tochter wohl zu statten, und beide Männer erkannten es ihr dankbar an, wie sie mit Wenigem viel zu schaffen, wie sie durch Anmuth allem Geleisteten und Geschafften höheren Werth zu geben wußte.

Der Adjunktus, den seine geringen Mittel immer zur Zurückgezogenheit genöthigt, hatte wenig unter Menschen gelebt, noch weniger Verkehr mit jungen Frauenzimmern gehabt. Die ruhige Sicherheit, die völlige Unbefangenheit, mit welcher Hulda ihm begegnete, hatten deshalb für ihn einen fremdartigen Zauber. Die gute Schulung, welche ihren natürlichen Anlagen in der Gesellschaft des Schlosses und durch die Kenney zu Theil geworden war, ihre Kenntnisse und ihre

Bildung hoben sie weit hinaus über die wenigen jungen Frauenzimmer, welche er bisher gekannt, über die Töchter der Geistlichen und Gutsbesitzer, denen er nach Uebernahme seiner jetzigen Stellung seine Aufwartung zu machen gehabt hatte. Und da er ohne Schwester in seinem Elternhaus erwachsen war, gingen ihm in dem täglichen Beisammensein mit Hulda neue Freuden=
quellen auf.

Alles was sie that und wie sie's that, Alles, was er mit ihr gemeinsam unternehmen konnte, ward ihm zum Genuß. Es freute ihn, wenn er den Vorleser des Pfarrers machen durfte, denn Hulda saß an ihrer Näharbeit ihm gegenüber. Es machte ihn glücklich, wenn er neben dem Greise am Sonntag in die Kirche und zur Kanzel ging, denn Hulda ging mit ihnen. Es erhob ihn, wenn er statt des Pfarrers die Sonn=
tagspredigt halten konnte, denn Hulda's Augen hingen in andächtigem Sinnen an den seinen, und liehen ihm Worte und gaben ihm Bilder und eine Wärme, die er früher nicht besessen hatte, und von denen er nicht sagen konnte, woher sie ihm gekommen waren. — Gott ist mit mir! dachte er, wenn Der und Jener ihm zu hören gab, daß er gut gepredigt habe und daß man den Herrn Pastor gar nicht mehr vermisse, wenn der Adjunktus auf der Kanzel stehe. Nur Mamsell Ulrike hatte ihm dies nie gesagt, und sie kam auch nicht mehr so oft zur Kirche als im Winter, obschon die Kälte und die Nässe nachgelassen hatten und die Sonne schon an manchen Tagen so warm hernieder=
schien, daß der Schnee und das Eis davor geschmolzen

waren. Bisweilen krümelten wohl noch weiße Stern=
chen nieder, aber der Himmel war doch schon wieder
blau, und man freute sich an dem sonnendurchleuch=
teten Geglitzer in der Luft.

Die Ostern waren da, man wußte in der Pfarre
selbst nicht wie. Die Tage waren leise dahingeschwun=
den, es war für Hulda an ihnen nichts Besonderes zu
verzeichnen gewesen, einer hatte dem anderen geglichen.
Wo aber die Tage sich nicht von einander unterschei=
den, da ist der Rückblick in die Vergangenheit und
das Zeitmaß für dieselbe ungewiß und schwankend.
Sie konnte es bisweilen gar nicht fassen, daß noch
nicht zwei Jahre vergangen waren, seit sie Emanuels
Bild zuerst erblickt, noch nicht fünfzehn Monate, seit
sie ihn zuletzt gesehen hatte. Oftmals mußte sie sich
fragen, wie lange es denn her sei, daß sie bei Gabrielen
gewesen war? Sie hatte Mühe, sich daran zu erinnern,
daß es eine Zeit gegeben, in der sie nicht an Emanuel
gedacht, in der sie seinen Ring nicht an der Hand
getragen hatte. Weil ihre Liebe ihr Alles war, schien
sie ihr ohne Anfang wie das All, und fühlte sie die=
selbe in sich ohne Ende wie die Ewigkeit. Was konnten
daneben die Tage und Wochen für sie noch bedeuten?
Sie liebte — und die Tage flossen still an ihr vorüber.

Am Ostersonntag wollte der Pfarrer selbst die
Kanzel besteigen, denn je mehr seine Kräfte nachließen,
umsomehr hielt er darauf, an den großen Feiertagen
noch selber zu der Gemeinde zu sprechen, weil er doch
nicht wissen konnte, ob es ihm in dem nächsten Jahre
noch gegönnt sein werde. Die Taufe aber sollte nach=

her der Adjunkt abhalten, denn es waren alle die Kinder aus den eingepfarrten Dörfern in die christliche Gemeinde aufzunehmen, welche während der kältesten Zeit geboren worden waren, und die man eben deshalb nicht hatte zur Kirche tragen können.

Eine halbe Stunde vor dem ersten Läuten, während der Vater in seiner Stube noch seine Predigt im Geiste wiederholte, trat Hulda vor die Thüre hinaus, um die Blumenstöcke, die sie seit langer Zeit zum erstenmale wieder hatte hinaus setzen und in der freien Luft begießen können, in das Zimmer und auf das Fensterbrett zurückzutragen, wo sie hübsch aussahen zwischen den frisch gewaschenen Gardinen.

Der Adjunktus ging langsam in den kleinen Wegen hin und her; bald bückte er sich zur Erde und suchte Etwas auf den Beeten, dann musterte er die erreichbaren Aeste der vier Tannen und die Sträuche in dem Garten. Er hielt ein paar Schneeglöckchen und einige Weidenzweige in der Hand, an denen die ersten silbergrauen Blüthenkätzchen schimmerten, die das Landvolk in der Gegend Palmen nennt. Als er Hulda vor die Thüre kommen sah, trat er an sie heran.

„Es ist heute ein rechtes Auferstehungswetter," sagte er. „Die ersten Palmen sind heraus, in dem Haselnußstrauche regt es sich, und sogar ein paar Schneeglöckchen sind schon hervorgekommen." Er reichte ihr die Zweige und die Blumen hin, sie sprach ihre Freude daran aus und strich leise, wie ein spielend Kind, mit den weichen Weidenkätzchen über ihre Wangen.

„Ich trug Bedenken," meinte er darauf, „die Blümchen abzubrechen und Ihnen die Lust des Findens zu entziehen; aber ich habe meiner Mutter immer am Ostertage einen wenn auch noch so kleinen Strauß gesucht, und so wollte ich auch Ihnen einen bringen. Es hat sie immer so gefreut!"

„Oh, es freut mich auch, und ich danke Ihnen; es freut mich wirklich sehr!" entgegnete sie ihm.

„Sie sehen so selten aus, als ob Sie Etwas freute!" sagte er.

„Hab' ich denn zu immer neuer Sorge nicht täglich neuen Grund?" versetzte sie. „Mein Vater ist so schwach!"

„Aber Gott ist mächtig und gnädig!" gab er ihr zur Antwort.

„Ach, für den Einzelnen geschehen keine Wunder mehr, der hat zu tragen, hat sich zu bescheiden —"

„Und zu vertrauen und zu hoffen!" fügte er hinzu.

Sie schüttelte das Haupt. „Was mich bedroht, das weiß ich. Und hoffen? —" Sie brach in ihrer Rede ab. Er stand verlegen vor ihr, nicht wissend, ob er reden oder schweigen solle. Er hätte ihr sagen mögen, daß er durch den Amtmann von ihren Erlebnissen unterrichtet sei, aber er selber dachte so ungerne an dieselben und mit solcher Abneigung an Baron Emanuel, daß er sie vollends nicht an ihn erinnern mochte.

„Ich glaube," hub er endlich an, „Ihnen fehlt die feste, zuversichtliche Ergebung in den Willen Gottes, die mir Ihren Vater so verehrungswürdig und zu einem so erhebenden Beispiele macht."

Das war es aber gar nicht gewesen, was er ihr hatte sagen wollen, und es schien ihr auch nicht zu gefallen, denn sie entgegnete ihm mit einem gewissen Trotze gegen seine Mahnung: "Gott hat diese Ergebung nun einmal nicht in mein Herz gelegt!"

Der Ausruf erschreckte ihn, denn er wähnte, daß sie seine Gläubigkeit damit verspotten wolle, und ohne die ruhige Ueberlegung, die ihm sonst nicht fehlte, rief er: "Ach, hätten Sie Ihr Vaterhaus doch nie verlassen!"

Der Wunsch kam so voll aus seinem Herzen, die Lebhaftigkeit, mit welcher er ihn aussprach, wich durchaus von seiner sonstigen gehaltenen Weise ab. Hulda sah ihn befremdet an. Wie ihr Blick aber den seinen traf, konnte er es nicht ertragen, und in einer Verwirrung, die ihm das Blut zu Kopfe trieb, sagte er: "Vergeben Sie mir die Anmaßung!"

Aber auch Hulda wurde verwirrt und roth, denn so wie der Adjunkt jetzt vor ihr stand, so hatte auch sie einst fassungslos und ihrer selbst nicht mächtig dagestanden vor Emanuel, und sie wußte, was das zu bedeuten hatte. Eine ganze Menge kleiner Vorgänge zwischen ihr und dem Adjunktus: Worte, Mienen, die in all den letzten Wochen an ihr unbeachtet vorübergegangen waren, drängten sich nun plötzlich wie die kleinen Theilchen in einem Kaleidoskop mit einemmale zu einer festen, bestimmten Gestaltung zusammen, die sie nicht mißkennen konnte und vor der sie wie vor einer heiligen Enthüllung demüthig das Auge senkte. Indeß ihre Wahrhaftigkeit ließ ihr keine Wahl, und mit rascher Selbstüberwindung fragte sie: "Was soll ich Ihnen verzeihen? Daß Sie Theil an mir und meinem Schicksale nehmen, oder daß auch Sie erfahren haben, was hier in der Gegend gewiß vielfach besprochen worden ist?" Sie stockte, weil es ihr hart ankam, vor einem Anderen laut werden zu lassen, was sie sich selber an jedem Tage wiederholte, aber die Bewegung, die sie in den Zügen des Adjunktus las, trieb sie vorwärts und half ihr über ihre mädchenhafte Schüchternheit hinweg.

"Es ist wahr," sagte sie, "ich bin nicht glücklich, und vielleicht haben Sie recht, daß es mir besser gewesen wäre, ich hätte unser Pfarrhaus nie verlassen. Aber glauben Sie mir" — und ihre Sprache zitterte in schönem, vollem Klange und ihre Stimme wurde belebt wie sie das sagte — "es gibt ein Unglück, das doch beglückender als manches Glück ist, ein Unglück, das man mit allen seinen Schmerzen liebt. Ja! wenn ich selbst mir ein anderes, sogenanntes ruhiges Geschick durch Vergessen meines Leids erkaufen könnte, ich müßte wie der ritterliche König sagen: "Mieux aime mon martyre!" denn es ist mein Leben und mein Sein!"

Sie wendete sich rasch von ihm und ging in das Haus zurück. Sie mochte nicht, daß er es gewahrte wie ihre Augen sich mit Thränen füllten, noch weniger mochte sie ihn ansehen. Er blieb gesenkten Hauptes stehen wie angebannt. Wäre sein Ebenbild, sein Doppelgänger vor ihm emporgestiegen, er selbst und doch nicht er selbst, und ihm so fremd, wie er sich in seinem ganzen Empfinden in diesem Augenblicke war, so fremd wie Alles um ihn her ihm jetzt mit einemmale erschien — es würde ihn nicht mehr erschüttert haben als der Blick, den er in sein Herz und in Hulda's Herz gethan hatte.

Die Kirchenglocke schreckte ihn empor. Sie klang ihm mißtönig und dumpf, als wäre sie geborsten, und er hatte sie doch sonst so gern gehört. Er konnte es nicht aushalten in der freien Natur. Der Tag und die Sonne, Baum und Strauch, es sah ihn Alles mit klaren Augen klug und forschend an. Es war nicht zum Ertragen. Es drängte ihn in die Enge, in die Einsamkeit zurück, er mußte allein sein und sich sammeln. Wie sollte er die Taufe heute vollziehen? wie konnte er vor der Gemeinde von der heiligen Gemeinschaft der ganzen Christenheit in einer Stunde sprechen, in der er sich wie ausgestoßen und von Gott verlassen fühlte. Er eilte in seine Stube, er wollte nachdenken, was eigentlich geschehen war, er wollte sich sammeln, er faltete in seiner Pein die Hände zum Gebet, aber es war Alles vergebens. Er konnte den Weg nicht finden, auf dem er sonst dem Herrn genaht war, die Himmelsthüre war ihm wie verschlossen, und wie er auch mit sich rang und sich aufzuraffen und emporzuschwingen strebte, wie er es versuchte, sich zu demüthigen und zu bescheiden, es gelang ihm nicht. Die unseligen Worte: „Mieux aime mon martyre!" schwirrten ihm mit ihrem fremden Klange unheimlich vor dem Ohr. Er hörte, er sah sie, sie standen wie mit Flammenschrift in seinem Innern, sie versengten ihm Brust und Hirn, daß selbst die Thränen ihm davor versiegten, daß er nicht weinen konnte — und er hatte doch solches Mitleid mit ihr und auch mit sich!

Darüber ward es Zeit, zur Kirche zu gehen. Er hatte den Pfarrer seit dessen Rückkehr immer hingeleitet, er mochte ihm auch heute nicht fehlen. Der Vater in der Mitte, Hulda an seiner Rechten, der Adjunkt zu seiner Linken, so schritten sie durch das Gärtchen und über die Dorfgasse und den Kirchhof, durch die Kirche bis in die Sakristei. So war es alle die Sonntage gewesen, so war's auch diesmal anzusehen, und doch so anders.

Hulda sprach von dem schönen Wetter, und wie gut es dem Vater thun werde, und wie gut es für die Täuflinge sei. Der Adjunkt hörte es und hörte es nicht. Es lag eine Welt zwischen ihm und ihr, der er doch zu eigen war mit seiner ganzen Seele.

„Kann ich hier bleiben? Darf ich hier bleiben? und wie wär es denn möglich, daß ich ginge, fortginge von ihr?" — Das waren die einzigen Gedanken, die er festzuhalten vermochte.

Er hörte es, wie der Pfarrer von der Kreuzigung sprach, die Jeder in seinem Innern an seinen bösen Neigungen vollziehen müsse zu seiner eigenen Erlösung, um dann seine Auferstehung und neue Menschwerdung unter dem Beistande Dessen zu feiern, der sich an das Kreuz schlagen lassen zur Erlösung der Menschheit. Bisher hatte der Adjunkt, wie er glaubte, redlich an sich gearbeitet. Er hatte seine Seele rein erhalten, sein Gewissen frei bewahrt und nichts Höheres gekannt, als lehrend in seinem Amte seinen Glauben zu bekennen. Was ihn davon hätte abziehen können, würde er als Sünde erachtet und niederzukämpfen gestrebt haben. Aber heute war es ihm unmöglich, ihr Bild aus seiner Seele zu verscheuchen, das ihn von der andächtigen Theilnahme an dem Gottesdienste abzog.

Er liebte sie, wie sie ihr Leiden liebte, er verstand sie bis in ihr tiefstes Herz, seine Augen hingen an ihr, und während der Küster von der Orgel die feierlichen Klänge des Schlußliedes herniederschallen machte, während das trostreiche Lied: "Aufersteh'n, ja auferstehen wirst du mein Leib nach kurzer Ruh'! Unsterblich Leben wird der dich schuf dir geben!" mit seinem Hallelujah, von gläubigen Herzen gesungen, durch die kleine Kirche schallte, stimmten nur die Lippen des jungen Geistlichen in den verheißungsvollen Hymnus ein, denn Hulda's: "Mieux aime mon martyre!" hatte sein ganzes Wesen hingenommen.

Zerstreut und mit sich selbst zerfallen, trat er nach der beendeten Osterfeier vor den Altar, um die Taufhandlung zu vollziehen. Es waren ansehnliche Familien um den Altar versammelt, denn auch der Amtsrath, der die benachbarte königliche Domäne verwaltete, ließ seine Zwillingsknaben taufen, die schon zwei Monate alt waren, und die Eltern waren also Beide mit zur Kirche gekommen. Der Amtmann und Mamsell Ulrike standen bei ihnen Gevatter, ein paar hübsche Gutsbesitzers-Töchter hielten die Knaben über

die Taufe; und auch für die minder vornehmen Täuf=
linge mangelte es nicht an ansehnlichen Pathen, denn
der Aermste und Geringste will seinem Kinde, dem
er vielleicht sonst Nichts zu bieten hat, doch gerne einen
angesehenen Pathen und einen schönen Namen für den
Weg durch's Leben zugute kommen lassen. Hulda
fehlte unter den Taufzeugen natürlich auch heute nicht,
denn die Armen im Dorfe wußten, was sie an ihr
hatten. Aber ihre Anwesenheit machte dem Adjunktus
seinen Zustand vollends unerträglich.

Weil er sie nicht ansehen wollte und seine Blicke
sich doch immer zu ihr wendeten, erschien er unruhig.
Seine Sprache war hastig und abgebrochen, er ver=
wirrte sich in seiner Rede. Es war nicht allein
Mamsell Ulrike, welche die Bemerkung machte, daß
der Adjunktus heute völlig wie verwandelt sei, und daß
man noch keine so schlechte Rede und keinen solchen
schlechten Vortrag von ihm vernommen habe; aber es
war allein Ulrike, die seinen Blicken gefolgt war, und
die mit der scharfen Beobachtungskraft der Abneigung
die Ursache seiner Fassungslosigkeit vermuthete.

Der kalte Schweiß stand ihm auf der Stirne.
Es überlief ihn, als er von dem Altare in die
Sakristei kam, während der Amtsrath mit der Frau
zu ihm hereintrat. Sie wollten, wie üblich, sich bei
ihm bedanken und ihm sagen, daß der Wagen gleich
vor der Pfarre vorfahren werde, um ihn abzuholen,
denn es war große Taufgesellschaft in dem Domänen=
Amtshause und der Adjunktus hatte die Einladung zu
derselben angenommen, während der Pfarrer um seiner

Gesundheit willen sie für sich und seine Tochter abgelehnt hatte. Man trug nach der Anwesenheit der Letzteren auch kein besonderes Verlangen, weder die Amtsräthin, noch ihre beiden Nichten, die Gutsbesitzers-Töchter. Um so erstaunter war man jedoch, als auch der Adjunktus sich entschuldigte, und auf ihn nicht zu rechnen bat. Er sei nicht wohl und könne also leider nicht dabei sein, erklärte er. Dagegen war Nichts zu sagen und auch Nichts zu machen. Man bedauerte es, man gab ihm guten Rath, denn er sah wirklich übel aus. Dann stieg man in die Wagen und fuhr davon.

Mamsell Ulrike und die beiden Mädchen fuhren mit der Amtsräthin. "Es kann mir leid thun," sagte diese, "daß der Adjunktus krank ist, aber auf der anderen Seite ist es doch beruhigend. Denn solch eine Rede! Es war wirklich als hätte er nur Fischer und Einlieger vor sich gehabt und nicht gebildete Menschen, die eine gute Predigt werth sind und zu schätzen wissen, und die sich von solch feierlichem Tage doch auch für das Gemüth Etwas zur Erinnerung mitzunehmen wünschen. Ich habe mir von allen meinen Kindern aus den Taufreden etwas aufgeschrieben und es oft recht mit Erbauung durchgelesen — aber heute! Es war nicht aus, nicht ein! Der Adjunktus sah auch gleich von Anfang sehr erbärmlich aus. Wenn ihm nur nicht das Fieber in den Gliedern steckt, es ist die Jahreszeit dazu."

Mamsell Ulrike lächelte. Die Amtsräthin fragte, was das bedeuten solle.

„In den Gliedern wird ihm wohl Nichts stecken," warf Ulrike hin, „aber was ihm im Sinne steckt und was ihn heute so zerstreut hat, darüber bin ich nicht im Zweifel. Ich habe gesehen, wo seine Augen hingegangen sind, und da werden seine Gedanken vermuthlich auch gewesen sein. Es ist immer wieder dasselbe alte Lied!"

Die drei Anderen verstanden sie nicht gleich und wurden neugierig; die Mamsell wich aus. Das machte die Anderen dringlicher. Sie spielte die Zurückhaltende. „Was ist denn darüber viel zu sagen," meinte sie endlich, „es ist ja immer die nämliche Geschichte. Sowie nur ein junger Mann in ihre Nähe kommt, wirft sie ihre Netze aus, und es gelingt ihr jedesmal. Man sollte wirklich sagen, daß es nicht mit rechten Dingen zugeht." Sie hatte keinen Namen ausgesprochen, aber jetzt wußten die Amtsräthin und auch die Mädchen nur zu gut, was und wen Ulrike meinte.

„Der Adjunkt ist schon der Vierte!" sagte sie.

„Der Vierte?" fragte die jüngste der beiden Schwestern.

„Freilich," bekräftigte Ulrike, „mit dem Bruder unserer Frau Gräfin hat es angefangen, dann kam Seine Durchlaucht an die Reihe, und dann Seiner Durchlaucht Sekretär, ein anständiger und hübscher junger Mensch. Und selbst den armen Herrn Adjunktus, der gewiß an Nichts weniger gedacht hat, als an Frauenzimmer ihrer Art, hat sie nun auch schon in ihr Garn gelockt. Es ist nur zu hoffen, daß er sich herauszieht wie der Herr Baron und daß sie wieder einmal das Nachsehen hat."

„Es ist schrecklich," meinte die Amtsräthin, „wirklich eine Schande, und obenein für eine Pfarrerstochter und so braver Leute Kind!"

„Was sie nur dabei denken muß?" sagte die eine Schwester.

„Und was soll denn aus ihr werden, wenn ihr Vater einmal stirbt?" warf die Andere ein.

„Hier kann sie natürlich nicht mehr bleiben," bemerkte die Amtsräthin, „hier ist viel zu viel von ihr gesprochen worden!"

„Oh, man wird noch mehr zu sprechen haben und noch mancherlei erleben. Mir ist es nur um den armen jungen Menschen leid, den sie um sein Ansehen und um die Stelle bringen wird!" versicherte Mamsell Ulrike, und brach plötzlich ab, da man auf dem halben Wege eine kleine Weile anhielt, die Pferde verschnaufen zu lassen.

Der Amtsrath und der Amtmann traten an den Schlag heran, zu sehen, wie die vier Frauenzimmer sich die Zeit vertrieben. Sie fanden sie alle Viere munter und vergnügt; und sie hatten doch so eben über eine Abwesende, die sich nicht vertheidigen konnte, erbarmungslos Gericht gehalten und eine moralische Hinrichtung vollzogen.

Sie fuhren in aller Seelenruhe weiter, von Hulda war nicht mehr die Rede. Wer hatte denn an solchen schönen, vergnügten Fest= und Feiertagen auch Lust und

Zeit, sich mit so unangenehmen Dingen und Ver=
hältnissen noch einmal zu befassen?

Mochten sie in der Pfarre zusehen, wie sie selber
mit sich fertig wurden, und mochte dann der Ad=
junktus die Erfahrung machen, wer es redlicher mit
ihm gemeint hatte, die alte treue Freundin, der seine
Zukunft so am Herzen lag, oder Hulda, die nur daran
dachte, sich einen Mann zu schaffen und sich zu ver=
sorgen.

## Neuntes Capitel.

Redlich meinen! Wer hat sich nicht schon im Leben einmal auf seine redliche Meinung gestützt, wenn er, um seinen Willen durchzusetzen, einem Anderen Gewalt angethan hatte? Wer hat sich nicht einmal mit seiner redlichen Meinung beruhigt, wenn er durch den unberechtigten Eingriff in fremde Verhältnisse ein Unheil angerichtet, das leichter heraufzubeschwören als wieder gut zu machen war?

Auch die Gräfin berief sich auf ihre redliche Meinung, als die Entfernung, in welcher der Bruder sich von ihr hielt, ihr zu lange währte und zu schmerzlich wurde; es wollte ihr jedoch nicht recht gelingen, ihn dadurch zu versöhnen. Emanuel beantwortete ihre Briefe Anfangs gar nicht. Er vermißte offenbar den Zusammenhang mit seiner Schwester nicht, der Briefwechsel mit Konradine schien ihn schadlos dafür zu halten.

„Wenn ich nur nicht mehr von den sogenannten guten Absichten, von redlicher Meinung und ehrlichem Rathe, von reiferer Einsicht und von ruhigerer Be=

trachtung reden hören müßte; von all jenen fadenscheinigen Mäntelchen, in welche die Selbstsucht sich verhüllt, wenn es ihr darum zu thun ist, fremden Willen zu unterdrücken, um den ihren durchzusetzen," schrieb er einmal seiner Freundin, die unausgesetzt in ihrem Stift verweilte. „Aber wir verhalten uns solcher seelischen Verkleidung gegenüber wie zu den Vermummungen auf einer Familien=Maskerade. Wir wissen, wer hinter diesen Masken steckt, wir wissen, wie wir das Gesagte zu nehmen und zu deuten haben; wir sind indeß viel zu wohlerzogen, um in Zweifel zu ziehen, was man uns glauben machen will, und gesellschaftlich zu gut geschult, um Diejenigen zu erkennen, die sich in ihrer Verkleidung wohlgefallen. Darüber geht nur leider der Abend, geht uns das Leben hin! Wir streifen an einander vorüber, ohne eigentlichen inneren Erwerb, und müssen schließlich froh sein, wenn wir ohne peinliche Berührung bleiben, wenn wir nicht in aller Eile erfahren haben, was nicht erfahren zu haben, was vergessen zu können, wir sehnlich wünschen müssen."

Er schrieb Konradinen nicht, worauf oder auf wen sich diese Betrachtung eigentlich beziehe, und Konradine ihrerseits übte mit feinem Verständnisse aus, was er über die Wohlerzogenheit geäußert hatte, die in solchen Fällen nicht erräth, was man nicht ausdrücklich errathen haben will. Sie nahm den Satz so allgemein, wie er ihn hingestellt hatte, um aber der Erörterung doch näher zu kommen, bezog sie ihn auf sich, auf ihr persönliches Geschick und ihre

Handlungsweise, und sie wußte es am besten, wie viel Grund sie dazu hatte.

"Es muthet mich eigenartig an," gab sie ihm zur Antwort, "von Ihnen so deutlich ausgesprochen und wiederholt zu sehen, was ich an mir selbst erleidend und ausübend erfahren habe. Ich ziehe mir daraus den Schluß, daß Herrschsucht und Gewaltthätigkeit nebst dem Glauben jedes Einzelnen an seine ganz besondere Weisheit zu den Angeborenheiten des Menschen gehören, gegen die er selbst sich zu wehren hat, und gegen welche auch die Anderen sich zu verwahren haben, da des Menschen Wohlgefallen an sich selbst ihn doch meist behindert, ordentliche, wirklich durchgreifende Erziehungsversuche mit sich vorzunehmen. Mit welchen Massen von reiferer Einsicht und ruhigerer Erwägung bin ich überhäuft worden, als man mich glauben machen wollte, daß mir nichts allzu Ungerechtes, nichts Grausames widerfahren sei. Man wollte vermuthlich mit der Asche der Weisheit, die man über mich zu schütten für angemessen hielt, das Feuer ersticken, das in meiner Seele brannte, und das doch nicht eher sich zu beruhigen begann, bis es die eigentliche Lebenskraft verzehrt hatte, aus der es seine Nahrung zog. Und doch! — Kaum hatte ich die Erfahrung gemacht, mit welcher leichtfertigen Selbstgewißheit man es unternommen, über meine Empfindungen und über die meiner Natur nothwendigen Glücksbedingungen munter abzuurtheilen, so that ich Ihnen gegenüber ganz genau dasselbe. Ich habe es Ihnen nicht verborgen, daß ich jene Verbindung, an welche Sie damals dachten, für Sie als eine Un=

möglichkeit betrachtete. Auch heute noch glaube ich, daß wir Alle, ich und meine Mutter und die Gräfin, die wir damals mit so viel Sorge auf die Entwicklung blickten, welche Ihre Herzens=Idylle nehmen würde, Sie und Ihr wahres Wesen und Ihr Bedürfen richtiger beurtheilt haben, als Sie selbst. Wenn Sie also nicht auch mich mit den Anderen sammt und sonders zu den unheilbar Verblendeten und Unverbesserlichen zählen, und mit denselben verwerfen und verdammen wollen, so müssen Sie sich entschließen, falls Sie mir ver= zeihen, dies auch bis zu einem gewissen Grade gegen die Anderen, und gegen die Menschen im Allgemeinen in Ausübung zu bringen. Sie müssen es über sich gewinnen mit und unter der unvollkommenen großen Menge weiter fortzuleben, wie es eben geht, und wie ich es auch in meinen jetzigen Verhältnissen zu thun nöthig habe. Dabei aber mache ich zu meinem Er= staunen die Erfahrung, wie leicht man Herrschaft ge= winnen kann, wenn man sich mit der Masse auf die gleiche Stufe stellt, statt sie von der Höhe aus leiten zu wollen, auf die man sich erhoben hat oder erhoben zu haben glaubt."

Sie erwähnte dann noch flüchtig, daß die Ge= sundheit der Aebtissin sich nicht bessere, daß dieselbe sie in ihr besonderes Vertrauen gezogen habe, ihr manche Theile der Verwaltung und der Verhandlungen zu ordnen überlasse, in denen sie mit den Behörden viel= fach zu verkehren habe, und daß diese Art von ge= schäftlicher Thätigkeit sie, als ein ihr Neues, unterhalte und auch unterrichte. „Aber auch in allem diesem

Thun," so schloß sie ihren Brief, „liegt wiederum die Freude an dem Einflusse, an der Macht, mit einem Worte die Freude an der Herrschaft verbunden. Da es mir nicht zu Theil ward, eines geliebten Mannes und eines Fürsten Frau zu werden, so male ich es mir jetzt mit wachsender Vorliebe immer bestimmter aus, wie es mich kleiden würde, als Aebtissin ein solches weibliches Gemeinwesen zu beherrschen und zu regieren; denn aus dem Grabe der Liebe steht nur zu oft der Ehrgeiz siegreich auf."

Für Emanuel waren die Tage, an welchen er die Briefe seiner Freundin erwarten durfte, eigentliche Festtage. Der kühne Freimuth, mit welchem sie sich selber preisgab, ihre Fähigkeit sich unparteiisch zu betrachten, flößten ihm Achtung ein; und was er am meisten an ihr bewunderte, das war die Entschlossenheit, mit welcher sie sich über ihre getäuschte Hoffnung zu erheben und mit ihrem Herzen fertig zu werden trachtete. Das war mehr, als er selber vermochte. Konradine gefiel ihm aus der Ferne fast noch mehr, als wenn er sich in ihrer Gesellschaft befand. Denn wenn sie vor ihm ihre Ansichten mündlich aussprach, trat sie damit häufig der Vorstellung zu nahe, welche er von dem Wesen schöner Weiblichkeit als Ideal in seinem Herzen trug, während er, wenn sie ihm schrieb, sich rein und voll an ihrer Eigenartigkeit zu erfreuen vermochte. Er wurde es nicht müde, es sich und ihr zu wiederholen, daß er in ihr gefunden habe und besitze, was er stets ersehnt und was für ihn auch sicher das Angemessene sei: einen verständnißvollen Freund mit einem Frauenherzen; die tiefste Zusammengehörigkeit, ohne daß man auf dieselbe Ansprüche an eine Ausschließlichkeit begründe, welche zu erfüllen beschwerlich fallen könnte, und endlich einen Vertrauten, dessen man sich vollkommen sicher wisse.

Auch waren seine Offenheit und sein Vertrauen zu ihr ganz unbegrenzt. Weil sie bei jedem Anlasse ihre Karten rückhaltlos auf den Tisch warf, hielt er es bei seiner Geradheit für unmöglich, daß sie — mit jener Taschenspielerkunst, in welcher alle Herrschsüchtigen und insbesondere ein großer Theil der Frauen Meister sind — die letzte entscheidende Karte in der Hand für sich zurück behielt. Konradine hatte ihm unumwunden ausgesprochen, daß auch sie schon zum öfteren genöthigt gewesen sei, sich über ihre Handlungen mit ihrer redlichen Absicht und mit ihrer guten Meinung zu beruhigen; indeß sie hatte es doch nicht für angemessen gehalten, ihm mitzutheilen, in welch innige Verbindung sie mit seiner Schwester getreten war, seit er sich von derselben ferne hielt.

Die Gräfin hatte Konradinen, als diese ihr für die gastliche Aufnahme in ihrem Schlosse Dank gesagt, lebhafte Theilnahme an ihrem Schicksale ausgesprochen und ihr dann aus freiem Antriebe abermals geschrieben, nachdem Konradine in das Stift eingetreten war. Bis zu jenem Zeitpunkte hatte kein brieflicher Verkehr zwischen ihnen Beiden stattgefunden, der von Konradinens Seite über einen gelegentlichen Glückwunsch, von Seiten der Gräfin über einen freundlichen Dank hinausgegangen wäre. Das be=

flissene Entgegenkommen der so bedeutend älteren und
einflußreichen Frau hatte Konradine in ihrer damaligen
Gemüthsverfassung angenehm berührt, wenn schon sie
es sofort auf seine richtigen Beweggründe zurückzu=
führen verstanden hatte. Aber sie hatte in jenen
Tagen einer Beschäftigung und neuer Antriebe bedurft,
und die Verbindung mit der Gräfin hatte ihr solche
dargeboten. Anfangs hatte die Gräfin nur nebenher
bemerkt, daß sie seit einiger Zeit ohne direkte Nach=
richten von ihrem Bruder sei, dann hatte sie an=
gedeutet, daß eine Spannung zwischen ihnen obwalte,
über deren Gründe Konradine sich nicht im Unklaren
befinden könne, da sie eben in den Tagen, in welchen
das Zerwürfniß zwischen der Gräfin und ihrem Bruder
platzgegriffen, sich in der Gesellschaft des Letzteren be=
funden, und, wie die Gräfin von der Baronin zu ihrer
besonderen Genugthuung vernommen, eine wirkliche
Freundschaft für denselben gewonnen habe.

So war man raschen und leichten Schrittes von bei=
den Seiten vorwärts gegangen, bis Konradine, die der
Gräfin fortdauernd ihr Wohlgefallen an ihren neuen
Lebensverhältnissen ausgesprochen hatte, sich endlich dazu
erboten, den Freund unmerklich und allmälig zu einer
Aussöhnung mit der Schwester hinzuführen. Daß
eine solche nur zu ermöglichen sei, wenn man Emanuel
überzeugen könne, daß er Hulda überschätzt habe, daß
ihre vermeintliche Liebe für ihn nur eine flüchtige,
leicht von ihr verschmerzte Aufwallung, und sie durch=
aus nicht im Stande gewesen sei, seine wirkliche Be=
deutung zu ermessen, darüber waren beide Frauen

einig, ohne daß darüber eine Silbe zwischen ihnen gewechselt worden war. Sie handelten dabei, die Eine wie die Andere, in der redlichsten Meinung, nach der besten Absicht; nur daß Jede von Ihnen noch Voraussichten und Pläne hegte, welche über den nächsten Zweck, über die Aussöhnung der Entzweiten hinaus= ging, und eben in diesen Planen wichen die beiden neu befreundeten Frauen weit von einander ab.

Die Gräfin, welche ihren Bruder in seinem tiefsten Wesen kannte, wußte es, daß er den späten, zerstörten Jugendtraum von Liebe, nicht leicht vergessen werde. Er hatte es vor Konradinen auch nicht Hehl, daß sein Herz noch blute, und daß es ihn ewig schmerzen werde, sich eben in diesem Mädchen getäuscht zu haben, an dessen Liebe er mit einer fatalistischen Zuversicht geglaubt. Von seiner Schwester sprach er in den Briefen an Konradine nur sehr selten. Die Stifts= dame hingegen erwähnte der Gräfin, so oft sich ein schicklicher Anlaß dazu darbot und sie that es immer mit warmer Anerkennung ihrer großen und seltenen Eigenschaften, die es dem Bruder doch beklagenswerth machen müßten, von der bewährten und ältesten Freun= din nun getrennt zu sein. Sie machte diese Bemer= kung niemals, ohne dabei hervorzuheben, wie uneigen= nützig sie in dem Wunsche sei, die Geschwister ausgesöhnt zu wissen, da sie fraglos eine Einbuße dadurch erleiden werde, und weil Emanuel dadurch genöthigt wird sich über den Charakter seiner Schwester und über die Beschwerden, welche er gegen sie hatte, auszulassen gewöhnte er sich allmälig wieder daran, sich wenigstens

in seinen Briefen wieder mit der Schwester zu be=
schäftigen. Wenn er sie anklagte, vertheidigte Konradine
sie, aber sie hob dabei Fehler an ihr hervor, welche
die Gräfin nicht besaß, so daß der Bruder es als seine
Pflicht erachtete, dieselbe dagegen in Schutz zu nehmen;
und war er dabei aus alter Gewohnheit und in wirk=
licher Schätzung ihrer Verdienste, wider seinen Willen
ihr Lobredner geworden, so begrüßte die Freundin dies
mit solcher Herzlichkeit als ein gutes Zeichen, daß
Emanuel dadurch veranlaßt ward, nur um so größer
von Konradinens edler Uneigennützigkeit zu denken.

Mehr als anderthalb Jahre hatte dieser Brief=
wechsel zu beiderseitiger Befriedigung bereits gewährt
und er war mit der Länge der Zeit nur immer inniger
geworden. Aber das geschriebene Wort hat, um richtig
zu wirken, oft einer Verstärkung, ja einer gewissen
Uebertreibung nöthig, damit ersetzt und ausgeglichen
werde, was Ton und Blick, Stimme und Geberde dem
lebendigen Worte zugute kommen lassen. Jeder Brief=
wechsel führt deshalb, wenn er lange und ohne erneute
persönliche Berührung fortgesetzt wird, die Gefahr einer
Ueberspannung mit sich, und wird daneben leicht abstrakt,
besonders wenn die Schreibenden, in Zurückgezogen=
heit lebend, wenig Wechselndes und Aeußerliches zu
berichten, also nur von ihrem Denken und Empfinden,
von ihren Studien und Betrachtungen zu melden
haben.

Emanuel bemerkte dieses vornehmlich, so weit es
ihn betraf, und ward sich dadurch seiner Abgeschieden=
heit als eines Nachtheiles bewußt. Freilich hatte er

auch vordem immer einen großen Theil des Jahres in der Schweiz auf seinem Landsitze zugebracht, aber sein Aufenthalt am See war ihm durch die Anwesenheit der Schwester und ihrer Familie belebt und verschönt worden, und er hatte sie dann wieder in ihrer jeweiligen Heimath aufgesucht, oder man war einmal an drittem Orte nach Verabredung zusammengetroffen, wenn Emanuel sich von seiner Reiselust weiter hatte in die Ferne locken lassen. Jetzt fehlte ihm zum Reisen aller Antrieb.

Er hatte die Welt gesehen, soweit sie ihm für seine Interessen Anziehendes geboten, er hatte die Länder und die Orte, welche ihm lieb geworden waren, zum großen Theile wiederholt besucht. Die Schwester und die Nichte aufzusuchen, fühlte er sich nicht gestimmt; anmuthigen Erlebnissen zu begegnen, wie die Jugend sie bei dem Antritte jeder Reise ihrer wartend glaubt, hatte er niemals erwartet, kam ihm jetzt noch weniger als früher in den Sinn; und weil er sich das Liebesglück, das ihm ein paar Stunden lang geleuchtet, aus Mangel an Entschlossenheit und an Vertrauen nicht dauernd anzueignen verstanden hatte, hielt er sich vom Geschicke verabsäumt und für ebenso unglücklich, als er es Hulda hatte werden machen. Gericht und Strafe erwuchsen in seiner Brust ihm aus der eigenen Natur, und mitten in seiner Liebebedürftigkeit und Liebefähigkeit war er sich nicht bewußt, wie viel Eitelkeit und Selbstsucht sich verbargen in seinem Zweifel an sich selbst, wie in seinem Zweifel an Hulda's Liebe.

Schon während des Winters, als Konradinens Mutter, bei ihrem Wanderleben zu einem längeren Verweilen an den Genfer See gekommen war, hatte er gegen Konradine in seinen Briefen zum öfteren den Wunsch geäußert, sie möge diesen Anlaß benützen, um ihm die Gunst eines Wiedersehens zu gewähren. Auch die Mutter hatte sich seinem Vorschlage angeschlossen, aber Konradine hatte zu kommen abgelehnt. Der kurze Besuch, den die Mutter ihr einmal im Stifte abgestattet, hatte es Konradinen klar bewiesen, daß die Baronin in ihrem Lebensgenusse durch die Abwesenheit der Tochter eher gefördert als beeinträchtigt werde, und Konradinen war inzwischen ihre Unabhängigkeit so sehr zur Gewohnheit und zu einem Bedürfnisse geworden, daß sie es sich nicht mehr auferlegen mochte, sich in die wechselvollen Stimmungen und Einfälle der Mutter einzupassen, oder es sich mit jener sogenannten Freiheit genügen zu lassen, welche ihr zu gewähren die Mutter sich immer gerne gerühmt hatte.

Daneben hielt auch in der That ihr Ehrgeiz, über den sie zu scherzen und zu spotten liebte, weil sie ihn dadurch am leichtesten der tadelnden Beobachtung entzog, sie in dem Stifte fest. Die Zeit, welche sie in demselben zugebracht, und das Ende ihres dreißigsten Jahres waren bei ihrer Eigenartigkeit zu einem besonderen Lebensabschnitte geworden, weil sie sich darin gefiel, es als einen solchen zu betrachten. Ihr lebhafter Geist hatte sich mit derselben Entschiedenheit und Sicherheit in die neue Laufbahn hineinbegeben, mit welcher sie sich auf der verlassenen bewegt hatte.

Sehr frühzeitig in die Gesellschaft eingetreten, lebhaft umworben, hatte sie, nach Frauenweise, die glänzende und bevorzugte Stellung, zu welcher sie sich berechtigt gefühlt, aus der Hand eines geliebten Mannes zu empfangen erwartet. Aber was ihr der Eine dargeboten, hatte ihrem heißen Herzen nicht genügt, die Verhältnisse des Anderen hatten ihrem Ehrgeize nicht entsprochen, bis ihr dann in des Prinzen Liebe jenes Glück gewinkt hatte, das sie in ihren kühnsten Hoffnungen für sich ersehnt. Als diese Hoffnung sie betrogen und der erste wilde Sturm schmerzlicher Leidenschaft sich in der Tage Lauf gesänftigt, da hatte sie, wie Einer, dem eine Feuersbrunst sein Haus zerstört, ruhig zu überschauen getrachtet, was ihr aus dem Untergange zu retten gelungen, und was damit noch zu beginnen sei. Liebesglück und Leid waren in wildem Andrange rasch wie ein Flammenstrom über sie dahingerollt und hatten in ihrem Herzen viel zerstört. Nur der Zorn über des Prinzen Untreue war unvermindert noch in ihr lebendig, wie sehr sie es auch verstand, nach außen hin die Handlungsweise des Treulosen erklärend zu rechtfertigen, um die Beleidigung, welche sie erfahren hatte, weniger groß erscheinen zu lassen.

Indeß eben an der Stärke und Gleichmäßigkeit dieses Zornes konnte sie es für und für ermessen, wie stark ihre Liebe und was der Prinz ihr gewesen sei, und wie wenig sie ihn vergessen habe. All ihr

Thun und Treiben bezog sich nach wie vor auf ihn.
Sie wollte sich fassen, damit er sie nicht untröstlich
über seinen Treubruch glaube. Sie wünschte sich eine
bevorzugte Stellung zu erwerben, um ihm zu beweisen,
daß es nicht der Glanz einer solchen gewesen sei, um
dessen willen sie ihn geliebt habe; und wenn sie, wie
sie es jetzt im Sinne hatte, ehelos verblieb, so konnte
sie keine Lebenslage für sich finden, die ausgezeichneter
und ihrer Selbstständigkeit nach bedeutender gewesen
wäre, als die der Aebtissin des reichsten Fräuleinstiftes
im Lande, eine Stellung, welche einzunehmen selbst
Töchter des regierenden Hauses nicht unter ihrer Würde
erachtet hatten.

Die Aebtissin des Stiftes war betagt und kränkelte,
aber sie war in jedem Betrachte eine ausgezeichnete
Frau und hatte von der ersten Stunde an, die geistige
Bedeutung Konradinens zu würdigen, den Umgang
mit ihr zu schätzen gewußt. Ihre Thätigkeit, ihre
Klugheit und Ueberredungsgabe zeigten sich der viel=
erfahrenen Aebtissin ebenfalls als brauchbar, und sie
hatte nach Art der Herrschenden, auch diese Eigen=
schaften Konradinens für sich nützlich zu machen und
praktisch zu entwickeln verstanden; so daß sie in ihren
vertrauten Mittheilungen an die Behörden auf das
Fräulein von Wildenau als auf die geeigneteste Nach=
folgerin für sich hingewiesen, und die Ermächtigung
erlangt hatte, Konradinen während der Badereise,
welche die Aebtissin zu machen genöthigt war, mit ihrer
Stellvertretung zu betrauen. Das hatte den Bedürf=
nissen Konradinens ganz und gar entsprochen. Es hatte

sie beschäftigt, hatte sie zerstreut und von sich selber abgezogen. Es hatte sie den Reiz der Herrschaft und der Macht auch in beschränktem Maßstabe empfinden, und sie inne werden lassen, was es mit dem alten Ausspruche auf sich habe, daß es befriedigender sei, im engeren Kreise der Erste, als der Zweite in einem weiteren zu sein. Ihr Ehrgeiz hatte damit ein ganz bestimmtes Ziel gewonnen, und sie hielt es vor sich selber aufrecht, daß sie nach diesem Ziele zu streben habe, daß sie es erreichen könne und erreichen müsse.

Gegen alles Erwarten war jedoch die Aebtissin von ihrer Reise sehr gekräftigt in das Stift zurückgekehrt und hatte die Fäden der Verwaltung wieder in die eigenen Hände genommen. Konradine fand sich dadurch, trotz des fortdauernden Vertrauens ihrer älteren Freundin zu einer verhältnißmäßigen Unthätigkeit verdammt, und die Tage des sinkenden Sommers erschienen ihr sehr lang und leer und öde. Sie war nun über zwei Jahre nicht aus dem Stifte fortgekommen, die sämmtlichen Damen hatten es während dieses Zeitraumes zu verschiedenenmalen auf längere oder kürzere Zeit verlassen. Konradine ging also mit sich zu Rathe, ob es nicht angemessen für sie sei, es durch eine zeitweilige Entfernung der Aebtissin recht fühlbar zu machen, welche Gesellschaft und welche Stütze sie in ihrer jüngeren Freundin besitze; während es ebenso zweckmäßig erschien, wenn Konradine sich wieder einmal mit denjenigen ihr geneigten Personen in lebendigen Verkehr brachte, deren Einfluß für sie im betreffenden Falle wichtig und von Entscheidung sein konnte. Sie hatte es auch keineswegs nöthig, sich aus der Welt, in der sie geglänzt hatte und gefeiert worden war, zurückzuziehen. Ihr Stiftskreuz verlieh ihr den Titel und die Unabhängigkeit einer verheiratheten Frau, es ermächtigte sie zu einer Freiheit des Handelns und Bewegens, welche sie ohne dasselbe in ihren Lebenskreisen nicht besessen hatte, so lange sie sich unvermählt unter dem Schutze ihrer Mutter befunden. Dazu durfte sie mit ziemlicher Gewißheit darauf rechnen, weder in Deutschland, noch am Genfersee eben jetzt mit dem Prinzen zusammenzutreffen, den der sehr bedenkliche Gesundheitszustand seiner jungen Gattin auf deren italienischer Besitzung festhielt; und während Emanuel's Bitten sich erneuerten, brachte endlich der Vorsatz der Gräfin, ihren Bruder ohneweiters aufzusuchen, um so die Aussöhnung herbeizuführen, die sie in jedem Betrachte wünschte, Konradine zu dem Entschlusse, das Stift für eine Weile wieder mit dem Leben in der Welt zu vertauschen.

## Zehntes Capitel.

In noch weit größerer Unentschlossenheit als die mit allen Mitteln zu freier Entscheidung ausgestattete Stiftsdame hatte der arme Adjunktus den Sommer hingebracht. Sein Gemüth war seit dem Ostermorgen, an welchem ihm so unerwartet die Erkenntniß gekommen war, daß er Hulda liebe, nicht mehr zu dem Frieden gelangt, in welchem er bis dahin sich glücklich gefühlt und eine Gnade Gottes zu erkennen geglaubt hatte. Das war nun Alles, Alles mit einemmale hin, und Alles anders.

Er hatte seit jenem Tage seine ganze Amtsführung, die ihm doch ein Heiligthum und eine Herzenssache war, nur noch wie eine mechanische Aufgabe zu erfüllen vermocht. Wenn er von der Kanzel oder dem Altar zu der Gemeinde sprach, suchten seine Augen Hulda, hing sein Blick an ihr. Er hielt es sich vergebens vor, daß er nicht würdig sei, mit so getheiltem Sinne das Wort des Herrn zu verkünden. Er sagte sich, daß er nicht an dieser Stätte bleiben, an ihr nicht erfolgreich als Seelsorger wirken könne, wenn es ihm nicht gelinge, Hulda's Neigung und ihre Hand zu gewinnen, und so die verlorene innere Einheit und den Frieden seiner Seele wieder herzustellen. Aber wenn er einmal am Abende im ernsten Sinnen und Gebet die Kraft errungen zu haben glaubte, deren er bedurfte, um sich von Hulda loszureißen, so machte am Morgen sein erstes Zusammentreffen mit ihr, alle seine guten Vorsätze zunichte.

Wenn sie ihm in ihrer ruhigen Freundlichkeit wie jedem Anderen den „guten Tag" bot, wenn er die Genauigkeit bemerkte, mit der sie auch auf seine geringen Bedürfnisse Bedacht nahm, und vollends wenn er mit ihr für den hinsterbenden Vater Sorge tragen, ihn pflegen, ihm das Schwinden des Augenlichtes minder fühlbar machen und sich dafür Hulda's warmer Dankbarkeit erfreuen durfte, kam ihm sein Fortgehen ganz unmöglich, kam es ihm undenkbar vor, daß keine Hoffnung für ihn vorhanden sein, daß seine treue Hingebung Hulda's Freundschaft nicht verdienen, seine reine Liebe von der ihren nicht endlich erwidert werden sollte.

Er schalt sich ungeduldig, wenn er sich entmuthigt und hoffnungslos fühlte, er wollte um sie dienen sieben Jahre und länger. Er sagte sich, daß Gottes Fügung ihn ja eben auf diesen Platz geführt, und daß es also Gottes Zulassung sei, wenn er sich hier erproben müsse. Er hielt es für seine Pflicht, neben dem Greise auszuharren, dem man ihn zum Beistande gegeben, und zu dem er jetzt in ein herz=

liches Verhältniß getreten war. Dann wieder, wenn der Gedanke des Fortgehens durch einen neuen Anlaß wieder in ihm lebendig wurde, überlegte er, wie er dem Pfarrer für sein Scheiden doch unmöglich die wahren Gründe angeben könne, wie dasselbe dem kranken Greise schwer fallen, wie das Zusammenleben mit einem neuen fremden Gehilfen demselben peinlich werden würde. Und wenn all diese Rücksichtsnahmen ihm doch nicht ausreichend genug erschienen, sein Bewußtsein zu beschwichtigen, wenn er sich es eingestehen mußte, wie er sich nicht die volle Wahrheit sage, so hielt er denn auch vor sich selber schließlich mit dem Bekenntnisse nicht zurück, daß er Hulda nicht allein zu lassen vermöge in der schweren Stunde, die immer näher an sie heranrückte, daß er bleiben müsse um ihretwillen, damit doch Jemand in ihrer Nähe sei, der sie liebe, der sie würdige, wie sie es verdiene, der sie beschützen könne gegen das neidische Uebelwollen, von dem er sie, und nicht allein durch Mamsell Ulrikens geflissentliche Andeutungen, umgeben und verunglimpft wußte.

In solchen Augenblicken fühlte er sich glücklich, fühlte er sich wie verwandelt, und er war dies auch, mehr als er's selber glaubte. Die Amtsführung hatte sein Selbstgefühl gehoben, die Nothwendigkeit, Andere auch in den Angelegenheiten zu berathen, in denen ihre weltlichen Interessen betheiligt waren, hatte unter des Amtmannes Anleitung seinen Blick zu erweitern angefangen. Er durfte sich nicht mehr so wie früher ausschließlich mit seinem Seelenheile befassen, er hat seiner inneren Demüthigung wie seiner äußeren Demuth eine Grenze zu setzen, weil er in der Lage war, Anerkennung und Verehrung für sich fordern zu müssen; und was sein Amt an ihm begonnen hatte, den Bann jener frömmelnden Kirchlichkeit zu durchbrechen, in welchem er nach der in gewissen Regionen herrschenden Strömung von seinen Lehrern und Vorbildern gehalten worden war, das war die Liebe nahe daran, zu vollenden, die sein Mannesgefühl erweckte und es in die Schranken rief.

So war man bis in die Zeit der Roggen=Ernte hingekommen, als eine geschäftliche Anfrage den Adjunktus in das Amt zu gehen nöthigte. Es war schon gegen den Abend hin, doch stand die Sonne noch hoch am Himmel, denn die Sommertage sind lang in jenen Gegenden, und es war noch immer drückend heiß. Nur der feuchte Hauch, der vom Meere kam, erfrischte die Luft, und das sanfte, gleichmäßige Anschlagen der breiten Wellen wirkte angenehm auf die Einbildungskraft.

Dem Adjunktus, der immer in den engen Straßen der alten Stadt gelebt und das Meer nicht gekannt hatte, bis er in dieses Pfarrhaus gekommen, war der Eindruck immer noch ein überwältigender. Er blieb deshalb auch, als er das Haus verlassen wollte, unter der Thüre stehen, auf das in goldigem Feuer fluthende Meer hinausschauend, bis er, von dem funkelnden und flimmernden Glanze geblendet, die Augen mit der Hand bedecken mußte. Wie er dann emporblickte, sah er Hulda auf der Bank unter dem Hollunderbusche sitzen, von welcher sie durch das niedrige Fenster das Zimmer ihres Vaters überblicken konnte. Der Pfarrer ruhte schlummernd in dem alten Lehnstuhle, es regte sich kein Blatt. Nur die Käfer hörte man summen und die Bienen, die von des Küsters Stöcken in das Pfarrgärtchen herüberflogen.

Um nicht mit einer lauten Anfrage die Ruhe des Schlafenden zu stören, ging der Adjunkt zu Hulda in den Garten. Er erkundigte sich, ob sie im Amte Etwas zu bestellen habe. Sie verneinte das, bat ihn aber, dem Amtmann ihre Grüße auszurichten, wobei sie bemerkte, er werde einen angenehmen Spaziergang und besonders einen schönen Rückweg haben.

„Es ist heute recht ein Tag, wie er im Liede beschrieben wird, sagte sie:

>Sommer ist es, sonnig ist es,
>In der Welt wie wonnig ist es,
>Trägt die Erd' ihr Feierkleid!
>Grün ist Alles weit und breit;
>Mit Gezwitscher und mit Jubel
>Schwingt sich in die Luft die Lerche;
>Fichte schwankt und Birke wiegt sich,
>Auf der Wiese duften Kräuter,
>Früchte prangen im Gezweig!

Nur die Zeit des Vogelsanges ist schon vorüber, und trotz der Wärme werden die Sonnen=Untergänge schon herbstlich. Sie sind dann aber gerade bei uns so majestätisch, daß sie nirgends herrlicher sein können. Sie müssen nicht zu lange im Amte verweilen, wenn Sie das Schauspiel recht genießen wollen!"

Trotz dieser Mahnung blieb er zögernd neben ihr stehen. Er brauche nicht eben heute nach dem Schlosse zu gehen, sagte er.

„Dann würden Sie sich um den Anblick des Sonnen=Unterganges bringen," bedeutete sie ihm, „denn er sieht sich, wenn man von dem Schlosse hinunterkommt, weit schöner an, als hier von unserm Hause!"

War das guter Wille für ihn oder eine Weisung sich zu entfernen? Er wußte es nicht. Sie hatte seit dem Ostertage jedes längere Alleinsein mit ihm vorsichtig gemieden, aber der schöne, heiße Sommertag, der die Blumen auf den beiden Beeten und Hulda's beide Rosenstöcke ihren ganzen Duft ausströmen machte, schloß auch ihm das Herz auf. Er sehnte sich danach mit ihr zu sprechen und ein freundlich Wort von ihr zu hören, und weil ihm nicht gleich einfiel, was er sagen könne, wollte er wissen, von wem die Verse wären, die sie angeführt habe.

„Wer weiß das?" entgegnete Hulda, „das müssen Sie die Sonne und die Luft und die Wellen fragen. Das Lied ist hier irgendwo irgendeinmal an der See zusammen mit seiner Melodie entstanden und hat wie der Kiefernsamen, den die Luft verstreut, irgendwo Wurzel geschlagen und sich erhalten, bis dann Andere gekommen sind und gemerkt haben, daß da ein hübsches Bäumchen stehe. Es ist eines unserer Volkslieder, wie wir deren viele haben!"

„Der Herr Pfarrer hat mir, als er einmal von der hiesigen Volkspoesie mit mir gesprochen, angedeutet, daß er für den Bruder der Frau Gräfin viele

dieser Lieder zusammengestellt und übersetzt habe, und
daß Ihre verstorbene Frau Mutter und auch Sie die
Lieder früher viel gesungen haben!"

„Ja früher!"

„Und Sie singen sie jetzt nicht mehr?" fragte er
mit einem Tone, der den Wunsch, sie zu hören, in
sich schloß.

„Sie sind meist traurig," gab sie ihm zur Ant=
wort, „aber mein Vater liebte sie früher sehr, und ich
liebte sie auch, denn wir hatten sie von der Mutter.
Jetzt verlangt mein Vater nicht mehr nach ihnen, und
für mich ist das recht gut."

Er schwieg, denn er errieth, daß sich Erinnerun=
gen an jene Lieder für sie knüpfen mußten, die sie viel=
leicht im Beisein Dritter nicht aufzuwecken wünschte.
Hulda stand auf und mahnte ihn an das Fortgehen.
Sie folgte ihm an die Pforte des Gitters, von der
man weit hinaus sah über das Meer, und wie sie es
in seiner Herrlichkeit vor Augen hatte, sagte sie, die
Luft mit Wonne einathmend: „Der Abend ist wirklich
von einer seltenen Herrlichkeit." Dabei flog ein Aus=
druck des Entzückens und der Freude über ihr eben noch
so schwermüthiges Antlitz, daß der junge Mann sie noch
niemals so schön gesehen zu haben glaubte, und weil
es ihn danach verlangte, sie noch länger in dieser hei=
teren Schönheit vor sich zu sehen, bat er: „Gehen Sie
eine Strecke mit mir, oder", fügte er, sich besinnend,
rasch hinzu, „gehen Sie spazieren und lassen Sie mich
bei dem Herrn Pfarrer bleiben, denn daß Sie sich

freuen, daß Sie heiter sind, ist ja viel mehr werth, als der schönste Sonnen=Untergang."

Seine Empfindung hatte ihn fortgerissen, Hulda war davon gerührt. "Sie sind sehr gut!" sagte sie, "sehr gut! Könnte ich Ihnen danken, wie sie es verdienen!"

Aber wie sie ihn ansah, wie sie die beglückte Ueberraschung wahrnahm, die aus seinen Augen leuchtete, bereute sie die soeben gesprochenen Worte, und sich nach dem Hause wendend, sagte sie, daß sie nach dem Vater sehen müsse und daß es für ihn selber die höchste Zeit zum Gehen sei. Sie brachte jedoch die Hoffnung, die in seinem Herzen aufgeflammt war, damit nicht zum Erlöschen. Er blieb stehen und sah ihr zärtlich nach. Mit einemmale konnte er sich nicht länger halten. Er folgte ihr mit raschen Schritten, und ihre Hand ergreifend, sagte er in einem Tone, in dem sein ganzes Wünschen hörbar war: "Ach gewiß, Sie werden die Lieder schon noch einmal singen!" und ihre Hand schüchtern an seine Lippen drückend, eilte er von dannen, ehe sie ihm die Antwort geben konnte. — Was hätte sie ihm auch sagen sollen? Wie hätte sie ihm wehe thun sollen in diesem Augenblicke? Sie dachte gut von ihm, sie hatte ihn schätzen gelernt und er that ihr leid. Aber was konnte ihm das helfen und was half es ihr?

Er ging während dessen rüstig und gehobenen Sinnes seines Weges. Er konnte den Hut nicht auf dem Haupte dulden, er mußte den Rock aufknöpfen, den er anstandshalber sonst stets geschlossen zu tragen pflegte.

Sein Herz war ihm so voll, so weit, er athmete so viel mächtiger und freier, er war noch nie so glücklich gewesen. Die Welt, in die sein Schöpfer ihn hineingesetzt, war ihm nie herrlicher, und sein und ihr Schöpfer ihm nie größer, mächtiger, anbetungswerther erschienen, als in dieser Stunde, in der er zum erstenmale voll zu empfinden glaubte, wie viel Glück der Herr dem Menschen zu genießen vergönne. Er besann sich mit Freude auf Alles, was heute zwischen ihm und Hulda sich ereignet hatte. Er erinnerte sich jedes Wortes, das sie und er gesagt; er war entzückt von dem, was er in seinen Gedanken ihr Vertrauen und ihre Güte nannte, und er war auch sehr zufrieden mit seiner eigenen raschen Kühnheit, die er sich nicht zugetraut hatte. Er war im Schloßhofe und im Amte, ehe er es gedacht.

---

### Eilftes Capitel.

Die Ernte war im vollem Gange, die schwerbe=
ladenen Wagen schwankten langsam zu dem einen Thore
des weiten Hofes hinein, während man noch dabei war,
andere die abgeschirrt vor den Scheunen standen, ab=
zuladen, und leere Wagen rasch durch das entgegenge=
setzte Hofthor schon wieder nach dem Felde fuhren.
Denn der ganze Roggen sollte heute noch herein. Man
wollte die lange Helligkeit benützen, damit nicht etwa
ein Gewitterregen, dessen man in dieser Jahreszeit und
bei solcher Hitze wohl gewärtig sein mußte, die reiche
Gottesgabe schädige. Deshalb brach man auch die
sonstige feste Tageseintheilung. Der Amtmann ließ
auf seine Kosten um die gewohnte Feierstunde einen
Imbiß unter die Leute austheilen, und es sollte da=
nach fortgearbeitet werden, bis man mit dem Einbrin=
gen ganz und gar zu Stande wäre.

Wie der Amtmann den jungen Geistlichen so hei=
teren Schrittes und baarhäuptig über den Hof und
nach der Rampe kommen sah, auf der er selber unter

dem Schatten der Linden seine vorläufige Mahlzeit einnahm, rief er ihn freundlich an.

„Wahrhaftig, Herr Adjunktus!" sagte er, indem er ihm treuherzig die Hand schüttelte und ihn zum Sitzen nöthigte, „wahrhaftig, Herr Adjunktus! Sie gehen hier auf wie Weizenteig. Die Luft hier bei uns an der See schlägt Ihnen an. Sie sind gar nicht mehr derselbe. Sie sehen aus, daß man Ihnen gleich ein Pferd unter den Leib geben und einen rechtschaffenen Landwirth aus Ihnen machen könnte. So sind Sie mein Mann! Und nun setzen Sie sich und lassen es sich mit uns schmecken. Gestern haben wir auch Besuch gehabt. Aber Sie sehen" — er wies auf die herankommenden Wagen hin — „im nächsten Winter verhungern wir noch nicht, wenn auch noch ein gut Theil Gäste kommen."

Der Adjunkt ließ sich nicht nöthigen, und es gab kein Lob und keine Anerkennung in der Welt, die ihm in seiner gegenwärtigen Stimmung hätten willkommener sein können, als das Zugeständniß, daß er ein Mann sei, der sich neben Anderen sehen lassen dürfe. Auch die Mamsell, die inzwischen herausgekommen war, rühmte sein gutes Aussehen, erwähnte ebenfalls des gestrigen unerwarteten Besuches, aber da der Amtmann sich erkundigte, was den Adjunktus zu ihm geführt habe, begann dieser von seinem Ansuchen zu berichten, und die Mamsell konnte mit ihrer Erzählung nicht sofort heraus. Wie man nun bei Speise und Trank die kleine Geschäftsangelegenheit rasch abgefertigt hatte — denn gegenüber dem reichen Gottessegen, den man ein=

brachte, bewilligte der Amtmann ohne Zaudern die
kleinen Ausbesserungen an der Kirche und an dem
Pfarrhause, welche der Adjunkt im Auftrage des Pastors
zu fordern gekommen war — so erkundigte sich der
Amtmann denn auch nach dem Pfarrer und nach Hulda.

Der Adjunkt gab ihm Bescheid. Er sagte, daß
es sich mit dem Pfarrer offenbar zu Ende neige, daß
die Tochter von einer unermüdlichen Beharrlichkeit in
seiner Pflege sei. Als er aber im besten Zuge war,
nach seiner innersten Meinung und seines Herzens Bedürfniß ihr Lob weiter auszusprechen, stieg ihm das
Blut in das Gesicht. Ulrike wendete das Auge nicht
von ihm, das machte ihn verwirrt, und zu seinem Unglück wurde der Amtmann eben abgerufen. Das kam
Ulriken eben recht.

Denn der Bruder hatte die Rampe noch nicht verlassen, als Ulrike sich des Worts bemächtigte. Es freue
sie, sprach sie, daß es ihm hier Orts gefalle und daß
ihm seine Stelle nicht zu schlecht sei. Sie könne ihn
auch versichern, daß die Gemeinde ihn gern zum Nachfolger des Pastors haben möchte. Bei der Ostertaufe
hätten die Leute, hätten die Amtsräthin und auch sie
selber sich allerdings nicht recht aus seiner Predigt vernehmen können, aber die Einsegnung und die Pfingst-
predigten, die wären ihnen wieder sehr zu Herzen
gegangen und, sie wären Alle überzeugt, wenn er einmal völlig freie Hand haben und sonst auch, wie es
ihm zukäme, freigestellt und Herr auf der Kanzel und
im Pfarrhause sein würde, so würde Alles noch viel

besser werden. Die Leute würden dann auch weiter
Nichts zu reden und zu sagen haben.

Der Adjunkt entgegnete, er schätze sich glücklich,
wenn es ihm gelinge, dem geistigen Bedürfen der Ge=
meinde zu entsprechen, und weit entfernt, mit seiner
gegenwärtigen Lage unzufrieden zu sein, wünsche er
sehnlich, Gott möge dem Pfarrer seine Lebenszeit noch
länger fristen, als man es zu hoffen wage.

„Ach!" rief Ulrike, „um den Pfarrer ist es ja auch
nicht, gegen den Herren Pfarrer hat man Nichts ein=
zuwenden. Ich sagte das auch gestern der Frau Ba=
ronin. Ihr Gehalt ist nur zu gering für einen jungen
Mann wie Sie, und überhaupt ist unsere Pfarre keine
von den guten hierzulande. Ein paar Meilen weiter
hinein sehen die Pfarrhäuser ganz anders aus, und
auch die Einkünfte sind anders, und die Pfarrerstöch=
ter rechtschaffen und gut erzogen."

Der Amtmann, der inzwischen zurückgekommen
war, hatte nur die letzten Worte noch gehört. Aber
er merkte an dem Gesichte des jungen Mannes, mehr
noch an der Schwester plötzlichem Abbrechen, daß sie
Etwas vorgehabt habe, was fortzusetzen ihr in seinem
Beisein nicht gerathen schien. Er fragte also, wovon
die Rede gewesen sei. Ulrike sagte, sie hätten davon
gesprochen, daß die Pfarre viel zu schlecht bezahlt sei,
als daß ein junger Mann in jetzigen Zeiten daran den=
ken könnte, sein Leben in derselben zuzubringen.

„Wobei ich mir aber zu bemerken erlauben muß,"
fiel der Adjunkt ihr in das Wort, „daß es die Mamsell
Schwester gewesen ist, die das behauptet hat, nicht ich."

Ulrike fuhr auf. Es lag die offenbarste widersetz=
liche Anklage in seinem Tone. Das hatte er früher nie
gewagt. Die Sache stand also schlimmer, als sie bis
dahin geglaubt, war weiter gediehen, als sie bis dahin
gewußt hatte. Indessen der Bruder ließ ihr nicht die
Zeit, die Bosheit auszusprechen, die ihr auf den Lippen
schwebte, denn er sagte mit seiner ruhigen Wahrhaftig=
keit: „Das ist mir lieb, mein werther Herr Adjunkt!
Und so wie die Frau Gräfin die Stelle um Ihres
Eintretens willen neuerdings dotirt hat, und auch
wenn unser armer Pastor das Zeitliche gesegnet haben
wird, dotirt lassen wird —

„Ja!" rief Ulrike, ihrer selbst nicht länger mächtig,
ihm in die Rede fallend, „wenn die Hulda in der
Pfarre bleibt. Aber der Herr Adjunkt sieht mir nicht
aus wie Einer, der sich, wie das früher die Herrschaf=
ten so im Brauch hatten, versorgen lassen wird, weil
man ein Frauenzimmer abfinden oder aus dem Wege
haben will!"

„Reitet Dich denn wieder einmal heut der Teufel!"
rief der Amtmann, indem er zornig mit der Hand auf
den Tisch schlug, daß die Teller und die Gläser
klirrten. „Das einzige Frauenzimmer, das hier im
Wege ist—"

Der Adjunkt ließ ihn nicht in seinem Zorne zu
Ende sprechen. Es war ihm heiß und kalt geworden
bei den Worten der Mamsell, aber der gehobene und
befreite Sinn, den er schon diesen ganzen Nachmittag in

sich gefühlt hatte, gab ihm auch jetzt die Kraft, seine sonstige zaghafte Schüchternheit zu überwinden, und mit einer Sicherheit, die in seiner Liebe und seinem Vertrauen zu der Reinheit des von ihm geliebten Mädchens ihren Ursprung hatte, sagte er: „Zürnen Sie der Mamsell Schwester nicht, Herr Amtmann! Sie hat ganz Recht. Ich würde gewiß der Letzte sein, unter Bedingungen, die sie voraussetzt, ein Amt zu übernehmen — auch das einträglichste und allerhöchste nicht; aber wenn die Frau Gräfin mir in dem Falle, der denn einmal doch eintreten muß, die Pfarre anvertrauen wollte, würde ich es als ein großes Glück für mich erachten, eine Frau zu finden, so gut und so von Herzen brav wie Mamsell Hulda."

Ulrike stand wie vom Donner gerührt, ihre Lippen waren weiß geworden und zitterten, daß sie nicht sprechen konnte. Der Adjunkt schlug im Schrecken über seine ihm bis dahin fremde männliche Entschlossenheit die Augen nieder, sie waren ihm ganz feucht geworden. Der Amtmann jedoch reichte ihm die kräftige Hand hinüber und rief mit voller Stimme: „Bravo, Herr Adjunkt! Schlagen Sie ein; es soll ein Wort sein! Denn es war ein Wort, wie es sich für einen honetten Menschen gegenüber solchem Altenweiber-Gewäsche ziemt. Kommen Sie! Ich muß fort, und ein Stück Weges gehen wir noch zusammen. Unterdessen hat die Alte Zeit, sich auszutoben und, wenn sie will, auch auszuweinen und Gott und die Menschheit wieder einmal zu verwünschen."

Er stand damit auf, nahm die langschirmige Mütze und den schweren Stock zur Hand und, sich auf den Arm des jungen Mannes stützend — was ein großes Zeichen seiner Freundschaft war — machte er sich mit ihm auf den Weg.

Dicht vor dem Hofthore trafen sie den Knecht, der zweimal in der Woche die Briefe und die Zeitungen von der Post zu holen hatte. Der Amtmann blieb stehen und ließ sich die Posttasche vom Pferde herunterreichen, zu der er den Schlüssel an seinem Bunde trug. Er schloß sie auf, sah den Eingang nach, schickte die Tasche in das Amt hinauf und behielt nur einen der Briefe bei sich, dessen Aufschrift die Hand der jungen Fürstin zeigte. Den nahm er mit sich und brach ihn gleich im Gehen auf. Aber kaum hatte er die ersten Zeilen gelesen, als er stehen blieb, um ihn mit einer sichtlichen Bewegung zu Ende zu lesen.

„Wie das manchmal doch im Leben kommt," sagte er, als er das Schreiben durchgelesen hatte und in die Tasche steckte, „man sollte manchmal sagen, die alten Sprichworte hätten einen prophetischen Verstand. Es ist wirklich, als könnte ein Unglück nicht allein kommen." Er schüttelte nachdenklich den Kopf. — „So geht Einer nach dem Andern hin. Sie hat uns namentlich in jungen Jahren manchmal mit ihrem süßlichen Gequengel hier unsere liebe Noth gemacht, aber eine anständige und rechtschaffene Person ist sie gewesen. Der Frau Gräfin wird es nahe gehen —"

Der Adjunktus mußte ihn unterbrechen, er wußte nicht, von wem der Amtmann sprach.

„Ja so," rief dieser, „ich dachte, ich hätte es Ihnen gesagt. Die englische Miß, die alte Kenney ist auf dem Schlosse des Fürsten gestorben, und die Frau Fürstin schreibt's mir selber mit der Anweisung, es in der Pfarre mitzutheilen. Sie ist nur ein paar Tage krank gewesen und hat ein sanftes Ende gehabt. Das lernt man als ein Glück betrachten, wenn man selber nicht mehr weit davon ist. Sie war ein hübsches Frauenzimmer, als sie jung war, und zuerst hierherkam."

Der Amtmann war offenbar mehr ergriffen, als er es zu zeigen für angemessen fand, denn die Natur stand wieder einmal als die unerbittliche Gläubigerin vor ihm, die Keinem seine Zahlung an sie schenkt, wenn sie sie dem Einzelnen auch mitunter länger stundet. Der Adjunkt bemerkte, dieser Todesfall werde in der Pfarre, namentlich bei Hulda, viel Betrübniß erregen.

„Das glaube ich wohl," versetzte kurzweg der Amtmann, der ohnehin bei traurigen Gedanken nicht zu verweilen liebte, „aber dagegen ist nun einmal Nichts zu machen, und wer weiß, wozu es für sie gut ist."

Der Adjunkt fragte, ob der Amtmann von Hulda spreche und wie er das verstehe.

„Ich meine, gut für das Mädchen und auch für Sie, mein Bester!" entgegnete der Amtmann, „denn wie ich heute Sie und Ihre Absichten, die mir sehr wohl gefallen, habe kennen lernen, dürfen und müssen wir einander reinen Wein einschenken. Sie wissen es vermuthlich, daß mich der Pastor gebeten hat, die Vormundschaft über das Mädchen zu übernehmen, wenn er die Augen schließen wird."

Der Adjunkt verneinte das.

"Die Sache verstand sich im Grunde von selbst," fuhr der Amtmann fort, "sie haben ja sonst Niemand. Von des Pastors Seite sind keine Blutsverwandte da, und wenn von der Mutter Seite etwa Jemand leben sollte, so sind das arme Leute auf den freiherrlichen Gütern, von denen weiter nicht die Rede sein kann. Auf die Engländerin aber wird sich Hulda wohl verlassen haben, denn nachdem sich der Handel mit dem Baron zerschlagen — dem ich nie vergeben werde, wie er sich gegen das Mädchen gehen lassen, das zu heirathen er ernstlich wohl nie gedacht hat — seitdem hat die Miß, Gott habe sie selig, der armen Hulda allerhand Zeug in den Kopf gesetzt, daß sie nach England gehen solle, wie die Miß ihrerzeit nach Deutschland gegangen sei, daß die Miß dort für sie ein Unterkommen suchen wolle, und was derart noch mehr gewesen ist." Er schwieg eine Weile, dann fuhr er fort: "Das hat dem Mädchen doch im Sinne herumgespukt, und meine Schwester, die den Mund nun einmal nicht halten kann, hat mit ihren Erzählungen von all dem Geklatsche, das leider über das arme Kind zumeist durch meiner Schwester ewiges Gerede hier im Schwange ist, das Uebrige gethan. Hulda hat es einmal umumwunden gegen mich geäußert, sie wisse, daß sie hier nicht bleiben könne und sie wolle auch nicht hier bleiben, sondern wenn es einmal sein müsse, sehen, wie

und wo sie sich anderweit in der Welt ihr Brod ver=
dienen könne."

Der Adjunkt hatte ernsthaft zugehört, die Mit=
theilung dünkte ihm entmuthigend, denn Hulda hatte
nach derselben nicht an ihn gedacht. Der Amtmann errieth,
was in dem jungen Manne vorging, und schlug ihn
auf die Schulter. "Munter, munter, Herr Adjunktus,
und unverzagt! Was solch ein Mädchenkopf auf sei=
nen Schultern denkt, das ist so ernsthaft nicht zu neh=
men, das ändert sich, wenn man ihn nach einer andern
Seite hinlenkt, an welcher ihm etwas Besseres winkt.
Und jetzt sind wir ja unserer Zwei zum Hinlenken, und
zwei Männer!" fügte er hinzu.

Sie waren unterdessen an den Platz gekommen,
an welchem ihre Wege auseinandergingen. Zur Rech=
ten dehnte sich die weite Fläche des neuen Stoppel=
feldes aus, auf dem die Arbeit noch in vollem Gange
war, zur Linken stieg die strahlende Sonne langsam
in das blaue fluthende Meer hinab. Der Amtmann
blieb stehen.

"Bringen Sie es denen in der Pfarre glimpflich
vor, daß die arme Kenney todt ist!" sagte er. "Der
Pastor hat sie auch lange gekannt, und wie man sich
auch auf die Ewigkeit getrösten mag — sehen Sie
sich einmal um — wenn es so schön ist hienieden, da
ist das Fortmüssen doch eine ganz verdammte Sache.
Aber darum Nichts für ungut! Wenn es dazu kommt,
wird's auch abzumachen sein wie ein ander Stück
Arbeit."

Der Adjunkt, gegen dessen Anschauungen solche Worte schwer verstießen und den sie sehr verletzten, war heute nicht in der Verfassung, sich dagegen aufzulehnen. Er dachte nur daran, wie er Hulda die Trauerbotschaft überbringen, wie sie und der Vater dieselbe aufnehmen würden, und weil er sich heute vor Ulriken und dem Amtmanne über seine Wünsche und Absichten ausgesprochen und für dieselben des Letztern Zustimmung erhalten hatte, fühlte er sich nur noch mehr an Hulda gebunden, ihr gleichsam verlobt und für sie zu sorgen verpflichtet. Seine innere Freudigkeit, sein Vertrauen zu sich sogen daraus neue Nahrung — und er war noch in dem Alter, in welchem die Todesfälle greiser Menschen ihn nicht eben tief berührten.

Als er sich mit herzlichem Dankesworte von dem Amtmanne getrennt hatte, rief dieser ihn noch einmal zurück. "Erzählen Sie doch in der Pfarre, daß gestern die Frau von Wildenau bei uns gewesen ist und bei uns gefrühstückt hat!" sagte er.

Der Adjunktus fragte, wer das sei? — Das werde er zu Hause schon erfahren, entgegnete der Amtmann, der nun Eile hatte. "Sie ging nach Rußland," fügte er indessen doch hinzu, "weil sie zum Oktober neue Pacht=Kontrakte abzuschließen hat; und sie bestätigte, was ich schon auf dem Markte in der Stadt gehört hatte, daß es mit dem ältesten Bruder der Frau Gräfin, mit dem Majoratsherrn, wirklich schlecht steht. Das war denn Wasser auf Ulrikens Mühle."

Der Adjunktus wollte wissen, inwiefern?

„Hat sie Ihnen denn nie von dem sogenannten Falkenhorster Pergamente und von dem alten Aberglauben geredet, der sich daran knüpft?

Der Adjunkt verneinte es. „Nun, da hat sie sich vor Ihnen eben in Acht genommen," meinte der Amtmann, „denn es ist sonst eines von ihren Steckenpferden, die Geschichte zu erzählen, daß die Falkenhorst's von den Unterirdischen, von den kleinen Leuten verflucht sind und aussterben müssen, wonach denn die Güter an unsere gräfliche Familie fallen würden."

Die ganz harmlose Bemerkung machte auf den jungen Geistlichen einen traurigen Eindruck. „Daß ich mit solchen Elementen hier zu kämpfen hätte," rief er, „daran habe ich nie gedacht."

„Ja," versetzte der Amtmann, „das steckt hier so dazwischen doch noch in den Köpfen, und ich rathe Ihnen, rühren Sie nicht an dem Aberglauben, da kommt die Narrheit am ehesten in's Vergessen. Aber mit dem Aussterben der Freiherren von Falkenhorst kann es Ernst werden, wenn sich der Baron nicht doch noch zu heirathen entschließt. Es wird aber wohl nicht umsonst sein, daß unsere Gräfin, wie gestern die Frau Baronin uns erzählte, in den nächsten Wochen mit dem Fräulein Konradine zu Baron Emanuel in die Schweiz geht. Die Beiden hatten sich hier im Schlosse schon gern, und wer weiß, ob Sie, Herr Adjunkt, sich nicht bei der schönen Stiftsdame dafür zu bedanken haben, wenn die Hulda, wie ich es wünsche, einmal Ihre Frau wird."

Er hatte den Kopf bei den Worten schon nach der andern Seite hingewendet, um dem auf dem Erntefelde befindlichen Wirthschafter einen Wink zu geben, und während er mit seinem noch immer raschen stampfenden Schritte in das Feld zurückkehrte, ging der junge Geistliche wie ein verwandelter Mensch dem stillen Pfarrdorfe zu.

Mit dem ausgesprochenen Vorsatze, sich zu verheirathen, war der Adjunkt in einen neuen Abschnitt seines Lebens eingetreten. Er hatte wohl früher auch daran gedacht, aber es hatte Alles noch in weiter Ferne in ungewissem Lichte vor ihm gelegen, und deshalb keinen wesentlichen Einfluß auf seine Entwicklung ausgeübt. Das Entfernte kann das Begehren wecken, die Richtung und das Bestreben bestimmen, den Ehrgeiz spornen, eine wirkliche Umgestaltung bringt es nicht hervor. Erst das festgestaltete, nahegerückte Ziel, erst ein bestimmtes Vorhaben, das uns bestimmte Pflichten und mit ihnen bestimmte Sorgen auferlegt, zwingt den Jüngling das traumhafte Wünschen von sich abzuschütteln, mit entschiedenem Schritte, mit wachem Auge in die Wirklichkeit einzutreten und den Platz in derselben zu besetzen und zu behaupten, in dem er Herr sein, sein Haus errichten, seine Familie begründen soll  Der Vorsatz, sich zu verheirathen, ist für den ernsthaften Jüngling der plötzliche Uebergang in das Mannesalter, der eigentliche Eintritt in das bürgerliche Leben, der Anfang jener gefesteten Gesittung, die ihn mit der Allgemeinheit, mit dem Staate, in eine für ihn selber nothwendige und dem Allgemeinen förderliche Verbindung bringt.

Es waren völlig neue Gedanken und ganz veränderte Empfindungen, mit denen der Adjunktus durch den Abend hinging. Er war ernsthafter, sorgenvoller, als er sich jemals gefühlt hatte, und trug doch eine Freudigkeit und eine Zuversicht in sich, die ihn beglückten. Während er sein Auge auf das Nächste gerichtet hatte, blickte er darüber hinweg weit in seine Zukunft hinein. Er fühlte, daß er hier feste Wurzeln in der Erdenwelt zu schlagen habe, daß er fortan mehr als zuvor nach dem Diesseitigen zu trachten habe, und sein Herz ward dadurch nur fester in dem Glauben und Vertrauen auf die Güte und Allweisheit dessen, dessen Reich auf Erden zu verbreiten, die Aufgabe seines Lebens war. Mit einer Freude, die einer Anbetung des Schöpfers glich, genoß er die Herrlichkeit des Abends und des Sonnenunterganges, welche Hulda ihm vorausgesagt. Er hätte sie so gerne bei sich gehabt, ihr schönes Antlitz gern in der Verklärung dieses Lichtes leuchten sehen. Der Weg von dem Schlosse nach der Pfarre, der ihm sonst nie weit erschienen war, kam ihm heute gar zu lang vor. Er sehnte sich nach Hause zu kommen, und bangte doch davor, die Nachrichten die er mitzutheilen hatte, den Seinen — das Herz schwoll ihm auf, als er sie innerlich so nannte — den Seinen zu überbringen: dem Mädchen, das er liebte, seiner künftigen Gattin, dem Greise, der nun auch sein Vater werden sollte. Er war an irdischem Besitz noch ganz so arm als wie bisher, und kam sich doch mit einemmale reich vor, weil er die beiden theuren Menschen als sein Eigenthum betrachtete, weil er beschlossen hatte, für sie sorgend einzustehen.

Es lag noch heller warmer Sonnenschein über dem hohen Dache der niedern Kirche, als er an das Dorf kam, als er sich dem kleinen Hause näherte, das er heute seine liebe Heimat nannte. Er ging hastiger darauf zu, er fragte sich, wie er es dort finden werde, und das Herz klopfte ihm freudig, als er das geliebte Mädchen noch in dem Garten sitzen sah.

Weil der Abend so ungewöhnlich schön war, hatte man auf des Pfarrers Wunsch den Lehnstuhl in das Gärtchen hinausgetragen und so hingestellt, daß der Greis den Untergang der Sonne, ohne von dem Purpurglanz des Meeres geblendet zu werden, in dem herrlichen farbenschimmernden Gewölk genießen konnte. Aber da der Adjunkt ihn also vor sich sah, erschien ihm das feine, schmale Gesicht des Greises noch bleicher und durchsichtiger als sonst, und es bewegte ihn tief, als der Pastor mit freundlichem Tone sagte: „Nun Herr Adjunktus! heute haben sie es doch erfahren, wie schön es bei uns sein kann? Da wir Staubgeborene uns in unserem kindlichen Glauben gar so wichtig vorkommen, meine ich bisweilen, unser Herrgott gönne uns diesen wundervollen Sommer und solch ein fruchtreiches Jahr, damit ich noch einmal die rechte Freude daran haben könne." Er lächelte dabei still über sich selber. Der Adjunkt und Hulda wollten ihm beweisen, daß er wohl noch manchen Sommer zu begrüßen habe, er aber wehrte ihnen mit der Hand, und

fragte, sich von dem Gedankengange abwendend, was
der Adjunktus bei dem Amtmann ausgerichtet habe.

Der junge Mann gab die Auskunft, wie es sich
gebührte; der Pfarrer war damit wohl zufrieden. Er
lobte den Amtmann, rühmte die Freigebigkeit, welche
die Herrschaften immer in solchen Fällen bewiesen hät=
ten, und meinte, es werde wahrscheinlich nur auf sei=
nen Nachfolger ankommen, ob ein neues Pfarrhaus
errichtet werde oder nicht. Der Herr Graf habe schon
vor langen Jahren einmal daran gedacht, die Frau
Gräfin habe auch davon gesprochen, und so werde denn
der junge Herr Graf wohl ebenfalls dazu geneigt sein,
der Kirche und der Pfarre diesen Vortheil zuzuwenden.
Er für sein Theil habe nicht danach verlangt, ihm sei
das Haus zu lieb und als Erinnerungsstätte auch zu
heilig gewesen. „Für Sie", schloß er, „der Sie ja
wohl nach mir hier das Amt verwalten werden, wird
das ein Anderes sein. Ihnen wird ein besseres Pfarr=
haus wohl erwünscht dünken, und Hulda hat sich ja
eine Zeichnung von diesem lieben alten Hause gemacht,
die sie einmal mit sich nehmen kann."

Dem Adjunkten fuhr es heiß durch alle Glieder.
„Ich hoffe . . ." rief er, und brach dann plötzlich ab.
Er wagte nicht auszusprechen, was er dachte, was er
hoffte. Weil aber der Vater und die Tochter ihn bei
seinem plötzlichen Verstummen mit fragendem Blicke
betrachteten, sagte er: „Ich hoffe nur, daß die Bot=
schaft, die ich noch außerdem zu melden habe, nicht
den Werth der guten Nachricht vermindert, die ich bis=
her aus dem Amte mitgebracht habe. Der Herr Amt=

mann hat von der Frau Fürstin Durchlaucht einen Brief erhalten, der eine Todesnachricht in sich schloß. Die Erzieherin und Freundin der Frau Gräfin ist gestorben, ist nach kurzer Krankheit sanft entschlafen."

Hulda that einen leisen Ausruf des schmerzlichen Erschreckens, der Vater blieb anscheinend unbewegt. „Es ist Erntezeit," sprach er, „und die Saat ist reif; da sammelt der himmlische Schnitter in die Scheune, was aufgehen soll als neues Leben und fortbestehen unwandelbar in Ewigkeit. — Wohl ihr, sie hat überstanden!

Er neigte das Haupt ein wenig, faltete die Hände und blieb so ein paar Augenblicke in sich versunken sitzen. Hulda war an ihn herangetreten und hatte ihren Arm um seinen Hals gelegt, als wolle sie ihn halten, so lange er ihr noch gelassen ward. Endlich richtete er sich wieder auf und that ein paar Fragen. Der Adjunkt beantwortete sie nach seinem besten Wissen.

Die Frau Fürstin hat den Todesfall gemeldet, wie sie sagen, bemerkte der Greis, „war denn die Frau Gräfin bei dem Tode unserer alten Freundin nicht zugegen?

„Nein! Die Frau Gräfin ist mit der Stiftsdame von Wildenau auf dem Wege zu ihrem Bruder nach der Schweiz," bedeutete der Adjunkt.

Mit der Stiftsdame von Wildenau? wiederholte Hulda, und fuhr unwillkürlich mit der Hand nach ihrem Herzen, während sie ihr Haupt senkte, um ihr Erschrecken zu verbergen. Eine brennende Eifersucht, ein leidenschaftlicher Schmerz durchzuckte ihre Brust. Es war kein Zweifel, Emanuel sollte ihr entrissen werden, und er hatte sich ihr doch anverlobt, er hatte noch im Augenblick des Scheidens es ausgesprochen, daß der Ring, der nie von ihrer Hand gekommen war, ihr ein Pfand des Wiedersehens sein sollte. Hatte Emanuel das vergessen? Hatte er Konradine gerufen? Denn ohne daß er es gefordert hatte, konnte sie ja nicht zu ihm gehen? — Er verlangte also nach derselben, er liebte Konradine — und was war dann Huldas Loos? Was hatte dann der Ring an ihrem Finger ihr noch zu bedeuten?

Der Schmerz, die Eifersucht erstickten ihre Stimme. Sie hätte gerne sprechen, gerne Etwas sagen mögen, sie wußte nur nicht was. Sie sah es, daß der Vater sie mit zärtlicher Sorge betrachtete, daß der Adjunktus, welchem ihre tiefe Erschütterung nicht entgehen konnte, verlegen vor ihr stand, aber es fiel ihr gar Nichts ein, gar Nichts — und sagen mußte sie doch Etwas.

„Es freut mich," brachte sie endlich mit leiser und stockender Stimme heraus, „es freut mich, daß die Frau Gräfin nach so langer Trennung mit ihrem Bruder zusammenkommen und vermuthlich längere Zeit bei ihm verweilen wird." Sie hatte im Sinne hinzuzufügen, daß Emanuel sich auch an dem Wiedersehen mit Konradine erfreuen werde; allein die Worte wollten ihr nicht über die Lippen. Sie stockte und fragte dann rasch: „Woher haben Sie diese Neuigkeit?"

Der Adjunkt erzählte, daß Frau von Wildenau auf der Durchreise nach Rußland bei dem Amtmanne gefrühstückt und ihm von der Reise Konradinens Mittheilung gemacht habe.

Hulda überlief es kalt. „Es wird kühl Vater," rief sie aus, „wollen wir nicht in das Haus gehen?"

Der Greis stützte sich auf die Lehne seines Stuhles, und sich langsam erhebend, sprach er: „Ja mein Kind, es will Abend werden. Und wenn die Tage des Lebens dem Vergehen zuneigen, vermag man selbst den schönsten Abend, den die Natur uns schenkt, nicht bis zu seinem Erlöschen zu genießen. Aber bleiben Sie noch draußen, junger Freund! Erlaben Sie sich an den letzten Strahlen der Sonne, wie ich in jüngeren Jahren an solchen Abenden diesen Platz niemals zu verlassen pflegte, bis der letzte goldene Streifen an dem Firmamente von dem lichten Rande, der die See für unser Auge begrenzt, nicht mehr zu unterscheiden war."

Hulda ergriff den Arm ihres Vaters und führte ihn langsam in die dunkle Stube zu dem alten Sopha, auf welchem er so oft an der Seite der Mutter gesessen und ihr vorgelesen hatte. Wie in den Tagen ihrer Kindheit setzte sie sich auf den Schemel zu ihres Vaters Füßen nieder, seine Hand strich, wie damals auch, sanft und leicht über ihr weiches Haar. Sie schwiegen Beide, es war dunkel geworden und still in dem Gemach.

Plötzlich ergriff Hulda des Vaters Hand, küßte sie mit Inbrunst, und eilte rasch hinaus. Der Greis seufzte leise; seiner Tochter schwere heißen Thränen waren auf seine Hand gefallen.

———

## Zwölftes Capitel.

———

Konradine hatte das Stift sehr wohlgemuth ver=
lassen, um mit der Gräfin verabredeter Maßen auf
ihrem Wege nach der Schweiz zusammen zu treffen.

Die Frauen hatten einander seit mehr als drei
Jahren nicht gesehen, und diese Jahre hatten an ihnen
viel gewandelt, hatten sie durch ihre Erlebnisse ein=
ander näher gerückt, als der bloße Verlauf der Zeit
es vermocht haben würde. Die schöne, in sich selbst
beruhende Stiftsdame von Wildenau war nicht mehr
jene in übermüthiger Heiterkeit strahlende Konradine,
die sich so gefällig zu den Sylvesterscherzen hergegeben,
welche ihre Mutter in Turin in Scene zu setzen be=
liebt hatte; und von dem Leben der Gräfin war durch
die Hand des Todes der stolze Freudenschimmer abge=
streift. Beide hatten, Jede auf ihre Weise, schwere
Leiden durchlebt, Beide neue Stellung im Leben nehmen
müssen, und wie bevorzugt die Gräfin an Einfluß,
Rang und Reichthum sich neben der Stiftsdame auch
noch fühlen durfte, Eines hatte diese doch vor ihr
voraus, der Lebensweg vor ihr war länger. Ihrem

Hoffen war ein weiteres Ziel gesteckt, es konnte ihr
mehr Unerwartetes, mehr sie selbst Beglückendes begeg=
nen als der Gräfin, deren persönliches Hoffen abge=
schnitten war, soferne sie es nicht auf ihre Kinder
oder auf das Bestehen und Gedeihen der Geschlechter
richtete, denen sie angehörte. Ihr Herz aber war
nicht dazu gemacht, sich mit solchem Hoffen für An=
dere, mit Glück aus zweiter Hand wahrhaft befriedigen
zu können, wenn schon es ihr ein Bedürfniß war,
für die Ihrigen zu sorgen und das Ansehen ihres
Hauses zu befestigen. Dafür aber fand sie in ihren
Kindern nicht die Theilnahme, welche sie ersehnte.

Der junge Graf, welcher der Gesandtschaft in
London beigegeben war, überließ ihr vertrauensvoll
die Zügel des Regimentes. Er wußte die Verwaltung
des Vermögens in der Mutter Händen wohl geborgen
und war zufrieden, wenn er sich dem Genusse seiner
Jugend überlassen durfte. Er war leichtherzig, ohne
eigentlich leichtsinnig zu sein. Ihm wie seiner Schwester
hatte das Glück seit ihrem ersten Athemzuge gelächelt;
Besitzesfreude hatte als solche noch keinen Reiz für
ihn. Der Ehrgeiz war noch nicht in ihm lebendig,
das Vergnügen verlockte ihn noch ganz ausschließlich,
und in gewissem Sinne war es mit der Fürstin ebenso.

Ihr Liebes= und Eheglück, die Freude an ihrem
Kinde füllten ihr ganzes Wesen und Verlangen aus,
und der Reichthum des fürstlichen Hauses, in das sie
als Gattin des einzigen Erben eingetreten war, machte
sie für das Erste noch gleichgiltig gegen eine Vermeh=
rung desselben, wie gegen das Bestehen der Geschlechter,

deren Namen sie nicht mehr trug. Ihr fehlte der stolze Sinn der Mutter, der eigentlich auf das Erhalten des Bestehenden gerichtete Sinn. Sie nannte sich, mit dem Uebermuthe, den erwachsene und selbstständig gewordene Kinder, oft mit einer wahrhaft kindischen Genugthuung ihren Eltern gegenüber an den Tag zu legen lieben, im Gegensatz zu ihrer Mutter gerne liberal. Sie hatte es der Gräfin wiederholt versichert, daß sie die Verbindung ihres Oheims mit der schönen Pfarrerstochter gern gesehen, und diese romantische Heirath als eine anmuthige Bereicherung ihrer ohnehin sagenreichen, mütterlichen Familiengeschichte, und keineswegs als ein Unglück erachtet haben würde.

Mit Konradinen war das anders. Sie war um zehn Jahre älter als die junge Fürstin, hatte unter der sogenannten Führung ihrer Mutter es von Früh auf nöthig gehabt, für sich selber zu denken und zu handeln, und auf die äußern Verhältnisse selber Acht zu haben. Sie hatte daher deren Bedeutung zeitig ermessen und würdigen gelernt. Die Gräfin wußte, daß die Stiftsdame die Vorzüge der Geburt um der Vorrechte willen, welche sie verleihen, sehr hoch anschlage, und daß sie selber sich eben deshalb auch in Bezug auf Emanuel und Hulda mit Konradinen von Anfang an in vollständiger Uebereinstimmung befunden habe.

Man war daher auch nicht lange bei einander, ohne von Emanuel zu sprechen. Die Gräfin fragte, ob Konradine dem Baron Nachricht davon gegeben habe, daß sie in dem Bade zusammentreffen, und ihre Reise von demselben gemeinsam fortsetzen würden.

Konradine verneinte es.

„Aber er weiß, daß Sie kommen? er erwartet uns?" fragte die Gräfin weiter.

„Er weiß, daß ich komme, und er erwartet mich!" entgegnete Konradine. „Er weiß auch, daß ich einmal an Sie geschrieben, eine Antwort von Ihnen erhalten, und daß Sie in derselben ein tiefes Bedauern über Ihre Trennung von ihm und die Sehnsucht nach baldigster Verständigung mit ihm, ausgesprochen haben. Ihn mehr wissen zu lassen, habe ich nicht gewagt."

„Und weshalb nicht?" fragte die Gräfin mit einem Anflug von Unzufriedenheit, denn Konradine hatte dieser Zurückhaltung in ihren Briefen nie erwähnt.

„Er hätte nicht mehr an die Unabhängigkeit meines Urtheiles glauben können, hätte er mich unter Ihrem Einflusse vermuthet!" erwiderte Konradine mit einer so verbindlichen Bescheidenheit, daß die Gräfin nichts dagegen einzuwenden vermochte. „Ich wollte sogar," fügte die Stiftsdame hinzu, „wenn es Ihnen so genehm ist, dem Baron erst wenn wir von hier aufgebrochen sein werden, die Mittheilung machen, daß wir auf der Reise zufällig zusammengetroffen wären, daß ich Ihren Wunsch, ihn wiederzusehen, lebhafter als je gefunden hätte, und daß ich es um der Freundschaft willen, die ihn und mich verbindet, von ihm fordere, mir das Glück zu gönnen, in diesem Werk der Liebe und des Friedens die Vermittlerin zu machen.

Diesem Briefe folgen wir dann auf dem Fuße, und wenn auf diese Weise unserem Freunde nicht die Zeit gelassen wird, sich grübelnd die Reihe der von ihm durchlebten peinlichen und schmerzlichen Empfindungen zu wiederholen, wird das Wiedersehen, wird Ihre Gegenwart ihn klar erkennen lassen, was er diese Jahre hindurch entbehrt hat, und daß er dafür auch in der verläßlichsten Freundschaft den vollen Ersatz unmöglich finden könne."

Die Gräfin hatte ihr schweigend zugehört und zögerte zu antworten. Konradine hatte in der Auffassung der Verhältnisse wie in der Anlage des Planes mit voller Kenntniß des Barons gehandelt. Sie hatte das Mißtrauen, welches Emanuel gegen die ältere Schwester und gegen deren Neigung, ihren Willen durchzusetzen, stets gehegt hatte, richtig in Betracht gezogen, und es ebenso richtig erwogen, daß man seinem Hange zu trüber Grübelei nicht Spielraum lassen dürfe. Diese Klugheit Konradinens gefiel der Gräfin wohl. Sie fand sich in derselben bis zu einem gewissen Grade wieder, aber eben dieses wollte ihr nicht in gleichem Grade gefallen.

Es machte sie stutzig, daß die Stiftsdame die Leitung der Verhältnisse auf solche Weise selbstständig in die Hand genommen hatte. Daß Konradine sie daneben jetzt so vorsichtig zu schonen trachtete, daß sie sich, während sie nach dem eigenen Ermessen gehandelt hatte, jetzt den Anschein gab, sich der Gräfin in jedem Betrachte unterzuordnen, das verrieth eine Menschenkenntniß und Selbstbeherrschung, denen eben in der Freundin ihres Bruders zu begegnen der Gräfin nicht recht erwünscht war. Sie hatte nach ihrer früheren Vorstellung von Konradine, wie nach der Freimüthigkeit, mit welcher dieselbe sich in ihren Briefen kundgegeben, in ihr eine leicht bestimmbare Gefährtin zu finden erwartet; jetzt sah sie plötzlich ein, daß sie es hier mit einer selbstständigen, ihr ebenbürtigen Kraft zu thun habe, und ihr Entschluß war schnell gefaßt.

„Ich erfahre hier wieder einmal," sagte sie, „daß das Auge des Fremden, weil sein Herz nicht so lebhaft dabei betheiligt ist, richtiger sieht, und daß es also besser entscheidet, als das der nächsten Angehörigen; und ich danke Ihnen, daß Sie mir den Weg zu meinem Bruder so behutsam vorbereitet haben. Emanuel hat sich nun lange genug in seine Einsamkeit vergraben, dem Bedauern lange genug darüber nachgehängt, daß sich liebliche Träume nicht festhalten und in Wirklichkeit verwandeln lassen. Aber darf man, oder möchte man ihn anders wollen, wenn man sich, wie Sie und ich, seiner so weichen und so anschmiegenden Neigung zu erfreuen hat?"

Konradine meinte, die Gräfin thue sich und ihrem Bruder Unrecht, wenn sie die Freundschaft, welche der Baron ihr gönne, mit der tiefen Zusammengehörigkeit vergleiche, die ihn an die Schwester binde.

Die Gräfin zuckte die Schultern. „Eine Schwester, die dem Matronenalter entgegengeht, und eine Freundin, jung und schön wie Sie!" sagte sie lächelnd. „Fra=

gen Sie sich selber, liebe Konradine, wie zwischen diesen Beiden die Entscheidung fallen wird — besonders, da Sie Nichts von ihm verlangen"

„Ich von ihm? — Nein, gewiß Nichts!" rief Konradine betheuernd und mit fester Ueberzeugung aus.

„Ich hingegen," fügte die Gräfin hinzu, „muß bestimmte Forderungen an ihn stellen. Ich will und muß ihn an seine Pflichten gegen die Familie mahnen, und werde ihm den falschen Glauben selbst durch Thatsachen nicht leicht benehmen können, daß ihn Niemand je geliebt hat, außer jener Pfarrerstochter, und daß wir ihn durch unseren Einfluß auf den Vater und das Mädchen, um sein sogenanntes Glück betrogen haben. Ich werde Ihrer freundlichen Vermittelung neben ihm, mehr als sie glauben, nöthig haben, denn das Gedächtniß seines Herzens hält Neigungen und Abneigung in gleichem Maße fest. Sie sehen also, wie sehr Sie gegen mich im Vortheile sind."

Konradine fand es nicht für angemessen, dabei zu verweilen. „Ich habe," sagte sie, „mich bisweilen selbst befragt, ob die Erinnerung an Hulda wirklich noch sehr lebhaft in ihm ist? Ob er nach des Pfarrers Tode, doch noch daran denken könnte, sie zu seiner Frau zu machen? Denn das allein hätte man im Grunde zu befürchten."

„Ich habe dieselbe Frage auch erwogen," meinte die Gräfin, „aber über diese Besorgniß hebt mich ein Brief hinweg, den ich gestern von unserer alten Haus= hälterin empfangen habe. Sie wird Ihnen in ihrer grilligen Wunderlichkeit wohl auch noch erinnerlich sein.

Ich hatte unseren Amtmann nach dem letzten Willen meiner guten Kenney angewiesen, das kleine Vermögen, das sie bei uns erworben, und das der Amtmann ihr verwaltet hat, ihrem in Schottland lebenden Neffen und Erben zu übermachen, und Hulda ein Legat von einigen hundert Thalern, das die Gute dem Mädchen zuzuwenden gewünscht, sofort auszuzahlen. Vorige Woche nun meldete mir der Amtmann, daß er diese Aufträge vollzogen habe, und er erwähnt daneben, wie das kleine Kapital vielleicht in nicht zu ferner Zeit für Hulda doppelt nützlich werden könne. Er berichtet dann noch über den Zustand des Pfarrers, rühmt den Stellvertreter, welchen ich ihm halte, und fragt endlich bei mir an, ob ich geneigt sein würde, den jungen Mann, der das Vertrauen der Gemeinde gewonnen habe, nach des Pfarrers Tode in dem Amte zu bestätigen, und die Gehaltsaufbesserung, welche ich dem Pfarrer zugestanden, auch seinem Nachfolger zu gewähren, wenn dieser sich zu verheirathen wünschen sollte."

Und Sie vermuthen, daß es Hulda ist, auf welche der Kandidat sein Augenmerk gerichtet hat?"

"Es war mir wahrscheinlich nach des Amtmanns Mittheilungen. Gestern aber schrieb seine Schwester an mich wegen einiger Effecten, die meine gute alte Kenney in dem Schlosse zurück gelassen hat, und die böswillige Geschwätzigkeit der alten Mamsell, der ich sonst nicht eben Glauben schenke, setzt jene angedeutete Thatsache außer allen Zweifel. Im Grunde verstand sich diese Sache sehr von selbst. Eine unglückliche Liebe für einen Edelmann und eine schließliche Heirath mit des Vaters Adjunktus, das ist so der gewöhnliche Hergang in einem Pfarrershause auf dem Lande — und es ist vielleicht ebensoviel, vielleicht mehr Poesie und Glück in solchem engbegrenzten Dasein, als in unserm vielbewegten Leben."

Sie hatte die letzte Bemerkung leicht hingesprochen, Konradine nahm sie ebenso achtlos auf. Es war eine der herkömmlichen Betrachtungen, mit welchen die Reichen und Bevorzugten sich über das Schicksal ihrer weniger vom Glück begünstigten Mitmenschen abzufinden wissen. Konradine beschäftigte nur die Nachricht, die sie eben erhalten hatte.

„Das ist ein günstiges Ereigniß," meinte sie. „Es wird die feinfühlige Gewissenhaftigkeit des Barons beruhigen."

„Würde ich der Sache sonst erwähnen? warf die Gräfin ein. „Vor allen Dingen wird es ihn er= nüchtern, und das ist um so nöthiger, als nach meiner festen Ueberzeugung die Phantasie meines Bruders in jener Angelegenheit mehr als sein Herz bethei= ligt war."

„Ich habe das Mädchen nur einmal und nur flüchtig auf dem Krankenlager gesehen, aber seine Schönheit war wirklich ungewöhnlich!" sagte Konradine.

„Es war, wie ich glaube, nicht einmal des Mäd= chens Schönheit, die Emanuel so einnahm, obschon sie ihn gleich Anfangs überraschte," entgegnete die Gräfin. „Aber Hulda ist recht eigentlich, was Göthe mit dem Worte „eine Natur" bezeichnet hat; und wie eine Naturkraft hat sie — ich habe sie beobachtet, weil ich sie in unseren Dienst zu ziehen dachte — etwas Ergreifendes, etwas Fortreißendes. Zum Dienen war sie also nicht gemacht. Es ist in ihr nichts Ueberlegtes. Alles kommt unwillkürlich, man möchte sagen stoßweise und gewaltsam zur Erscheinung, und das reizt und fesselt. Ich hatte Mühe, es zu hindern, daß meine Tochter sie in ihren Haushalt aufnahm. Sie und der Fürst waren ebenso wie mein Bruder von Hulda eigenommen, und selbst die auch Ihnen wohlbekannte Gabriele, die sie im verwichenen Winter in unserem Hause in der Stadt gesehen hat, fühlte sich von ihr angezogen. Sie hat sogar mit ihr einmal gelesen, wie die Kenney schrieb. Zu derlei hatte Hulda unverkennbares Geschick. Wir hatten damals, als das Abenteuer mit Emanuel sich in dem Schlosse entspann, merkwürdig genug, auch ein wirkliches dramatisches Talent in unseren Diensten. Es war des Fürsten Kammerdiener, der zur Bühne gegangen ist, weil der Fürst sich genöthigt fand, ihn zu entlassen. Man sagt, er solle auf dem Wege sein, ein bedeutender Charakterspieler zu werden. Bei uns in dem Schlosse hat er seine Rolle freilich schlecht genug gespielt. Aber es ist nicht Jeder ein guter Diener, der dafür erzogen worden ist; man muß dazu geboren sein."

Die Unterhaltung war damit von ihrem eigentlichen Ursprung abgekommen und gerieth einen Augenblick ins Stocken, bis Konradine die Bemerkung machte, empfindlich werde die Nachricht dem Baron zuerst doch sein.

„Da er ein Mann ist, ganz gewiß!" entgegnete die Gräfin. Aber man tröstet sich über den Verlust einer Geliebten, die sich mit einem Geringeren zu befriedigen vermag. Ein unbedeutender Nebenbuhler ist für die Eitelkeit nie schmeichelhaft, am wenigsten, wenn er begünstigt wird."

„Wollen Sie wirklich das schmerzliche Mißtrauen, welches Baron Emanuel leider gegen sich selber hegt, als die gewöhnliche männliche Eitelkeit bezeichnen?" fragte Konradine im Tone sanften Vorwurfes.

Die Gräfin sah sie forschend an. Sie hatte die Bemerkung gegen die Eitelkeit der Männer als eines jener Stichworte hingeworfen, mit denen die Frauen aller Stände, wenn auch auf den verschiedensten Wegen und in den verschiedensten Formen, ein Verständniß anzuknüpfen, ein engeres persönliches Vertrauen einzuleiten lieben. Sie hatte dabei erwartet, daß ihre jüngere Gefährtin sich durch dieses Vertrauen, welches sich nicht scheute, die Schwäche des nächsten Angehörigen einzugestehen, geschmeichelt finden, und daß sie sich, nach den Erfahrungen, welche der Prinz sie hatte machen lassen, veranlaßt fühlen würde, die Ansicht der Gräfin zu bestätigen, und bei der Gelegenheit auch von sich selbst zu sprechen. Indeß nicht das Eine, nicht das Andere traf zu, und die Gräfin mußte sich eingestehen, daß sie Konradine nach einem anderen als dem gewöhnlichen Maßstabe zu schätzen habe. Trotzdem war sie sich über die Beweggründe, aus welchen Jene handelte, nicht recht klar. War es Vorsicht gegen sie? oder war die Freundschaft der jungen Stiftsdame

für den Baron wirklich so lebhaft, daß ihr der leichte
Tadel nicht gefiel, welchen die Schwester geflissentlich
gegen ihn ausgesprochen hatte? Unmöglich war das
nicht.

Emanuel hatte den Frauen stets gefallen, er
hatte stets ihr Vertrauen und ihre warme Theilnahme
gewonnen, weil er nie Etwas für sich zu fordern ge=
schienen hatte. Es war daher leicht denkbar, daß
Emanuel seiner schönen Freundin werther war, als sie
es selber wußte, daß er einen Theil der Lücke aus=
füllte, welche die Trennung von dem Fürsten in Kon=
radinens Herzen offen gelassen hatte. Sie waren
Beide geistreich, hatten Beide eben erst ein Liebesleid
erfahren, als sie einander nahe getreten waren, und
ein Briefwechsel ist immer verführerisch. Schön war
Konradine! Sie dünkte der Gräfin sogar schöner, als
in jenen Tagen, da sie dieselbe zuletzt gesehen hatte.
Ihr Ausdruck war ernster, ihre Haltung ruhiger, ihre
ganze Erscheinung dadurch edler und bedeutender ge=
worden. Das Geschlecht, dem sie entstammte, war
eines der ältesten deutschen Geschlechter, ihr persön=
liches Vermögen war bedeutend, von dem ihrer Mutter
abgesehen. Sie war am Hofe wohlgelitten, die Mutter
war nachgerade auch über die Zeit hinaus, in welcher
man irgend eine verdrießliche Thorheit von ihr zu
befürchten hatte, und klug war Konradine, ungewöhn=
lich klug. Das aber war nach der Gräfin Meinung
und Erfahrung eine der unerläßlichsten Eigenschaften
für eine Frau, die, hochgestellt, sich auf einem beach=
teten Platze zu bewegen, zu behaupten hatte. Eine

Schwiegertochter von Konradinens Selbstgefühl wünschte sich die Gräfin nicht, eine solche Schwägerin konnte jedoch unter Verhältnissen dem Interesse der Familie wesentlich von Nutzen sein. In jedem Falle aber mußte und durfte man sie für das Erste ihrem eigenen Ermessen überlassen, denn daß ihr an der Gräfin Theilnahme gelegen war, das sah und fühlte diese deutlich.

Konradine hatte den prüfenden Blick der Gräfin ruhig auf sich weilen lassen, nun reichte diese ihr die Hand. „Verzeihen Sie mir, Beste!" sagte sie, „daß ich Sie auch nur einen Augenblick lang nicht schätzte, wie ich mußte, daß ich Sie zu jenen Naturen zu zählen vermochte, die das Leiden herb macht. Sie hat es erhoben, und darin besteht ja der wahre Adelsbrief des Menschen, darin vor Allem verräth sich die Großartigkeit eines Frauenherzens. Lassen Sie sich mit dem Bekenntnisse genügen, daß ich gelernt habe, Sie hoch zu halten, und daß es mir viel werth ist, Sie zu kennen, wie ich es jetzt thue."

„Sie machen mich stolz, Frau Gräfin, und besorgt zugleich. Ich würde untröstlich sein, Ihre gute Meinung einzubüßen. Das bürgt Ihnen dafür, wie sehr ich danach trachten werde, sie mir zu erhalten," erwiderte ihr Konradine.

Die Frauen drückten einander die Hände, sie waren Beide mit sich und miteinander wohl zufrieden, man sprach von anderen Dingen. Erst mehrere Stunden später fragte die Gräfin, ob Konradine dem Baron vielleicht den Tag ihrer bevorstehenden Ankunft schon gemeldet habe. Sie entgegnete, sie habe dies nicht gewagt, um der Gräfin die Entscheidung freizulassen.

"Würden Sie Etwas dagegen haben, ihm heute noch zu schreiben? Wären Sie bereit, dem Briefe dann, wie Sie es vorgeschlagen haben, bald zu folgen, und morgen oder übermorgen mit mir in kurzen Tagereisen von hier fortzugehen?"

Konradine stellte sich ihr völlig zur Verfügung. "Erfreuendes erlangen kann man ja nicht schnell genug!" sagte sie, "und es würde mich so glücklich machen, Sie und den Baron einander wieder gegeben zu sehen. Ich schreibe unserem Freunde noch in dieser Stunde, und will ihn dabei wissen lassen, was ich eben heute durch Sie erfahren habe."

## Dreizehntes Capitel.

Es ließ Hulda keine Ruhe, nicht Tag, nicht Nacht. Die glühende Eifersucht, die schnell und gewaltig wie ihre Liebe in ihr aufgelodert war, als sie Konradine mit dem ersten flüchtigen Blicke gesehen, und die geschlummert hatte, so lange sie dieselbe in dem Stifte vermuthet, war bei der Nachricht, daß Konradine ihr Stift verlassen habe, um mit Emanuel zusammenzutreffen, neu entbrannt.

Wo sie ging und stand, sah sie Konradine vor sich, wie sie an jenem Wintertage strahlend in frischer Schönheit an ihr Krankenbett herangetreten war. Damals hatte ihr Unglück angefangen, an dem Tage war Emanuel zum erstenmale mit ihr unzufrieden gewesen, an dem Tage war der Gedanke in ihr aufgestiegen, daß er eine Andere, daß er Konradine einmal mehr lieben könnte als sie, denn ohne diesen Gedanken würde sie nicht darein gewilligt haben, auf Emanuel zu verzichten, und ihn scheiden zu lassen, wie sie es gethan hatte.

Hundert- und aber hundertmale hatte sie im Laufe der Jahre sich jenen Abschied und die Stunden und Tage, welche ihm vorangegangen waren, und jene ungezählten anderen, die ihm gefolgt waren, in das Gedächtniß zurückgerufen. Sein Verhalten und das ihre hatte sie immer auf das Neue erwogen und abgewogen, und je weiter sie sich von dem Zeitpunkte entfernte, um so fester war in ihr die Ueberzeugung geworden, daß nicht Emanuel die Schuld an ihrer Trennung trage, sondern daß sie und sie allein dieselbe herbeigeführt habe, daß sie allein die Schuldige sei.

Er hatte sie mit so dringendem Liebesworte daran gemahnt, die Seine zu bleiben, er hatte den Ring nicht angenommen, mit dem er sich ihr anverlobt, und den sie ihm hatte wieder geben wollen — er trug die Schuld an ihrem Unglück nicht. Es war ihr stets ein Trost gewesen, sich sagen zu können: es haftet keine Schuld an ihm! Und wenn ihr dann das Herz doch allzu schwer geworden war bei der Vorstellung, daß sie allein also die Schuldige sei, daß sie das Glück gestört habe, welches er ihr und sich zu bereiten gehofft hatte, daß sie ihn nicht erlöst habe aus der Vereinsamung, zu der er sich verdammt geglaubt, so hatte sie sich an der Vorstellung aufgerichtet, daß sie, ohne ihre Pflicht gegen den Vater zu verletzen, nicht anders habe handeln dürfen. Mit dem Troste der Gläubigen, Gott habe es anders nicht gewollt, Gott habe ihr dies Opfer auferlegt, hatte sie sich beschwichtigt, so gut es gehen wollte.

Jetzt aber, da Konradine plötzlich wieder zwischen sie und den Geliebten trat, stürzte vor ihrer flammenden Eifersucht der ganze Bau ihrer religiösen Ergebung und Entsagung rasch zusammen, und wie vom Sturme getrieben, zogen Entschlüsse und Vorsätze wild durch ihren Sinn. Bald wollte sie ihm schreiben und ihm sagen, daß sie nie aufgehört habe, ihn zu lieben, auf ihn zu hoffen, an ihn zu glauben — denn der Ring an ihrem Finger hielt noch fest, und der Türkis hatte sein sanftes Blau noch nicht geändert, wie er es, der Sage nach, doch thun sollte, wenn des Gebers Treue wankt. Und er hatte ihr ja den Ring als Pfand gelassen. Aber wenn sie nun schrieb? ihm, der in all den Jahren ihr kein Lebenszeichen mehr gegeben — und einen Gruß, ein Wort hätte er doch zu ihr gelangen lassen können, wenn er ihrer noch gedachte, wenn er sie noch liebte — wenn sie ihm schrieb und ihr Brief erschreckte ihn, statt ihn zu erfreuen? Wie dann? — Was konnte und sollte sie ihm auch sagen? — Sollte sie ihm von ihrer Liebe sprechen vielleicht in dem Augenblicke, da er sich mit Konradine zu verbinden dachte? — Sollte sie ihn bitten, auf sie zu warten, bis — —

Sie fuhr sich angstvoll mit den Händen nach dem Kopfe. Nein! Sie hatte ihm Nichts mehr zu sagen, es war zu spät, es war Alles vorbei, lang vorbei. Es war ihr geschehen, wie der Dichter es gesagt, wie Gabriele es an jenem unvergeßlichen Morgen ausgesprochen hatte:

> Was du von der Minute ausgeschlagen,
> Bringt keine Ewigkeit zurück.

Es war nicht anders — sie mußte vergessen. Alles vergessen, ihn vergessen. Aber konnte sie das?

Sie trug ja seinen Ring am Finger. Sie wachte in der Nacht auf und fühlte, ob er noch an seiner Stelle sei. Sie zündete das Licht an, um zu sehen, ob sein Blau noch freundlich schimmere. Sie war in einer fortwährenden Unruhe, sie war gepeinigt, wie seit lange nicht. Es ging ihr wie dem deutschen Kaiser mit dem Ringe der Geliebten, mit Fastradens Ring. Sie konnte nicht von Emanuel lassen, sie konnte ihn nicht vergessen, so lange sie den Ring an ihrem Finger trug. — Und was sollte aus ihr werden, wenn Sie Emanuel nicht vergessen konnte, auch jetzt immer noch ihn nicht vergessen konnte?

Es litt sie nicht in ihrer Kammer, es litt sie nicht im Hause, sie ging hinaus, hinab ans Meer und setzte sich auf die Bank am Strande, welche die Fischer dort für ihre Frauen aufgeschlagen hatten. Aber das Kommen und Gehen der Wellen steigerte ihre Qual — sie kamen nicht von dorther, wo er weilte, und keine, keine ging zu ihm. Sie stiegen empor und fielen nieder und zerschellten, und flossen dahin — ungehört und ungesehen von ihm — wie ihr Schmerz und ihre Klage und ihr ganzes, ganzes Leben, das gegenwärtige und das künftige. Sie hätte aufschreien mögen in ihrer Pein und Angst. Sie rief endlich nach ihm mit seinem Namen, aber der Wellenschlag verschlang den Ruf. Nicht einmal der Widerhall gab

Antwort, und wie sie ihn dennoch rief und wieder rief, kam ein Grauen über sie. Es war, als fühlte sie, wie die leisen Schwingen des Wahnsinns sich ihrem Haupte nahten und näher und näher sie umdrängten.

So konnte es nicht bleiben, so konnte sie nicht weiter leben. Es mußte Etwas geschehen, sie mußte Etwas thun, sie mußte sich helfen, sich erretten oder untergehen; und den Ring von ihrem Finger streifend, wollte sie ihn von sich schleudern, weit hinaus in das Meer. Aber wie sie an das Wasser trat und die Hand erhob, ging es über ihre Kräfte. Sie setzte sich nieder und weinte bitterlich.

Als sie sich aufrichtete, stand der Adjunkt an ihrer Seite. Das Rauschen der Wellen hatte sein Herankommen auf dem weichen Sande vollends unhörbar gemacht. Da er sie in Thränen vor sich sah, wußte er nicht, was er ihr sagen sollte. Er wollte es entschuldigen, daß er sie störe, und brachte endlich Nichts als die Worte heraus: „Sie haben geweint!" — aber das Mitleid, das aus seinen Mienen sprach, ergänzte, was er dabei dachte.

Hulda hatte sich so verlassen gefühlt, daß der Anblick eines Menschen, der Ton einer menschlichen Stimme ihr eine Wohlthat waren, und fortgerissen von den sie überwältigenden Gedanken, sagte sie, ebenso wie er ihr ganzes Empfinden in einen Satz zusammendrängend: „Ich wollte ein Ende machen!"

Er fuhr erschrocken auf. „Wie darf ein solches Wort von Ihrem Munde kommen!" rief er, seinem

Ohre nicht trauend, mit sittlicher und zorniger Entrüstung.

Das brachte sie zu sich selber und zu einer Fassung; und weil sie fühlte, daß sie solchem Zweifel nicht Raum in seiner Seele lassen durfte, und weil ihr das Herz auch gar so schwer war und so voll, daß es sie zum Sprechen drängte, sagte sie: „Ich hatte nichts Sündhaftes im Sinne. Ich wollte nur ein Ende machen mit mir selbst für alle Zeit."

Sie wußte nicht, daß sie in ihrer inneren Verwirrung nur die Worte wiederholte, die sie vorhin ausgesprochen hatte, und das machte ihm ihren Zustand nur noch unheimlicher.

„Ich verstehe Sie nicht!" sagte er, „und möchte Sie doch nicht mißverstehen, nicht zweifeln müssen an Ihnen."

Die Innigkeit seines Tones entging Hulda selbst in ihrer gegenwärtigen Verstörtheit nicht, aber sie vermochte mit der Eigensucht des Schmerzes an Nichts zu denken, als allein an sich, und plötzlich von einer neuen Vorstellung ergriffen, sagte sie: „Nein! Sie sollen auch nicht an mir zweifeln müssen. Ich will offen gegen Sie sein, wenn Sie mir versprechen, daß Sie mir helfen, daß Sie thun wollen, was ich von Ihnen fordern werde."

Er wollte ihr die Zusage leisten, er reichte ihr die Hand, aber seine Gewissenhaftigkeit war stärker als selbst die Liebe zu ihr, und er hielt zögernd die Hand zurück. „Was verlangen Sie?" fragte er.

Sein Zögern mißfiel der Aufgeregten, und rascher und heftiger, als er sie jemals hatte sprechen hören, stieß sie die Worte hervor: „Ich muß ein Ende machen mit mir und meiner Liebe! Ich muß den Ring von mir thun, der mich an ihn bindet! Heute noch sende ich ihn zurück; denn es ist um mich geschehen, wenn ich es nicht thue. Besorgen Sie den Ring zur Post, und heute noch!"

Die Lippen bebten ihr, als sie das Wort aus= sprach, und selbst ihre Stimme klang herb und rauh; aber der Adjunkt ergriff ihre Hände, und sie festhal= tend, während er ihr voll Liebe in das Antlitz blickte, rief er: „Ja, das will ich! Und Gott sei Dank, daß er Ihnen zu dem Entschlusse verholfen hat! Gott sei Dank dafür!"

Er wollte noch Etwas sagen, aber er überwand sich und drängte es in sein Herz zurück. Wie hätte er von seinem Hoffen sprechen mögen, da sie das ihrige begraben mußte? Aber er hing an ihr mit jedem Tage mehr, er sorgte sich um sie mehr, als er je um sich selbst gesorgt, und der Glaube, daß Gott ihn eben hiehergesendet habe, um dieser Einsamen, Verlassenen nach des Vaters Tode ein Trost und eine Stütze zu werden, machte, daß er sich begnadigt vorkam durch die Sorge und die Liebe, die er in sich wachsen fühlte.

Ohne miteinander mehr zu sprechen, kamen sie nach Hause. Vor der Thüre blieb der Adjunktus stehen. „Wann wollen Sie, daß ich gehe?" erkun= digte er sich.

„Kann es heut' noch sein?" fragte Hulda, die sich nicht sicher fühlte, morgen noch zu vermögen, was sie sich heute abgewonnen hatte.

Der Adjunkt zog die Uhr hervor, die er an einem schlichten schwarzen Bändchen trug. „Haben Sie den Brief bereits geschrieben?"

„Ich habe meinem Vater zugesagt, es nie zu thun!" gab sie kurz zur Antwort.

„So will ich warten, bis der Ring verpackt ist!" sagte der Adjunkt, und sie gingen Beide in das Haus; er, um sich für den Weg zum Postamt anzuschicken, sie, um den Goldreif einzusiegeln, an dem ihr Herz und, wie sie fühlte, auch ihr Schicksal hing.

Sie hielt das Päckchen in der Hand, als sie wieder vor die Thüre hinaustrat. Sie hatte den Ring in ein Kästchen hineingethan, das ihr noch von der Mutter kam. Was sie dabei empfunden, wie sie gezweifelt und geschwankt, wie sie gezaudert hatte und dann in die Knie gesunken war, um das Kästchen zum letztenmale noch an die Lippen zu drücken, das konnte der Adjunkt nicht wissen; aber er las in ihrem bleichen Antlitze den Kampf, den sie gekämpft hatte, und er wagte es doch nicht, sie mit ermuthigendem Worte auf die Zukunft zu verweisen, weil er seine Hoffnung auf dieselbe baute.

„Verlieren Sie es nicht!" sagte Hulda mit jener Zerstreutheit, mit welcher man in den schmerzlichsten Augenblicken oftmals gerade das Gleichgiltigste sagt, und ausspricht, was man nicht gedacht hat.

„Verlassen Sie sich auf mich!" entgegnete er, ihre Hand ergreifend und zum erstenmale küssend; dann ging er bewegten Herzens rasch davon.

Sie hatte seine Worte und seine Huldigung kaum beachtet. Sie stand und sah ihm nach, und mußte sich halten, daß sie ihm nicht folgte, daß sie ihn nicht zurückrief. Der Gedanke, daß sie jetzt freiwillig über ihr Geschick entschieden, daß sie es sei, die das letzte Band zerrissen habe, welches sie mit dem geliebten Manne noch zusammengehalten bis auf diese Stunde, stürmte beängstigend auf sie ein. Sie wußte sich nicht zu sagen, ob sie recht, ob unrecht damit gethan, ob sie an sich, an ihm damit gesündigt habe, nur daß sie unglücklich, und daß nun Alles für immerdar zu Ende sei, dieses Bewußtsein lag über ihr und drückte sie darnieder.

Als sie in das Haus zurückkam rief der Vater sie zu sich. Sie half ihm von dem Lager, auf dem er ausgeruht, nach dem alten Lehnstuhl, und setzte sich, wie sie es gewohnt war, auf dem kleinen Schemel zu seinen Füßen nieder. Seit er sich nicht mehr selbst beschäftigen konnte, war ihr Gespräch und ihr Geplauder ihm Bedürfniß, wenn sie ihm nicht vorlas, und ihre Liebe hatte, wie eng ihr Lebenskreis auch war, doch immer Eines oder das Andere gefunden, ihn zu unterhalten. Heute fiel ihr Nichts, nicht das Geringste ein; selbst ihre Näharbeit zur Hand zu nehmen, war sie nicht im Stande. Sie saß an seiner Seite und hielt seine Hand in der ihrigen. Ihr Schweigen fiel ihm auf.

„Du bist so still mein Kind," sagte er.

Und wie vorhin das Kommen des Adjunktus, so löste jetzt die Stimme ihres Vaters den eisernen Reif, der ihr das Herz zusammenpreßte, denn unfähig eines anderen Gedankens als des Einen, rief sie: „Jetzt hab' ich auf der Welt Nichts mehr als Dich! Nichts, Nichts mehr, Vater! Ich habe ihm den Ring, ich habe Emanuel seinen Ring zurückgeschickt."

„Da sei Gott gelobt!" rief der Greis, und erfaßte ihre beiden Hände und zog die Tochter an sein Herz. Er legte ihr von Thränen überströmtes Antlitz an das seine, wie man es mit einem Kinde thut, das man beschwichtigen will. — „Komm! komm! mein Kind! weine Dich aus und schäme Dich der Thränen nicht, da unser Herr und Meister sie sich gegönnt hat in der Stunde der Entmuthigung; aber wie er den Kelch des Schmerzes geleert in gläubigem Vertrauen auf seines Vaters Beistand und auf seine Auferstehung, so soll es Jeder von uns thun, so thue Du es auch. Denn auch Du wirst neu erstehen nach diesem Kampf und Sieg."

„Ich kann nicht, Vater! ich kann es nicht!" wehklagte sie an seinem Herzen.

„Auch nicht, wenn Dir Dein Vater sagt, daß Du ihm damit sein müdes Herz erleichterst, weil Du das Wort eingelöst hast, das er für Dich verpfändet hatte?"

Sein milder Zuspruch machte sie verstummen. Er ließ ihr eine Weile Zeit. Sie kniete immer noch an seiner Seite, er hielt ihre Hände in den seinen fest.

Als das heftige Schlagen ihres Herzens nachließ, als er fühlte, daß ihre Thränen sanfter flossen, hub er noch einmal zu sprechen an. "Du hast gut gethan, gut und recht, mein Kind, daß Du den Ring zurückgesendet hast, ehe der Baron genöthigt war, ihn von Dir zu begehren, was über kurz oder lang hätte geschehen müssen. Denn das bevorstehende Ende seines Bruders legt ihm Pflichten auf, denen er sich nicht entziehen darf; und ich glaube, wie Du es wohl auch geglaubt hast, daß er seine Wahl getroffen hat. Der Entschluß, den Du heute unter Gottes Beistand gefaßt und ausgeführt hast, nimmt mir die letzte schwere Sorge von der Seele. Es hätte mir im Grabe nicht Ruhe gelassen, mein Kind als Ueberlästige zurückgewiesen zu denken."

Er hielt inne, Hulda regte sich nicht. "Der Sommer ist zu Ende, der Herbst kommt heran," sprach er, "und seine fallenden Blätter werden mich bedecken; aber meine letzten Tage sind von Gott gesegnet. Deine Liebe, die Ergebenheit unseres wackeren jungen Freundes, des Amtmanns feste Treue und die immer gleiche Gunst unserer Frau Gräfin erhellen sie mir und machen sie mir schön. Und auch Du wirst nicht verlassen sein! Der Amtmann hat mir zugesagt, Dir eine Heimat bei sich zu gewähren; auch die Frau Gräfin ist bereit, sich Deiner anzunehmen, Du darfst ihres Schutzes jetzt mehr noch als bisher versichert sein. Und wer will und kann es voraussehen, ob es dem Herrn nicht gefällt, noch anders über Deine Zukunft zu verfügen, ob es Dir nicht bestimmt ist, in Frieden da weiter zu

verweilen, wo ich und Deine Mutter unser stilles Lebens=
glück gefunden haben. Also getrost, mein Kind! Auch
wenn ich von Dir gehe! Dein himmlischer Vater geht
nicht von Dir und seine Hand führt Dich und sein
Auge leuchtet Dir, wenn sich das meine schließt."

Er hatte seine Hände segnend auf ihr Haupt ge=
legt, sie weinte still in schweigender Ergebung, sie hatte
nur Einen Wunsch — dem Ende ihres Lebens wie
ihr Vater nahe zu sein, und von dannen gehen zu
können, so wie er. — Was sollte sie noch auf der Welt?

Draußen neigte die Sonne sich in das Meer, in der
niederen Stube ward's schon dunkel, aber Vater und
Tochter saßen noch beisammen und schwiegen alle
Beide. Es war Nichts mehr zu sagen, nur hinzu=
nehmen in Ergebung, was bevorstand, früher oder
später.

Wie es von dem alten Thurme sieben Uhr schlug
und der Abendsegen eingeläutet ward, richtete der Vater
sich empor.

„Es wird spät werden," sagte er, „ehe der Ad=
junkt nach Hause kommen kann, und er wird müde
sein. Denke daran, ihn zu erquicken. Du bist ihm
heute das doppelt schuldig, denn der Weg ist weit und
er macht ihn Dir zu Liebe. Weiß er, was Du ihm
zur Besorgung übergeben hast?"

„Ja! Ich hab' es ihm gesagt," entgegnete sie
leise und ging hinaus an ihre Arbeit.

Aber wie sie nun da stand an demselben Platze,
an welchem sie an jedem Abende am Herde stehend
für den Vater und für den Adjunkt die Abendsuppe

kochte, war es ihr unbegreiflich, daß sie es that, daß sie es gethan hatte all' die Zeit, und daß sie es thun sollte fort und fort, auch über ihres Vaters Tod hinaus. Denn jetzt, als sie darüber nachsann, wie der Adjunkt vorhin von ihr geschieden war, und was ihr Vater ihr gesagt hatte, konnte sie nicht mehr darüber im Unklaren sein, was ihr Vater hoffte, was der Adjunktus wünschte. Die Röthe der Scham stieg ihr in das Gesicht, als es ihr einfiel, wie dieser sich es ausgedeutet haben konnte, daß sie eben ihn zum Vertrauten und zum Träger ihrer heutigen Sendung auserfehen hatte, und doch war es nicht ihr Wille, nicht ihre Absicht gewesen es zu thun! Ihre Eifersucht, ein wilder Zug ihres Herzens, ein ihr selber unerklärliches Gefühl des Müssens, des Nichtanderskönnens, hatten sie zu dem Entschlusse getrieben, für den ihr Vater sie belobte, und den gefaßt zu haben, sie jetzt völlig muth- und rathlos machte.

Es war weit über die gewohnte Zeit des Nachtessens hinaus. Der Vater hatte seine Mahlzeit eingenommen und sich zur Ruhe begeben. Sie hatte ihm, wie an jedem Abend, seit sein Augenlicht versagte, das Capitel aus der Bibel vorgelesen, das er ihr bezeichnete, und mit einem Worte der segnenden Liebe hatte er sie entlassen. Nun saß sie in der kleinen Stube und wartete auf den Adjunktus, denn lange konnte er nicht mehr von Hause ferne bleiben.

In dem Stübchen war es warm und still. Die Fensterladen waren offen wie immer, wenn Einer aus dem Hause am Abende noch auswärts weilte. Die

Uhr, die hier seit Menschenaltern auf demselben Flecke stand, rückte mit ruhigem Pendelschlage Sekunde um Sekunde vorwärts. Auf dem uralten Messingleuchter brannte still das Licht, wie es seit Menschenaltern hier gebrannt hatte, und draußen fielen die Wellen mit dumpfem Schlage wie seit Jahrtausenden auf das Ufer nieder. Es war hier Alles alt, Alles sich gleichgeblieben, es war ein todtes Leben, ein lebendiger Tod; und in dieses immer gleiche Dasein hatte auch sie unterzutauchen, hatte sie Alles zu begraben, was sie gehofft und ersehnt. Sie mußte Alles vergessen, was durch eine kurze Spanne Zeit hellleuchtend an ihrem Horizonte vorübergezogen war. Sterben, wie hier Alles gestorben war, mußte hier auch sie mit ihrem heißen Herzen. — Und lebte sie denn wirklich noch?

Sie hatte das Licht in die Hand genommen und ging, ein paar Besorgungen zu machen, aus der Stube in die Kammer, aus der Kammer in die Küche. — Es sah sie Niemand, denn die Magd war hinausgegangen in den Stall, es hörte sie Niemand und sie selber hörte sich nicht. Sie kam sich wie Einer der kleinen Leute vor, von denen die Mamsell zu sprechen liebte, wie Einer der Unterirdischen, die in den alten Häusern ihr stilles Wesen treiben, spukhaft und gespenstisch.

Es war ihr unheimlich in dem Hause, sie war sich es selbst. Ein kalter Windhauch strich durch das offene Kammerfenster über sie hin, sie schauerte zusammen. — „Das ist der Todesengel!" rief es in ihr, und in dem nächsten Augenblicke stand sie an des Vaters Bett. Aber er lag ruhig da, sein warmer Athem berührte sie, wie sie sich zu ihm niederbeugte, und sich zusammennehmend, verließ sie ihn, und setzte sich an ihre Arbeit.

Sie hatte ihr Strickzeug vorgeholt, ein Buch zur Hand genommen. Die Hände verrichteten mechanisch ihren Dienst, die Augen glitten über die Zeilen und Seiten hinweg, sie wendete die Blätter um, und wußte nicht, was sie gelesen hatte, denn sie zählte innerlich die Tage, die es währen würde, bis der Ring in die Hände des Barons gelangte. Sie zermarterte ihr Herz und ihr Gehirn mit der Frage, wo und wie er ihn empfangen, ob er ihn behalten, was er damit machen, was er dabei empfinden, ob er zufrieden, ob er traurig sein, ob und wie er ihrer dabei denken würde? Ihre armen Gedanken wirbelten in haltlosem Treiben durcheinander, bis sie wie durch einen Zauber mit einemmale Konradine vor sich sah, die den Ring aus seinen Händen nahm und ihn an ihren Finger steckte.

Sie sprang empor. Hätte sie jetzt Allmacht besessen, hätte es einen Zauber gegeben, sicher, fernhin treffend, wie des kleinen Geisterkönigs Fluch — sie mochte nicht ausdenken, was durch ihr Gehirn ging. Sie starrte in das Licht, bis die Augen ihr übergingen und ein weiter vielfarbiger Bogen das kleine Licht umgab. Wie sie die Augen trocknete und näher hinsah, hingen in vielgewundenem Gekräusel die Hobelspäne an der Kerze nieder, die nach des Volkes Glauben eine Leiche in dem Hause künden; und wieder kam, wie sie sich auch dagegen wehrte, das Bangen über sie, das Grauen vor ihrer Einsamkeit. Sie war unfähig es länger zu ertragen, sie nahm das Licht und ging mit hastigem Schritte hinaus, die Magd zu suchen. In dem Augenblicke trat der Adjunktus in das Haus.

"Ach! Sie sind es! Das ist gut!" rief sie ihm entgegen; aber wie der Klang der Worte ihr Ohr berührte, wünschte sie dieselben nicht gesprochen zu haben, denn weil das Kommen des jungen Mannes dem unheimlichen Alleinsein nun ein Ende machte, hörte ihr Anruf sich warm und freudig an, und sie sah, wie er ihn unwillkürlich in ganz anderem Sinne erfaßte und auf sich bezog.

"Ihr Auftrag ist besorgt," sagte er, indem er die Mütze und den Ueberrock an den Nagel hing, während Hulda mit dem Lichte in der Hand ihm in dem kleinen dunkeln Vorsaale leuchtete. Die Hausthüre stand offen, es hatte während der letzten Stunde zu regnen angefangen, der Wind trieb die warme feuchte Luft vom Meere in das Haus. Die Kleider und das Haar des jungen Mannes waren naß, und sich mit dem Tuche die Stirne trocknend, sagte er: "Die Luft ist noch sehr warm und ich bin rasch gegangen. Ich wollte Sie und den Herrn Pfarrer nicht auf mich warten lassen. Nun komme ich doch zu spät."

Sein guter, freundlicher Wille war ganz unverkennbar, Hulda dankte ihm und sagte, der Vater habe sich schon zur Ruhe begeben. Der Adjunkt fragte, ob er sich denn schlecht befunden habe? — "Nicht übler als sonst," entgegnete sie ihm und brach dann ab.

So kamen sie in die Stube. Der Tisch stand für zwei Personen gedeckt, die Magd trug die Suppe auf. Als der Adjunkt das Tischgebet sprach, das sonst der Vater sagte, als sie sich niedersetzten einander gegenüber und allein, das Licht mit seinem stillen Scheine zwischen ihnen und Alles um sie her so still, fiel ihr Alleinsein Beiden auf. Sie konnten das rechte Wort für einander nicht finden, denn sie hatten die alte Unbefangenheit nicht mehr.

Der Adjunkt blickte ein um das anderemal nach Hulda's Hand, an der sie den goldenen Reif getragen hatte, den er so oft mit stillem Schmerz betrachtet, und Hulda griff, ohne es zu wissen, immer und immer wieder nach der Stelle, an welcher der Ring ihr fehlte. Ihre Gedanken trafen auf die Art zusammen und gingen doch weit von einander. Denn sein Sinn war fester als je zuvor an diesen Platz gebannt, all sein Wünschen war an ihn geknüpft; sie aber dachte, während sie ihm die kleinen, ihr obliegenden Dienste der Hausfrau freundlich leistete, mit schwerem Herzen in die Ferne, und mit noch bangerer Seele an die Stunde, in der sie von hier scheiden würde für immer= dar; denn bleiben konnte sie hier nicht. Und dem Schlusse einer langen Gedankenreihe plötzlich Worte gebend, fragte sie den Adjunktus, ob er an Ahnungen glaube.

Er wollte wissen, wie sie das verstehe, was sie zu der Frage bringe.

„Mein Vater hat Abschied von mir genommen," sagte sie kurz und mit jener stillen Gewaltsamkeit, mit der sich zu bemeistern ihr eigenthümlich war. „Glauben

Sie, daß es eine Ahnung seines Endes ist, die ihn dazu bestimmt hat?"

„Daß besonders gesammelten Gemüthern ein Vorempfinden ihres Heimganges vergönnt ist, hat die Erfahrung uns an Beispielen bethätigt!" entgegnete ihr der Adjunkt. „Daß Andere eine solche Ahnung theilen, glaube ich nicht."

„Nicht?" wiederholte Hulda. — „Da irren Sie! Ich habe meiner Mutter Tod empfunden fern von ihr, und sie hat mich gerufen, einmal, zweimal, daß ich aufgesprungen bin von meinem Sitze. Aber heute? — Mein Vater schläft so ruhig! Ich habe an seinem Bette gestanden, seine Athemzüge still gezählt. — Ich kann es mir nicht denken, kann es nicht glauben, daß ich ihn schon jetzt verlieren soll, so lange die Befürchtung auch vor mir steht. Und nun ich nicht mehr ganz allein bin, nun Sie da sind, schweigt meine Angst auch wieder, und mein Herz ist still, und ohne unheilvolles Vorgefühl. Er wird mir noch erhalten bleiben. Glauben Sie es nicht?"

Sie stand von dem Tische auf und trat horchend an die Thüre. Ein paar Minuten blieben sie schweigend nebeneinander stehen. Es regte sich in der Kammer Nichts. Hulda ging vorsichtig hinein und beugte sich zu dem Vater nieder. Sie hörte Nichts. Es fuhr ein Schrecken durch ihr Herz. Sie neigte sich, legte ihre Wange an die seine und sank mit einem Schrei zusammen.

Der Pfarrer hatte still geendet. Sanft wie sein Leben war sein Tod gewesen.

## Vierzehntes Capitel.

Emanuel hatte die Ankunft seiner schönen Freundin schon seit einigen Tagen erwartet, als ihr Brief in seine Hände gelangte. Ihre Mittheilung, daß sie mit der Gräfin zufällig zusammengetroffen sei, überraschte ihn, ohne ihm jedoch irgend ein Mißtrauen einzuflößen. Wie sollte es auch? — Man war auf den verschiedenen Reisen oft genug in gleicher unvorbereiteter Weise zusammengekommen, und da ein heimliches Planen, wie die beiden Frauen es betrieben, seiner offenen Seele fern lag, kam der Gedanke, daß man ihn, wenn auch in bester Absicht, täusche, gar nicht in ihm auf. Ebensowenig aber konnte es ihn unter den obwaltenden Verhältnissen befremden, daß die Gräfin sich gegen Konradine über ihr Zerwürfniß mit dem Bruder ausgesprochen hatte.

Der Wunsch seiner Schwester, ihn wieder zu sehen, ihm die Hand zu reichen, war sehr natürlich. Sie konnten ja, wer mochte sagen in wie naher Zeit? einander an dem Sterbebette ihres Bruders egenüberstehen, und dieser selber hatte Emanuel mit dringender Bitte zu einer Aussöhnung mit der Gräfin angetrieben, als er gekommen war, den Kranken zu besuchen. Er hatte es Emanuel zu bedenken gegeben, wie dieser und die Schwester bald die letzten direkten Abkömmlinge ihres edeln Geschlechtes sein würden, und wie er es eben deshalb dem Andenken seiner Eltern und seiner Vorfahren schuldig sei, durch Eingehung einer ebenbürtigen Ehe womöglich den Namen des alten Geschlechtes fortzupflanzen, und die Güter bei den direkten Nachkommen Derjenigen zu erhalten, von denen sie durch frühe Heldenthaten unter den Fahnen des Deutschen Ordens erworben und gegründet worden waren.

Es lag in diesen Erwägungen Vieles, was Emanuel sich wohl selber vorgehalten hatte. Er war in den Anschauungen seines Standes hergekommen, er war welterfahren und verständig genug, die Vortheile eines großen Besitzes und Vermögens nach Gebühr zu schätzen. Aber Hulda's Leidenschaft hatte ihn überrascht und so gewaltig ergriffen, daß vor ihr alle seine Bedenken und Erwägungen überwunden worden waren. Getrennt von ihr, hatten dieselben sich jedoch in dem Mißmuthe und der Niedergeschlagenheit seines Sinnes bald wieder geltend gemacht. Die Ermahnungen seines Bruders waren hinzugekommen; indeß weil ihm vor der Begegnung mit Hulda der Gedanke an die Ehe nicht geläufig gewesen war, war es immer ihr Bild, das ihm vor der Seele schwebte, wenn er an eine Gattin für sich dachte, während doch eben eine Verbindung mit ihr den Plänen seiner Familie und dem

Vortheile seines Stammes entgegen war. Dazu kam, sein Unbehagen noch zu erhöhen, das Zerwürfniß mit der Gräfin und die Scheu des an lange und völlige Ungebundenheit gewöhnten Mannes vor einer Entscheidung, die seiner freien Entschließung ein für allemal ein Ende machen und ihm, der bisher nur sich und seinem jeweiligen Belieben nachgekommen war, Pflichten gegen Andere auferlegen sollte, denen er sich dann nicht mehr entziehen durfte; Pflichten, vor denen sein persönliches Wollen und Wünschen künftig bis zu einem gewissen Grad zu schweigen hatte. Er wurde es mit Erstaunen inne, daß trotz der Liebe und Hingebung, deren er sich fähig wußte, wenn ein augenblicklicher Anreiz sie in ihm erregte, das selbstsüchtige Verlangen der Hagestolzen nach völliger Unabhängigkeit mächtiger in ihm geworden war, als er es selber geglaubt; und daß die Vorstellung, immer noch Herr über seine Entschließung zu sein, ihm die Trennung von Hulda weniger hart erscheinen machte, besonders da er sich in seines Herzens Tiefe überzeugt hielt, Hulda liebe ihn und könne ihm nicht fehlen, wenn er früher oder später, ihr mit erneuter Werbung nahen wolle.

Ohne daß er sich Rechenschaft darüber gab, gefiel es ihm sich zwischen Hulda's Liebe und der Freundschaft Konradinen's immer noch in voller Freiheit bewegen, und dieser warmen Freundschaft genießen zu können, ohne daß dadurch der Sehnsucht Abbruch geschah, die ihn in einzelnen Stunden mit süßem poetischem Erinnern zu Hulda zog. Die geistige Genußsucht, die geistige Schwelgerei, zu denen seine Kränklichkeit ihn früher lange Jahre hindurch verleitet hatte, machten sich jetzt bedenklich geltend; sie ließen ihn in Zuständen schwankend verharren, welche ihm je nach seiner Stimmung trübe und beklagenswerth oder behaglich und begehrenswürdig däuchten.

Er hatte mit Freuden Konradinen's Brief empfangen. Der frische, herzliche Ton desselben, die Nachrichten, welche sie ihm über die Gemüthsverfassung seiner Schwester gab, waren ihm erfreulich und erwünscht. Ihre unverkennbare Heiterkeit wirkte angenehm auf ihn zurück, und die ummwundene Weise, in welcher sie ihm von der Nothwendigkeit seiner Verheirathung sprach, ihm, dessen Mißtrauen in das Wohlgefallen, welches er etwa erregen könne, zu einem Grundzug seines Wesens geworden war, der immer wieder zum Vorschein kam, sobald er an die Möglichkeit dachte, als ein Bewerber um Frauengunst aufzutreten, versetzte ihn in die allerbeste Stimmung.

„Ich weiß Alles," schrieb sie ihm, „was Sie mir dagegen einzuwenden für nöthig halten werden, aber treten Ihre eigenen Erlebnisse und Erfahrungen nicht als Beweise gegen Ihre melancholischen und selbstquälerischen Zweifel auf? Sind Ihnen Liebe und Freundschaft nicht in diesen letzten Jahren von Frauen entgegengebracht worden, ohne daß Sie dieselben auch nur suchten? Haben Sie sich bemüht um Hulda's Liebe? Haben Sie meine Freundschaft auch nur begehrt? Nein! Beide sind Ihnen, wie reife Früchte dem harmlos Vorübergehenden, so zu sagen in die Hand gefallen, und es hat allein in Ihrem Belieben gelegen, die Hand zu schließen und sie Sich anzueignen, oder sie als unerwünschte Gunst des Zufalls unbeachtet auf den Boden gleiten zu lassen. Daß Sie in meinem Falle zugegriffen haben, ist mir ein Glück geworden, welches ich Ihnen gerne vergelten möchte. Ich habe durch Ihre Freundschaft die Kraft gewonnen, ruhig in meine einsame Zukunft zu blicken, und das Leben über mich zu nehmen, wie es eben kommen mag. Ihnen jedoch, dem Manne, dem das Wählen frei steht, der sein Geschick nicht hinzunehmen, sondern es nach seinem Bedürfen frei zu gestalten hat, Ihnen ist mehr vergönnt als nur die Möglichkeit, sich mit dem Leben abzufinden. Sie können, ja ich hoffe es, Sie werden glücklich werden; und damit kein schmerzliches, kein sorgendes Rückwärtsdenken Ihr Gewissen beunruhige und Ihre Entschließungen hindere, muß ich Sie wieder einmal daran erinnern, daß die erste Jugend anders empfindet als Sie und ich. Die Jugend will vor Allem sich ihres Daseins freuen und das kommt ihr zu. Dieses Verlangen ist ihr Recht, denn in demselben beruht jene Kraft, die, alles Leiden überwindend, sich immer wieder in ein gesundes Gleichgewicht zurückbringt. Diese Herstellung hat sich — und ich sage zu Ihrem Glück, mein theurer Freund! nun auch an dem jungen Mädchen vollständig vollzogen, dessen Andenken Ihnen immer noch so werth ist. Die Einsamkeit wird dazu gekommen sein, die Wandlung zu beschleunigen, und das zur Liebe einmal erregte Herz versteht nicht zu darben, so lange es jung ist."

Emanuel hielt inne. Er vermuthete, was dieser Einleitung jetzt folgen mußte. Aber es widerstrebte ihm, es zu erfahren, und die Hand, in welcher er das Blatt hielt, bebte leise, als er die Worte las: „Der Amtmann hat an die Gräfin geschrieben, um von ihr eine feste Zusage wegen der Erhöhung der Pfarreinkünfte auch nach des Pastors Tode, den man demnächst erwarten muß, zu fordern. Er berichtet gleichzeitig über ein kleines Vermächtniß, welches Miß Kenney Ihrer jungen Freundin hinterlassen hat, und fügt hinzu, daß dieses Letztere für Hulda doppelt gelegen komme, da ihre Verheirathung mit dem jungen Pfarr=Adjunktus, dem er beiläufig das ehrenvollste Zeugniß ausstellt, nicht lange auf sich warten lassen werde. Er nennt dies eine günstige Schicksalswendung, und mich dünkt, mein Freund! wir Alle haben es so zu nennen; denn über ein Kurzes wird die junge schöne Pfarrersfrau, und werden auch Sie, an das kleine Abenteuer jener Tage sich nur noch wie an einen schönen Traum erinnern, dem Dauer nicht zu wünschen gewesen wäre!"

Er las das Alles — es klang so einfach, war so natürlich, so erklärlich, so berechtigt! — Er las es wieder, es blieb ganz dasselbe! Und doch glaubte er es nicht, konnte er's nicht glauben, obschon er es allein verschuldet hatte, was er eben jetzt erlebte und erlitt.

Er setzte sich nieder und stützte das Haupt auf die Hand. Die ganzen Tage und Monate von jenem sonnigen Sommerabende, da er sie zuerst erblickt, bis hin zu der schmerzlichen Stunde, in der er sie zuletzt gesehen hatte, zogen an seinem Geiste vorüber. Sie war sich immer gleich geblieben, immer dem Drange ihres Herzens ohne weitere Rücksicht folgend. Wie hatte er es ihr verargen können, wenn dies kindlich wahre Herz sie antrieb, den ersten und natürlichsten der Pflichten, der Kindesliebe und dem Gehorsam gegen ihren Vater nachzukommen? Wie hätte er trachten sollen, sie diesen Pflichten zu entziehen und sie in Widerspruch mit sich selbst zu bringen, da doch gerade die schöne Einheit ihres ganzen Wesens ihn zu ihr gezogen hatte. Er durfte sich auch nicht darüber wundern, daß ein jüngerer Bewerber, der in dem engsten täglichen Beisammensein mit ihr verkehrte, über ihn, den Entfernten, den Sieg davongetragen hatte. War es ihm doch wie ein unerwartet Glück erschienen, daß sie sich ihm zugewendet, eben ihm!

Er hielt sich Alles vor: des Vaters Wunsch, das Verlangen der Tochter, dem Sterbenden zu willfahren, der Freunde Ueberredung, der Gewohnheit Macht — und dennoch, dennoch konnte er es nicht glauben. Eine Zuversicht in seinem Herzen lehnte sich gegen alle Ueberlegungen seines Verstandes auf. Wie er sich es auch vorhielt, daß er kein Recht habe, nach so langem Schweigen mit einer Anfrage vielleicht störend in den mühsam errungenen Frieden ihres Herzens einzugreifen; es war ihm nicht möglich, es einem Anderen als Hulda selbst zu glauben, daß sie ihn vergessen habe, ihn, der ihrer noch mit solcher Zärtlichkeit gedachte. Nie mehr als jetzt in dieser Stunde beklagte er es, kein Bild von ihr zu besitzen, denn zum erstenmale konnte er in seiner Erinnerung ihr schönes Antlitz, ihre herrliche Gestalt nicht finden, wie er danach auch rang; und als müsse er seinem gedrückten Herzen in lautem Ausdruck eine Befreiung schaffen, rief er: "Selbst ihr Bild entzieht sich mir!"

Eine geraume Zeit blieb er an seinem Arbeitstische sitzen. Er hatte angefangen, ihr zu schreiben und das Blatt zerrissen. Er hatte Konradinen's Brief zu Ende lesen wollen und ihn unmuthig wieder auf die Seite gelegt. Er mochte nicht erfahren, was sie ihm etwa noch zu melden hatte — es war daran genug! Aber er mußte es ihr danken, daß sie es über sich genommen hatte, ihm die Mittheilung zu machen, denn sie von der Gräfin zu erhalten, würde ihm härter noch gewesen sein.

Er war sehr bewegt, sehr aufgeregt. Er schwankte von einem Vorsatze zu dem anderen. Er beneidete Diejenigen, deren Leidenschaften sie gewaltig und ohne allen Rückhalt vorwärtstreiben; und doch war die Empfindung, die ihn an Hulda kettete, so tief, so wahr! Doch war es Liebe! — Nur daß sein unseliger Zweifel an sich selbst und frühe Reflexion die Kraft des raschen frischen Wollens, die Macht der Leidenschaft in ihm gebrochen hatten.

In dem Augenblicke aber, in welchem er sich dieses vorhielt, zuckte eine leidenschaftliche Sehnsucht nach der Fernen, ein leidenschaftlicher Schmerz um die ihm Verlorene durch seine Brust. "Hulda! Hulda! Es ist ja gar nicht möglich!" rief er und sprang empor, denn er fühlte es, er mußte sie wiedersehen, er mußte sie und sich erlösen, koste es, was es immer wolle. Noch in dieser Stunde mußte er ihr schreiben, daß er kommen, daß er seinem Briefe auf dem Fuße folgen werde, daß sie keine Entscheidung über ihre und damit über seine Zukunft treffen dürfe, ehe er sie nicht gesehen habe.

Mit rascher Hand, mit leidenschaftlicher Bewegung warf er die Zeilen auf das Papier. Er sagte ihr Alles, was er in dieser Stunde fühlte. Er beschwor sie, nach so langem traurigem Entsagen jetzt auf Nichts mehr zu hören, als auf ihr Herz und ihre Liebe; an Nichts mehr zu denken als an sein Glück und an das ihre. Er wendete sich auch an ihren Vater und hielt ihm vor, wie hart es gewesen sei, die Tochter zu dem Verzichte zu drängen. Er schrieb ihm, weil ihm Alles daran gelegen war, die Zustimmung des Pfarrers zu gewinnen, daß er die Gräfin erwarte, daß er auf dem Punkte stehe, sich mit ihr auszusöhnen, daß er zu Gunsten ihres Sohnes schon jetzt auf das Anrecht des Majorates verzichten wolle. Er that Alles, was er in so manchen Stunden thun wollen, und zögernd unterlassen hatte. Er meldete, daß er gleich nach der Entfernung seiner Schwester aufbrechen werde, um die Geliebte wiederzusehen, und obschon er wußte, daß die Post erst am nächsten Abende nach Norden gehe, trug er dem Diener auf, den Brief augenblicklich zu besorgen.

Alles, was ihn vorher beschäftigt hatte, trat davor zurück. Er dachte an die ihm bevorstehende Begegnung mit der Gräfin, die nach so langer Trennung immerhin etwas Peinliches haben mußte, an die Ankunft seiner Freundin, auf die er sich die ganze Zeit hindurch gefreut hatte. Aber er dachte daran, nur um es zu berechnen, wie lange diese Besuche etwa währen, und wann er im Stande sein würde, seine Reise in die Heimat anzutreten. Er verstand sich selber nicht in dem trüben Hinbrüten, in welchem er die ganze Zeit hindurch gelebt hatte; und weil er redlichen Sinnes zu vergüten wünschte, wo er sich einer Schuld bewußt war, konnte er nicht glauben, daß ihm dieses nicht gelingen, daß er nicht sollte durch erhöhte Liebe sich und Hulda für die verlorene Zeit entschädigen können.

Sich schließlich mit der Gräfin zu verständigen, sah er, da sie ihm ja entgegenkam, nicht als eben schwer an. Wenn sie auch lebhaft gewünscht hatte, das Erbe ihres Hauses bei ihren Brüdern und durch diese der Familie erhalten zu sehen, so stand doch eben jetzt ihr Sohn auf dem Punkte, sich zu verheirathen. Emanuel, welchem neben dem ihm in jedem Falle zustehenden beträchtlichen Allodial=Vermögen der Familie, der Erwerb jener im Norden gelegenen Majoratsgüter keine Lebensfrage, und der Aufenthalt auf denselben Nichts weniger als erwünscht war, glaubte also auf keine Abneigung bei seinen Geschwistern zu stoßen, wenn er ihnen den Vorschlag machte, den Besitz des Majorates gar nicht anzutreten, sondern es sofort an den jungen Grafen übergehen zu lassen, dem des Königs Gnade es sicherlich nicht verweigern konnte, daß er in diesem Falle neben seinem Namen fortan auch den Namen Derer von Falkenhorst führte, und in seinem Hause fortvererbte.

Er war in diesen Erwägungen raschen Schrittes auf der Terasse vor seinem Arbeitszimmer umhergegangen. Als es schon zu dunkeln begann, kehrte der Diener von der Post zurück. Er meldete, wie er in dem Postbureau ein Päckchen vorgefunden habe, das eben mit der Packpost für den Herrn Baron angekommen sei, und daß der Postmeister ihm dasselbe der Bequemlichkeit wegen gleich mitgegeben habe.

Emanuel nahm es ihm ab. Der Wiederschein von den Bergen gab eben noch Licht genug, das Postzeichen und die kleine, feine Handschrift zu erkennen. Er hatte diese zierlichen Lettern oft genug gesehen, wenn er die Volkslieder zur Hand genommen, die sie in jenen ersten ahnungslosen Tagen für ihn abgeschrieben. Die Sonderbarkeit der Zufalles überraschte ihn. In dem nämlichen Augenblicke, in welchem er sich ihr wieder mit voller entschlossener Hingebung genähert hatte, kam ihm die erste Kunde von ihr selbst. Das Wahrscheinlichste voraussetzend, glaubte er durch sie die Nachricht von dem Tode ihres Vaters zu erhalten, den Konradine ihm als bevorstehend gemeldet hatte, und der Hulda zur Herrin über ihre Zukunft machen mußte.

Mit rascher Hand brach er die Siegel auf, zerriß er die Umwicklung des Päckchens, dessen geringen Umfang er sich nicht erklären konnte, bis er, das Schächtelchen eröffnend, den Ring in Händen hielt.

Er traute seinen Augen, seinen Sinnen nicht.
Mit beklommener Hast wendete er die Blättchen um,
in welche sie das Kleinod eingewickelt hatte. Vorsichtig
nahm er sie auseinander, jedes einzelne darauf an=
sehend, ob nicht ein Wort darauf verzeichnet wäre, ihm
zu erklären, was ihm im Grunde nicht unerklärlich
sein konnte, und was zu verstehen ihm deshalb doch
nicht weniger schwer ankam. Anklagen konnte er sie
nicht. Er ganz allein trug alle Schuld. Er allein
hatte sich durch seine Schwäche um das Glück gebracht,
dessen Größe er wie immer, erst recht zu würdigen
glaubte, da es für ihn verloren war. Aber wie er
auch sann und grübelte, wie er sich auch auflehnte
gegen das Ertragen dessen, das wie ein schwerer harter
Schlag auf ihn herniedergefallen war, er kam nicht
hinaus über jenes armselige: „Also doch!" — über
jenes niederbeugende: „Zu spät!" — die einmal mit
Zorn gegen sich selber, mit widerwilliger Entsagung
auszusprechen, kaum einem Erdgeborenen erspart bleibt.

Er stand noch immer auf der Terrasse und sah
in die Dämmerung hinaus. Er kannte jeden Punkt
der Landschaft, die eben noch tagerhellt sich vor ihm
ausgebreitet hatte, und doch vermochte er die Gegen=
stände nicht mehr zu erkennen. So ging es ihm mit
Hulda. Ihre Seele hatte hell und licht vor ihm ge=
legen, er hatte in ihr gelesen wie in einem offenen
Buche, nun fand er sich nicht mehr in ihr zurecht. Ihr
gerade hatte er eine Treue ohne Wanken zugetraut!
Daß sie vergessen könne, hatte er nicht für möglich
gehalten. Darauf hin hatte er vertraut, und in ver=

messenem Vertrauen gesündigt an ihr, an sich. Und jetzt hintreten mit erneuter Werbung, da sie freien Entschlusses über sich selbst entschieden hatte, da sie voraussichtlich in der Liebe zu einem gleichalterigen Manne glücklich war, vielleicht glücklicher, als sie mit ihm geworden sein würde — sollte er das thun? Durfte er es thun, da sie ihm mit ihrem Schweigen den Weg anwies, den sie eingehalten zu haben wünschte?

Er rief seinen Diener und hieß ihn augenblicklich den Brief zurückholen, den er vorhin zur Post befördert hatte; aber es war mit diesem Entschluß für seine innere Beruhigung noch Nichts geschehen. Sein Sinn war bedrückt, seine Gedanken und Empfindungen wollten sich nicht klären. Er konnte es nicht fassen, daß sie keine Zeile für ihn geschrieben, daß sie kein Wort mehr für ihn gehabt hatte. Warum sagte sie es ihm nicht, daß sie sich über ihr Gefühl für ihn getäuscht habe, daß sie einen Anderen liebe?

Sie besser als irgend ein Anderer wußte es, wie wenig er daran geglaubt hatte, Liebe erwecken zu können, und sie wußte es doch auch, wie theuer sie ihm gewesen war, wie herzlich er sich um sie gesorgt, ehe er im entferntesten daran gedacht hatte, daß sie ihn lieben, daß er sie die Seine nennen könnte.

Er sah den Wolken zu, die schwer und langsam vom anderen Ufer emporzusteigen begannen, und hier einen hellen Stern verhüllten und dort wieder Einen, bis sie den ganzen Horizont bedeckten und die Nacht sich still und schwül und lichtlos über See und Land verbreitete. Es kam ihm endlich vor, als warte er auf einen Stern; aber wie er sein Auge auch nach der Stelle richtete, an welcher der letzte helle Stern verschwunden war, er wollte nicht wiederkehren. Es blieb Alles dunkel.

Er fuhr sich über die Augen; es war damit vorbei. "Möchten Dir glücklichere Sterne leuchten!" rief er, indem er den kleinen Reif an seinen Finger steckte.

Er wollte ihn tragen zur Erinnerung an sie, die ihn geliebt hatte, an sie, um die er trauerte, wie man um die Jugend trauert, die nicht wiederkehren kann. Und mit der schlimmsten aller Qualen, mit dem Bewußtsein sich selber um sein Glück gebracht zu haben, durchwachte er die stille, schwüle Nacht.

## Fünfzehntes Capitel.

Die Ankunft der beiden Frauen war Emanuel in diesem Augenblicke durchaus willkommen. Er war lange einsam gewesen, und hatte eben in seiner gegenwärtigen Stimmung keinen angenehmen Gesellschafter an sich selbst.

Die Gräfin, deren Neigung, auf Andere bestimmend einzuwirken, ihm bisher oftmals unbequem gewesen war, sagte sich, daß er ihr, nach seiner Ansicht, Manches zu verzeihen, habe und hielt sich deshalb vorsichtig in ihren Schranken. Sie fragte ihn um Nichts, was von sich auszusagen er nicht für angemessen fand, aber sie sprach ihm freimüthig und ohne allen Rückhalt von sich selbst, von Clarissens Glück, von dem Guten, das sie von ihres Sohnes Heirath für denselben hoffte. Als Emanuel bei diesem Anlasse ihr seine Absicht kundgab, zu Gunsten des jungen Grafen auf das Majorat zu verzichten, wenn es durch den Tod des Bruders an ihn fallen würde, wies sie diese Gedanken zwar von sich, jedoch ohne dabei auf ihre früheren Plane für ihn zurückzukommen. Sie meinte nur, es mache ihr immer bange, wenn sie Menschen in nicht abzuändernder Weise über ihre Zukunft entscheiden sehe, solange dieselben sich noch in einem Lebensalter befänden, das neue Aussichten vor ihnen, neue Gedanken in ihnen entwickeln könne. Besonders solle man nicht derartige Beschlüsse fassen, wenn keine zwingende Nothwendigkeit es erfordere. Vollends in solchen Fällen aber, wo von dem Erhalten oder Aufgeben von Hab und Gut, oder gar von dem Verzichten auf Rechte die Rede sei, die noch mehr werth wären als Hab und Gut, da sei das alte Bauernwort an seinem Platze: Es solle Niemand seine Stiefel ausziehen, ehe er sich niederlege.

Sie sagte das mit einer heiteren Leichtigkeit, die ihr doppelt wohl anstand, weil sie nur selten an ihr zur Erscheinung kam. Sie erwähnte dann noch, daß es bei der sorglosen Lebenslust ihres Sohnes sogar Gefahren für ihn haben könne, wenn sein ohnehin reichlicher Besitz in solcher Weise und so viel früher, als er es irgend zu erwarten berechtigt gewesen wäre, verdoppelt würde, und sie gab Emanuel auch zu bedenken, daß er wohl der Mann sei, große Mittel in großartiger Weise für würdige, seinem und des Hauses Namen Ehre machende Zwecke, zu verwenden. Es lag etwas Schönes, etwas durchaus Uneigennütziges in den Erwägungen und Rathschlägen der Gräfin, das auf Emanuel seine Wirkung nicht verfehlte. Auch er mußte ihr darin beipflichten, daß, wie die Verhältnisse jetzt lagen, kein Grund zu der Entsagung vorhanden war, zu welcher er sich um Hulda's willen vor wenigen

Tagen geneigt gefunden hatte. Hulda's oder der Pfarrerfamilie gedachte die Gräfin nicht mit einem Worte. Auch Emanuel sprach nicht von ihnen, weder mit der Schwester noch mit seiner Freundin, und Konradine ihrerseits war herzenskundig genug, sein Schweigen zu ehren und es sich zu deuten.

Emanuel wußte ihr das Dank. Ihre ganze Art, ihr ganzes Wesen waren ihm erfreulich. Daß sie nicht in seinem Hause wohnte, sondern sich mit ihrer Bedienung in einer der am See gelegenen Pensionen eingerichtet hatte, deren Anzahl in jenen Tagen im Vergleiche zu heute noch gering war, das erhöhte durch das jeweilige Entbehren desselben den Reiz, welchen das Beisammensein mit ihr schon in dem Schlosse seiner Schwester für ihn gehabt hatte. Aber der Verkehr mit ihr war ihm jetzt noch angenehmer als vordem, denn ihr Beruhen in sich selbst war jetzt vollkommen, und ihre Stimmung von einer Gleichmäßigkeit, die beruhigend und vertrauengebend wirkte. Selbst die edle Einfachheit ihrer Kleidung, der geringe Werth, den sie auf alle jene Aeußerlichkeiten und Kleinigkeiten legte, von denen das Wohl und Wehe der Frauen sonst so vielfach abzuhängen scheint, die Sicherheit, mit welcher sie sich das Recht zusprach, nach eigenem Ermessen zu handeln und sich so frei zu zeigen, als sie sich mit ihrem tüchtigen Bewußtsein fühlen durfte, machten es Emanuel im Verkehre mit ihr bisweilen ganz vergessen, daß sie noch jung, und daß sie schön sei, während das Wohlgefühl, das er in ihrer Nähe fühlte, doch durch eben diese Eigenschaften wesentlich gesteigert ward. Dazu wiesen die Lebensgewohnheiten der Gräfin, ihn und die schöne Stiftsdame noch besonders auf einander an.

Die Gräfin hatte sich während ihres langen Aufenthalts in Italien von jeder körperlichen Bewegung fast völlig entwöhnt. Sie kannte keinen Naturgenuß, als denjenigen, dessen sie von der Terrasse eines Gartens oder in den Polstern ihres Wagens theilhaftig werden konnte, und vollends sich der Stunden des Morgens zu erfreuen, trug sie kein Verlangen, während das Wachen in der Nacht ihr zu einer Gewohnheit geworden war. Emanuel hingegen konnte nicht leben ohne Naturgenuß.

Durch seine ganze Jugend hin, in welcher ihn Rücksicht auf seine damals sehr schwankende Gesundheit, und der auch noch nicht überwundene Schmerz über die Entstellung seiner Wohlgestalt von den Sälen der Gesellschaft fern gehalten hatten, war die Natur ihm eine Zuflucht, und die Quelle gewesen, aus der er Freude geschöpft, in der er seine Kräfte gestählt und durch immer neue Uebung erprobt hatte, bis er sich im Ertragen von körperlichen Anstrengungen mit den Gesunden messen durfte. Er genoß sich selber und sein Dasein nie in volleren Zügen, als wenn er auf raschem Pferde durch die Thäler hinflog, mit sicherem, rüstigem Fuße die Höhen der Berge überschritt, oder mit kräftigem Arme die Wellen des Wassers überwand.

Einsam in der Natur dachte er nie daran, daß er nicht schön, daß er nicht mehr dazu gemacht sei, die Blicke der Menschen wie früher freundlich auf sich zu ziehen und an sich zu fesseln. Die Sonne schien auf sein blatternarbiges Gesicht so freundlich nieder wie auf die seltsam zerrissene Rinde des Baumes; die Luft umfächelte und nährte ihn so frisch, wie sie die Stämme umspielte, die auch nicht alle gerade in die Höhe wuchsen und an deren Laub und Schatten man sich doch erfreute; und das Landvolk, mit dem er bei seinem Herumstreifen zusammentraf, legte nicht den Werth auf die äußere Wohlgestalt des Menschen, wie die Gesellschaft, in welcher er hergekommen war, und wie seine eigene Mutter, deren Bedauern über die Entstellung des einst so schönen Sohnes damals den Stachel der verletzten Selbstgefälligkeit, der Emanuel ohnehin empfindlich genug war, immer tiefer in das weiche Herz des Jünglings gedrückt hatte.

Er liebte und verstand die Natur in allen ihren Aeußerungen. Er hatte in der Natur auch die Menschen verstehen gelernt, die ihr noch nahe standen, und es traf sich gut, daß Konradine seine Freude an derselben theilte, daß sie rüstig war wie er. Das Wanderleben, welches sie an ihrer Mutter Seite von Kindheit an geführt, hatte sie frei von allen hemmenden Gewohnheiten werden lassen. Sie war körperlichen Anstrengungen ebenso wie Emanuel gewachsen, und für den Augenblick hatte das verhältnißmäßige Stillleben, das sie im Stift geführt, ihr Wechsel und Bewegung doppelt erwünscht gemacht.

Wie früh man die Morgenstunde auch festgesetzt hatte, in welcher Emanuel und sie zu Pferde ihre

Streifzüge in das Land unternehmen wollten, er fand
sie immer fertig, immer seiner wartend, und in Frische
strahlend, daß sie ihm wie die Verkörperung des Mor=
gens selbst erschien. Fest wie in ihrem Sattel, war sie
in allen Sätteln gerecht und überall an ihrem Platze.

Wenn man das Frühstück in den Sälen eines Gast=
hofes oder in dem ersten besten Bauernhause einnahm,
wenn man es Wanderburschen gleich, auf grünem Rasen
unter Bäumen am Quellenrande verzehrte, es schien
jedesmal, als sei dies gerade die Lage, in welche sie
hineingehöre, in der sie ihre anmuthige Selbstbestimmt=
heit am vortheilhaftesten entfalten könne. Jeder zu=
fälligen Begegnung mit anderen Reisenden wußte sie
eine gute Seite und jedem Menschen das Beste abzu=
gewinnen, das an ihm sein mochte. Die Bauerfrau
und das Kind am Wege wendeten sich ihr vertraulich
aufgeschlossen zu, weil sie natürlich und ohne jene kin=
dische Herablassung mit ihnen zu verkehren wußte,
hinter welcher die Eitelkeit und der Hochmuth der
sogenannten Vornehmen und Reichen, sich ländliche
Feste zu bereiten lieben, bei denen sie erst recht in ihrer
ganzen Lächerlichkeit erscheinen; und ohne daß sie be=
sonders darauf aus war, oder daß man es bemerkte,
hatte sie hier einen guten Rath ertheilt, dort eine Lehre
in so knapper und bestimmter Form gegeben, daß sie
Aussicht hatte, schnell verstanden und nicht leicht ver=
gessen zu werden.

Als ihr Emanuel einmal seine Verwunderung
über diese praktische Gewandtheit aussprach, die sie zum

Handeln und Befehlen wie wenig Andere befähige, räumte sie ihm ein, daß sie dieselbe allerdings besitze. „Aber," sagte sie lachend, „es ist nicht mein Verdienst, daß diese Anlage sich in mir so ausgebildet hat. Sie hat sich an den entgegengesetzten Eigenschaften meiner Mutter nothwendig entwickeln müssen. Ich lernte von Kindesbeinen an, wie die Wilden, meine Umsicht üben, mich zurechtfinden und mir helfen — und nicht nur mir allein, denn wir lebten damals immer in einer Art von Wildniß. Noch ehe ich lesen und schreiben konnte, mußte ich im Gedächtniß behalten, was uns nöthig war, und in der Heimatlosigkeit, zu welcher meine Mutter sich freiwillig verdammte, alle paar Tage ein neues Zuhause für uns zu bereiten, war eine Nothwendigkeit für mich. Das geht denn so allmälig in des Menschen Sein und Wesen über, und meine zigeunerische Praxis hat seitdem im Stifte mehr Form und Halt bekommen, so daß ich jetzt selber Lust an ihr gewonnen habe. Ich überrasche mich bisweilen in diesen Tagen darauf, wie ich mit Sorgen an die Verwaltungs=Angelegenheiten unseres Stiftes denke, die unsere Aebtissin mir während ihrer Krankheit und Abwesenheit überlassen hatte. Und es war doch nicht einmal mein persönliches Eigenthum, das ich verwalten half, und um dessen Erhaltung und Vermehrung ich bemüht war."

„Das scheint mir zu dem Wohlgefallen an solcher Thätigkeit auch keinesweges nothwendig zu sein," meinte Emanuel, „sie ist verlockend an sich selbst. Wir Alle sind von Kindheit an mehr oder weniger darauf gestellt, Etwas zu schaffen. Wir wollen Etwas hinstellen, Etwas vor uns bringen, Etwas werden sehen. Das Kind schon macht sich im Garten ein Gärtchen für den Nachmittag zurecht, der Knabe macht sich Sammlungen von Auszügen aus den Büchern, die doch sein eigen sind. Der Jüngling macht sich seine eigenen Liebeslieder, obschon unendlich schönere vorhanden sind. Der Mann, der Herrscher, dem schöne Besitzungen, dem schöne Schlösser als Erbe zufallen, will augenblicklich in denselben irgend einen Neubau, eine Aenderung machen, in denen er sich selbst und sein eigenes Wesen bethätigt und ausspricht. Er will Etwas hinstellen, das er als von ihm geschaffen vor sich sieht; und ich glaube, daß die sogenannte Freude am Erwerb und Besitz ebenso viel von dieser Lust am Schaffen als am Besitzen in sich trägt."

Konradine nannte das nach ihrem eigenen Erfahren richtig, aber sie wollte wissen, wie er sich selbst dazu verhalte.

Emanuel ward nachdenklich. „Es ist das eine Frage," sagte er, „die weit in das Leben zurückgreift, und ich habe leider, wenn ich das thue, nicht sonderlich viel Gutes von mir zu sagen, sondern auf eine lange Reihe von Unterlassungssünden, auf viel verlorene Zeit, auf wenig oder eigentlich auf nichts Geleistetes zurückzusehen."

„Sie thun sich Unrecht," meinte Konradine, „denn seit ich Sie kenne, und wir sind ja sehr alte Be=

kannte," fügte sie mit ihrem reizendsten Lächeln hinzu, "habe ich Sie immer beschäftigt, immer mit . . . ."

"Mit mir und meiner Selbstbefriedigung beschäftigt gesehen," fiel er ihr in das Wort. "Wenn Sie offen gegen mich sein wollen, werden Sie mir das nicht in Abrede stellen können. Die große Liebe meiner Mutter, der angeerbte Familiensinn, der die Erhaltung eben unserer Familie als etwas Wesentliches ansah, hat auch auf meine Erhaltung, so viel Mühe, Opfer, Achtsamkeit verwendet, daß ich schließlich mir selber um meiner selbst willen wichtig vorgekommen bin. Und es ist doch im Grunde so gar wenig daran gelegen, ob ein Mensch da ist oder nicht, wenn er nicht etwas ganz Besonderes zu werden verspricht."

"Oder wenn er nicht so glücklich ist, daß er in seinem Glücke jenes vollendete Selbstgenügen darstellt, um dessen willen es sich verlohnt, zu sein!" rief Konradine im Rückblicke auf sich selbst.

"Bei mir," versetzte Emanuel, "traf weder das Eine noch das Andere zu. Aber weil man mich so wichtig nahm, wurde ich mir wichtig, und weil man sich so gar viel Mühe damit gab, mich zu befriedigen, gewöhnte ich mich daran zu glauben, daß ich den Anspruch auf eine besondere Befriedigung, auf ein besonderes Glück zu machen hätte. Man erzog mich auf diese Weise förmlich zum Egoisten, und ich war doch von der Natur mit meinem weichen, liebebegehrenden Herzen nicht darauf angelegt. Es gelang deshalb nicht einmal, mich zu einem völligen Egoisten heranzubilden. Nur unbrauchbar für mich selber hat man mich für lange Zeit gemacht. Man umgab mich mit einer Liebe und einem zuvorkommenden Wohlwollen, denen in der Welt zu begegnen, unter meinen Altersgenossen zu begegnen, ich in meiner Lage nicht erwarten durfte. Von den Kreisen der jungen Männer hielt meine damals üble Gesundheit mich zurück, die weibliche Jugend wendete sich Männern von gefälligerem Aeußeren zu. Ich fand mich also einsam; und je weniger ich sie in mir selbst besaß, um so sehnsüchtiger begehrte ich nach Schönheit. Was mir das Leben nicht gleich bieten wollte, das begann ich in der Kunst zu suchen. Ich hatte Zeiten, in denen ich meinte, zu ihrer Ausübung als Maler, als Dichter berufen zu sein; aber ich wurde bald inne, daß die Fähigkeit, das Schöne zu erkennen und sich an ihm zu freuen, kein Bürge ist für die Kraft, es zu erzeugen. Alles, was ich leistete, ging über die Grenze des Dilettantismus nicht hinaus, und wenn es Andere hie und da auch freute, mich selber befriedigte, mich förderte es nicht. Mein Mißtrauen gegen mich, meine innere Unzufriedenheit steigerten sich daran. Ich kam mir geistig so wenig begabt, so ungenügend wie leiblich vor, und weil ich dabei doch immer nur an mich selber dachte, verfiel ich nicht darauf, daß vielleicht dennoch Gaben und Anlagen in mir zu entwickeln wären, die für Andere nutzbar werden dürften, und deren Anwendung meinem Dasein in meinen eigenen Augen Werth verleihen könne."

„Und doch meine ich mich zu erinnern," bemerkte Konradine, „daß Sie mannigfache Studien getrieben,

die, auf das praktische Leben, selbst bei der Bewirth=
schaftung Ihrer Güter, angewendet, Ihnen und den
Leuten auf denselben, zu Gute kommen mußten."

„Freilich!" entgegnete er, „aber ich entschloß mich
nicht, Verwalter meiner Güter zu werden, weil ich
das Leben in südlicherem Klima vorzog, und weil der
Besitz der Güter für mich nur eine zeitweilige Bedeu=
tung hatte."

Konradine wollte wissen, was er damit meine.

„Um am Besitz und vollends an seiner Ver=
mehrung die eigentliche Besitzesfreude zu finden, muß
man entweder große kostspielige Bedürfnisse, oder Men=
schen haben, denen man den Besitz zu vererben wünscht.
Das Beides trifft bei mir nicht zu. Ich habe mehr,
als ich für die Befriedigung meiner Gewohnheiten be=
darf, und Vermögen aufzuhäufen, um mit demselben
das glänzende Fortbestehen eines bestimmten Geschlechtes
oder, wie in unserem Falle, vielleicht nur das Fort=
bestehen eines bestimmten Namens, und für den Haupt=
träger dieses Namens, die Aufrechterhaltung eines Vor=
urtheiles zu verewigen, welches die Freiheit seines
Handelns beschränkt, dazu bin ich nicht Aristokrat genug.
Vielleicht bin ich auch sogar dazu noch zu selbstsüchtig
gewesen."

Er hielt eine Weile inne, Konradine schwieg.
Es war das erstemal, daß Emanuel sich so offen und
weitläufig über sich selber ausließ, und sie hütete sich
um so sorglicher, ihn zu unterbrechen, als sie es einst
selbst erfahren hatte, wie wohlthuend es unter Ver=
hältnissen sein kann, einmal vor einem Theilnehmen=

den dasjenige auszusprechen, was man mit schmerz=
lichem Brüten lang in sich verschlossen hatte.

„Ich glaube, das lange Alleinsein hier auf Ihrer
Villa ist Ihnen nicht gut gewesen, lieber Freund,"
sagte sie endlich, um seine Mittheilungen wieder in
Fluß zu bringen. „Sie sind dadurch in sich ver=
sunken, und das hat für gewissenhafte Menschen im=
mer sein Bedenkliches. Man nimmt es in solcher
Selbstbetrachtung mit sich und seinen Schwächen dann
meist zu genau. Durch das Mikroskop betrachtet, hat
Jeder Etwas von einem Ungeheuer an sich. Muß doch
selbst unser Herrgott Gnade oft für Recht an uns
ergehen lassen, um uns aufnehmen zu können in
sein Reich."

„Sie scherzen, Konradine, das steht Ihnen sehr
wohl an," entgegnete er ihr, „und ich freue mich, daß
Sie dazu wieder fähig sind. Aber selbst auf die Ge=
fahr hin, Ihnen in Ihrer heutigen Stimmung schwer=
fällig zu scheinen, kann ich heut' nicht scherzen."

Sie fühlte den Fehler, den sie gemacht hatte,
lenkte sofort wieder ein, und Emanuel ließ sich das
gefallen. „Ich finde im Gegentheil," hub er danach
an, „daß Jeder von uns es nöthig hat, bisweilen mit
sich selber allein zu sein, um, wie die Schrift es nennt,
in sich zu gehen, und Abrechnung, mit sich zu halten.
Ich habe das gerade in den Tagen vor Ihrer Ankunft
zu thun Anlaß gehabt; und da ich mir auf die Weise
klarer in meiner eigentlichen Wesenheit geworden bin,
hoffe ich, fortan mein Leben zweckmäßiger zu gestalten
und zu nützen."

„Und was hat Ihnen eben jetzt den Anlaß ge=
boten zu solcher Selbstbetrachtung?" fragte sie.

„Die Nachricht, welche ich zuerst durch Sie erhalten
habe und die sich mir nachher als eine richtige be=
stätigt hat!" sagte er, und machte eine neue Pause.
Dann, als wünsche er darüber keine weitere Erörterung,
fuhr er fort: „Auch eine Erwägung, die meine
Schwester mir vorgehalten, hat mich zu Betrachtungen
veranlaßt, welche Einfluß auf die Gestaltung meiner
Zukunft haben werden. Ich habe bisher mich für un=
selbstisch gehalten, weil ich keinen besonderen Werth
auf Geld und Gut gelegt, weil ich keine Neigung ver=
spürt habe, den Besitz des Majorates anzutreten, statt
mir zu sagen, daß eben darin meine Lust an hin=
träumendem, müßigem Selbstgenügen sich am ent=
schiedensten kundgegeben hat. Der Besitz hat aber
nicht nur Bedeutung durch das, was er für unsere
eigene Befriedigung möglich macht, sondern auch durch
jenes Andere, was wir mit demselben für Andere,
für Einzelne oder Viele leisten können; und ich habe
in dieser Nacht, die mir in mannigfachem Sinnen
hingegangen ist, den Vorsatz gefaßt, wenn — wie es
leider in naher Zeit vorauszusetzen ist — die Majorats=
güter an mich fallen, sie nicht an den Sohn meiner
Schwester abzutreten, sondern hinzugehen, ihre Ver=
waltung zu übernehmen, auf ihnen und an ihren
Eingesessenen zu fördern, was der Förderung bedürftig
ist, und somit zu versuchen, ob ich nicht im Leisten
und Schaffen die Zeit einbringen kann, die ich in

müßiger Sehnsucht nach einem für mich nicht zu erreichenden Glücke habe an mir vorübergehen lassen."

Konradine hatte nicht erwartet, daß seine Gedanken und Entschlüsse eben diese Wendung nehmen könnten, aber sie vermochte sich zu erklären, wie er auf diesen Weg gekommen war, und die schlichte ernste Redlichkeit, mit welcher er sich selbst beurtheilte, flößte ihr eine erneute Achtung vor ihm ein. Es war darin Nichts von jener selbstgefälligen Reue, die sich schönrednerisch kundgiebt, um sich mit der Versicherung trösten zu lassen, daß sie gar Nichts zu bereuen habe, sondern daß sie sich bewundern und fremder Bewunderung sicher sein dürfe. Es war die einfache Erkenntniß eines begangenen Fehlers und der Vorsatz, ihn durch eine richtigere Handlungsweise auszugleichen. Dagegen war kein beschönigender Einspruch zu erheben, und Konradine dachte an einen solchen umsoweniger, als die Absichten Emanuel's auf das Beste mit den Wünschen der Gräfin zusammenstimmten. Nur ein Bedenken hegte sie, und dieses bezog sich auf die Gesundheit des Barons. Sie meinte, daß er dem nordischen Winter auf die Dauer nicht würde widerstehen können.

Emanuel ließ das nicht gelten. „Sie haben es ja erlebt, wie gut ich ihn ertrug, als Sie mir dort erschienen," sagte er. „Meine Gesundheit ist seit Jahren fest genug und wird immer besser, je weniger ich Rücksicht auf sie nehme. Was ich ertragen konnte, weil Liebe und Sorge für ein bestimmtes Wesen mich achtlos auf mich selber machten, das werde ich ebenso ertragen können, wenn die Zuneigung und die Sorge

für eine ganze Gemeinschaft mich an den Norden
fesseln. Wenn ich auch der Jugend und der Schön=
heit auf die Dauer nicht eben liebenswerth erscheinen
kann, so meine ich, es solle mir gelingen, mir da oben
unter den Leuten, die uns lange kennen, lange lieben,
eine dauernde Zuneigung zu verdienen. — Im Grunde
sind wir ja Alle, Jeder nach seiner Weise auf Ent=
sagung angewiesen; und Sie selber lehren mich,
wie man in derselben wachsen und sich erheben kann.
Will des Frühlingstages schöne Sonne uns nicht
leuchten und erwärmen, so muß ein tüchtiges Reisig=
feuer uns am Abend schadlos halten. Und auch das
kann schön sein, kann zum Glücke werden," fügte er
hinzu, „wenn Freunde wie Sie es nicht verschmähen,
sich bisweilen an unseren Heerd zu setzen und sich
mit uns an seiner Gluth zu freuen."

Er hielt bei den Worten Konradinen seine Rechte
hin, sie schlug herzlich ein, sie schüttelten einander die
Hände recht als Freunde, und Konradine meinte die
ursprüngliche Schönheit seines Antlitzes nie so klar
erkannt zu haben als in dem Augenblicke, da ein
schwermüthiges Lächeln sanft über seine Züge glitt.

Hulda's erwähnte er mit keiner Sylbe weiter,
auch die Frauen vermieden es. Aber sie bemerkten
Beide, daß er einen Ring, von dem alten Familien=
ringe nur durch die bedeutungsvolle Farbe des Steines
unterschieden, an seiner Hand trug, und sie wußten
sich zu sagen, was ihm dieser Ring bedeute.

———

## Sechszehntes Capitel.

Man hatte den Greis zur Ruhe bestattet. Die Kirchenglocken, die ihm so oft das Herz erhoben, wenn sie ihn gerufen, des Herrn Wort vor der Gemeinde zu verkünden, tönten noch durch die Luft und gaben ihm das letzte irdische Geleite. Der Todtengräber schüttete die Erde über den schlichten Sarg, der Küster und die Schuljugend, die Frauen und die Männer aus dem Dorfe gingen schweigend von dem Kirchhofe heim, und wo Zwei bei einander waren, sprachen sie von ihrem seligen Herrn Pastor, der ihnen ein getreuer Hirt und Führer, ein treuer Berather und Seelsorger gewesen war, durch all' die langen Jahre und in mancher schweren Zeit. Es tröstete sie aber Alle, daß er doch in seinem Bette gestorben war, daß er ein schönes christliches Begräbniß bekommen habe, und nicht so elend umgekommen und zu Grunde gegangen sei wie die arme selige Frau Pastorin. Nun war Pastor's Hulda ganz allein.

Im Pfarrhause standen die Fenster in der Kammer offen. Das Zimmer, die Flur und die Schwelle, bis hinaus durch das Gärtchen und hin bis an das Kirchhofsgitter, hatte man den Weg mit Sand und mit gehacktem Tannengrün bestreut. In der Wohnstube saß der Amtmann auf dem Sopha und sprach gedämpften Tones mit dem Pfarr=Adjunkten, der noch den Talar anhatte.

Mamsell Ulrike, die gleich herübergekommen war, als man im Amte die Todesnachricht erhalten, und die in der Pfarre geblieben war, weil man doch das Mädchen mit dem jungen Manne nicht allein dort lassen konnte, Mamsell Ulrike hantierte mit Hilfe der Küsterin eifrig in der Kammer umher, aus welcher man den Greis hinweggetragen hatte. Sie war nun schon drei ganze Tage von ihrer Wirthschaft fort und mußte sorgen, daß man hier bald fertig ward, denn noch lange vom Hause wegzubleiben, hatte sie nicht Zeit.

Hulda hörte nicht, was der Amtmann und der Adjunkt besprachen, sie bemerkte es auch nicht, wie und was Ulrike in der Kammer schaffte. Sie stand am Fenster und sah hinüber nach der Stelle, an der sie ihren Vater eingesenkt hatten. So hatten sie einst dagestanden, der Vater und die Mutter und auch sie, als die Kunde von dem Tod des Grafen in das Dorf gekommen war, und damals war es gewesen, daß sie zuerst der Nothwendigkeit gedacht hatte, einmal erleben zu müssen, was sie heute erlebte.

„Unser Leben fährt dahin wie ein Traum und wie ein Rauch!" hatte der Vater damals ausgerufen, und schöne, erhebende Worte hatte er daran geknüpft. Sie erinnerte sich ihrer wohl. Er war schon damals matt und schwach gewesen. Sie wußte es noch ganz genau, wie die Mutter ihn ängstlich angesehen, wie sie sie dann an ihre Brust gedrückt, und wie die Vorstellung sie darauf ergriffen hatte, daß sie einmal mit der Mutter werde von dem Hause scheiden müssen, sich eine neue Heimat aufzusuchen. — Mit der Mutter! — Und jetzt war sie allein, ganz verlassen und allein — verlassen auch von ihm!

„Wenn er es wüßte!" rief es in ihrem Herzen und laut aufweinend wider ihren Willen, sank sie auf den Stuhl am Fenster nieder und verbarg ihr Antlitz in den Händen.

Dem Amtmanne ging es nahe, wie er das sah und hörte. Es war ihm überhaupt sehr weich um's Herz, und der schwarze Anzug, den er nur bei großen Gelegenheiten trug und der ihm schon seit langen Jahren viel zu eng geworden war, machte sein gerührtes Unbehagen noch weit ärger.

„Nimm Dich zusammen, Kind," rief er Hulda freundlich zu, „komm' her, genieße Etwas, es hilft ja Nichts, in das Grab kannst Du Dich doch nicht legen, und es blos zu denken ist eine Sünde! Sieh nicht dort hinüber, komm' her! Ich bin hier und der Herr Adjunkt ist hier; und er und ich, wir meinen es gut mit Dir! Komm' her, mein Kind!

„Ich fühl' das ja, lieber Onkel, und ich dank' es Ihnen! Und auch Ihnen danke ich für alle die Güte, die Sie mir erwiesen haben, und — für die

Thränen," fügte sie hinzu, indem sie dem Adjunktus ihre Hand gab, „die Sie auf meines lieben Vaters Grab geweint haben. Die werd' ich Ihnen nicht vergessen!"

„War er mir denn nicht ein Vater? Waren wir denn nicht verbunden durch die Liebe, die wir für ihn hegten, durch die Sorge, die wir um ihn trugen?" sagte der Adjunkt. „Ach, es wird auch für mich sehr einsam sein hier in dem Hause, und sehr traurig, wenn Sie von hier gehen!"

Sie sah ihn an, sein ernstes Auge sprach noch mehr als zu sagen diese Stunde zuließ; und scheu und schüchtern zog sie ihre Hand zurück, während Ulrike, welche die letzten Worte auch vernommen hatte, aus der Kammer in das Zimmer trat.

„Es ist Rath für Alles! Es wird auch für Sie schon Rath sein, Herr Adjunktus," meinte Ulrike und sah mit ihren scharfen Augen um sich her, als könne sie auch mit den Augen noch in aller Eile Etwas schaffen oder thun. „Aber die Hauptsache ist," fuhr sie fort, „daß die Hulda von hier forkommt, und daß ich in meine Wirthschaft komme, in der viel nachzuholen ist und wo sie mit Hand anlegen kann. Das wird ihr gut thun, ganz gewiß; das thut Jedem gut, denn leben hilft leben! Und wenn sie nur erst eine Nacht in ihrer alten Stube bei uns geschlafen haben wird, so können wir ja ab und zu auch hier wieder nachsehen kommen, und dann wird es sich ja später finden, wie es mit ihr wird und wo sie hin soll."

Sie hatte das auf ihre Weise gut gemeint und sich alle die Tage hindurch auch gutwillig gezeigt, denn große Unglücksfälle hatten auf sie immer eine erhebende und für den Augenblick auch ihre Gesinnung reinigende Wirkung, nur daß die Erhebung und Veredlung nicht eben lange währten und daß selbst ihrer Milde noch immer genug Schärfe und Herbigkeit innewohnten, um die Schmerzesäußerung zurückzudrängen und die Thränen gefrieren und versiegen zu machen, die zu stillen sie gekommen, und die zu trocknen ihr nicht gegeben war. Aber sie wußte sich damit Etwas und rühmte es von sich, daß man in ihrer Gegenwart sich auf das Weinen und Klagen nicht verlege, weil sie herzhaft sei und kräftig, und also die Menschen auch gleich auf herzhafte und kräftige Gedanken bringe.

Hulda hatte schon am Abende vorher das für sie Nöthige zusammenpacken müssen. Die Trauerkleider, die sie nach der Mutter Tod getragen, waren noch zur Hand gewesen, und mehr bedurfte sie ja für das Erste nicht. Des Amtmanns Wagen stand und wartete, die Pferde wurden ungeduldig. Mamsell Ulrike hing sich das schwarze Tuch um, welches sie immer umlegte, wenn sie zu Leichen fuhr. Der Amtmann war auch aufgestanden, Hulda's kleines Köfferchen hatte der Christian hinten fest auf dem Wagen aufgeknebelt.

„Nun können wir wohl fort!" sagte der Amtmann, indem er seine Uhr herauszog.

Hulda setzte ihren Hut auf und nahm das Körbchen in die Hand, in das sie noch die letzten Stücke eingepackt hatte. Ulrike ging an den Tisch, auf dem die Kuchen und der Wein standen, die sie aus dem Amte zum Begräbniß hatte kommen lassen und sah, wie viel davon noch übrig war. „Verschließen Sie das doch, Herr Adjunktus!" rieth sie, „auch den Kaffee und den Zucker. Im Uebrigen wird die Frau Küsterin schon für Sie sorgen, ich hab' ihr Alles übergeben und angewiesen; und wenn Sie dazwischen herüberkommen wollen, das Wetter ist ja noch immer schön, so kommen Sie nur. Ein Platz am Tisch ist immer da."

Der Adjunkt dankte ihr, aber seine Seele war nicht dabei. Er allein ermaß, was in dem armen Mädchen vorging. Auch er hatte einen Verlust erlitten in dem Greise, dessen milde, menschenfreundliche Gesinnung dem jüngeren Amtsgenossen aufklärend und erziehend zu Hilfe gekommen war, dessen schlichte, tiefe Frömmigkeit ihn aus den Fesseln einer überstrengen Kirchlichkeit zu befreien und ihn dem Leben in werkthätiger Duldung zuzuwenden begonnen hatte; und auch er erlebte ein Scheiden in dieser Stunde, das ihm durch das Herz schnitt. Er war es so gewohnt, Hulda zu sehen, auf ihr Gehen und Kommen im Hause zu achten, wenn er in seinem Erkerstübchen saß; ihre Stimme zu hören, wenn er in das Zimmer zu ebener Erde eintrat. Nun sollte er das entbehren! Nun sollte er sie gehen lassen und nicht wissen, ob sie wiederkehren, zu ihm wiederkehren würde, um nicht wieder von ihm fortzugehen? Er stand neben ihr und sah sie an, und folgte ihrem schwermüthigen Blicke, der sich im Scheiden zögernd noch an jeden Platz, an jede Ecke und an jedes Möbel heftete.

"Sie werden es ja nicht vergessen!" sagte er endlich.

"Wie könnte ich?" gab sie ihm zur Antwort.

"Vergessen Sie auch mich nicht," bat er. "Denken Sie bisweilen meiner, ich werde hier für Alles sorgen!"

"Sie kommen auch wohl bald in das Amt hinüber!" entgegnete sie ihm, und er hörte an ihrem Tone, daß sie darauf hoffte. Er war ja der Einzige, mit dem sie von dem Vater reden konnte, wie es ihr um das Herz war. Er und er allein hatte mit ihr die Sorge um den Greis getheilt, seit sie wieder in dem Pfarrhause weilten, und er allein wußte auch, daß für sie nun Alles aus und zu Ende war, seit sie den Ring zurückgesendet hatte. Sie reichten einander und drückten einander die Hände. Ulrike saß schon fest in ihrem Wagen, der Amtmann stand an dem Schlage. Der Adjunkt geleitete das von ihm geliebte Mädchen still hinaus und half ihm einsteigen, denn die Augen Hulda's schwammen in Thränen.

Christian, der auf dem Bocke saß, merkte davon Nichts. Er schwang die Peitsche in dem unvergleichlichen, weithin schallenden Doppelschlag, an dem ihn in der ganzen Gegend Jedermann erkannte, die Braunen zogen lustig an, weil es endlich nun nach Hause ging. Die Küsterin und die Magd weinten ihre bitteren Thränen. Im Dorfe traten die Leute unter die Thüre. Es trocknete sich Mancher still die Augen ab.

Sie grüßten von rechts und grüßten von links, sagen that Keiner Etwas.

Der Adjunkt konnte es nicht mit ansehen, daß sie von dannen fuhr. Er ging in das Haus zurück und in sein Erkerstübchen. Da hatte er sie nie gesehen, da konnte er verweilen ohne sie. Er setzte sich hin und sah auf das Meer hinaus und überdachte, was er hier erlebt hatte. Und wie er saß und sann, da fühlte er plötzlich, daß seine Gedanken wieder bei ihr waren, und mit Sehnsucht vorwärts blickend, rief er: „Möge ihr Eingang einst gesegnet sein, wenn der Herr, der mir gnädig gewesen ist bis auf diese Stunde, ihr Herz also lenkt, daß sie wiederkehrt in dieses liebe Haus!"

Er blieb den ganzen Abend still bei seinen Büchern sitzen, und war zufrieden, daß ihn Niemand störte, daß er traurig sein durfte nach Herzenslust.

## Siebenzehntes Capitel.

———

Das Stübchen, welches Hulda in dem Amte innegehabt hatte, ehe man sie zu Miß Kenney hinübergenommen, ward wieder für sie aufgethan; man schaffte ihre Sachen schnell hinein. Sie sollte sich nur Alles gleich zurechte machen, sagte die Mamsell, danach solle sie dann zu ihr kommen, und sie wollten weiter zusehen.

Das Einrichten war bald besorgt. Sie war leicht damit fertig, denn sie war so unglücklich, daß sie auf ihr äußeres Behagen keinen Werth legte und Nichts empfand, als daß sie eben lebte und leben mußte. Dazu hatte Hulda seit der Mutter Tod allein ihr Haus versorgt, und weil sie in diesem Augenblicke keinen eigenen Wunsch und kein Verlangen hatte, war ihr jede Arbeit recht und lieb, welche ihr dazu verhalf, an jedem Tage die Stunden desselben zu überwinden.

Mamsell Ulrike sah das gern. Sie fand, daß dem Mädchen die Arbeit jetzt ganz anders als vordem von Händen gehe, nur daß Hulda gar so still war, das gefiel ihr nicht und gefiel ihr mit jedem neuen Tage weniger. Sie mochte nun einmal keine Menschen um sich haben, die nicht bei ihrer Arbeit redeten, sie mißtraute Denen sogar ein= für allemal, die so schweigend und in sich versunken herumgehen konnten, denn sie wußte das aus eigener Erfahrung: gute, offenherzige Menschen haben immer das Herz auf ihrer Zunge so wie sie. Was hatte Hulda denn auch zu verschweigen? Daß sie traurig war, das sah man, das konnte sie auch einem Jeden sagen. Sie war indessen, wer weiß wie lang, auf ihres Vaters Ende vorbereitet gewesen, und es war ein großes Glück zu nennen, daß er endlich noch entschlafen war, ehe sein Augenlicht ihn ganz verlassen hatte. Um den Baron konnte sie sich jetzt doch auch nicht mehr so härmen, da er sie vergessen hatte und auf dem Punkte stand, sich eine Frau zu nehmen, wie sie ihm gebührte. Hulda konnte es jetzt ja deutlich sehen, daß es ihm nie Ernst gewesen war mit ihr. Wenn sie sich aber etwa Hoffnungen auf den Herrn Adjunktus machen sollte, so war das wieder einzig ihre Schuld. Der Adjunktus konnte doch unmöglich daran denken, sie, über die hierorts und rundherum soviel geredet worden war, zur Frau zu nehmen. Das lag ja Alles auf der Hand, das mußte Jeder sehen, wie Mamsell Ulrike meinte. Und weil sie, wie sie gleichfalls meinte, ein ganz redliches Gemüth war, ohne Falsch und ohne Hinterlist, so brauchte sie auch kein Blatt vor ihren Mund zu nehmen, und durfte unumwunden sagen, was sie dachte.

Kein Tag verging deshalb, an welchem sie das Hulda nicht erklärte. Sie waren niemals bei einander, ohne daß die Mamsell ihr vorhielt, wie es nun genug des Trauerns wäre, und wie sie sich tapfer aus dem Sinne schlagen müsse, was nicht zu ändern sei. Ein trauriges Gesicht und einen stummen Menschen um sich und neben sich zu haben, das gehe ihr gegen die Natur. Vorwärts! das sei die richtige Parole für Alt und Jung, für Mann und Weib. Vorwärts mit Courage! damit komme man auch vorwärts.

„Vorwärts! — Vorwärts!" Hulda hörte das in einemfort, es war zuletzt das Einzige, was sie von Ulrikens Reden hörte, was sie sich selber sagte und als Nothwendigkeit erkannte. Denn dauernd in der quälerischen Nähe der ihr abgeneigten und rastlosen Mamsell zu bleiben, daran konnte sie ebensowenig denken, als an eine Ehe mit dem Pfarr-Adjunkten, wenn ihr dieser seine Hand antragen sollte. Ihr Herz und ihr Gewissen lehnten sich gleichmäßig dagegen auf.

„Aber was denn sonst?" fragte sie sich oftmals. Was thun? Was beginnen in der Welt, die ihr so fremd und eben deshalb so trostlos leer und weit erschien.

Sie ging in mancher nächtlichen Stunde, die sie bang durchwachte, alle ihre Möglichkeiten durch. Sie hatte mancherlei Kenntnisse erworben; der Vater sowohl als Miß Kenney hatten ihr oftmals wiederholt, daß sie im Stande sei, als Lehrerin in guten Familien ihren Platz mit Ehren auszufüllen. Aber solch eine Stellung fand sich ja nicht gleich, und — darüber hatte sie sich auf die Länge nicht verblenden können —

hier in ihrer Heimat stand ihr ein Vorurtheil im Wege, dem sie nicht entgegenzutreten wußte. Man hatte sie verdächtigt, ihr guter Name war angegriffen, und wenn ihr Bewußtsein sie auch freisprach, sie hatte in den letzten Jahren durch die lächelnden Mienen, durch die thörichten Fragen und die unvernünftigen Anspielungen der wenigen Frauenzimmer, mit denen sie zusammengekommen war, schon genug gelitten. Sie ahnte es seit lange, daß Ulrike ganz allein diese Zweifel an ihrer Sittlichkeit erregt haben konnte, und sie mochte nicht in einer Umgebung bleiben, in welcher sie sich gegen ein heimliches Uebelwollen unabweislich zu vertheidigen hatte. Aber wohin? an wen sich wenden? von wem den Rath begehren, den Beistand fordern, deren sie so sehr benöthigt war. Sie stand immer wieder vor derselben bangen Frage.

Sie dachte daran, daß die Gräfin es zu verschiedenenmalen den verstorbenen Eltern zugesagt hatte, sich ihrer anzunehmen. Die Gräfin hatte es auch dem Amtmann, als dieser ihr des Pfarrers Tod gemeldet, ausdrücklich wiederholt, daß sie ihre Hand von Hulda nicht abzuziehen denke, daß dieselbe ihre Wünsche nur auszusprechen habe, und daß sie gerne bereit sei, sich für sie um ein Unterkommen zu bemühen, wenn Hulda vielleicht die verständige Absicht hegen sollte, im Auslande als Gouvernante sich eine Stellung zu erwerben. Aber in des armen Mädchens Seele erweckte dieses Anerbieten Nichts als einen Mißton. Denn eben von der Gräfin irgend einen Beistand zu begehren, dazu hätte sie in der größten Noth sich kaum entschlossen.

Sie wußte, was die Gräfin damit meinte, wenn sie sie auf das Ausland hin verwies, und doch durfte man sich, wie Hulda meinte, wohl darauf verlassen, daß sie Ehrgefühl genug besaß, sich von dem Manne fern zu halten, der ihr zu begegnen nicht mehr wünschen konnte. Sie hatte ihm ja unaufgefordert das Liebespfand zurückgesendet, mit dem er sich ihr einstmals anverlobt.

Sie kannte sich oft selbst nicht wieder, wenn sie in ihrer Einsamkeit mit sich zu Rathe ging. Sie wußte nicht, weshalb sie nicht mehr zu vertrauen, nicht mehr mit so gutem Glauben um sich her zu blicken vermochte. Sie erschrak vor sich selbst, wenn sie gewahrte, wie scheu sie geworden war, seit ihres Vaters Haus und Ansehen sie nicht mehr beschützten. Sie erschien sich hier unter den Menschen, neben denen sie herangewachsen war, wie verlassen, wie fremd und ausgestoßen; und während diese Gefühle sie ängstigten und quälten, kam es ihr wie die einzige Rettung vor, von hier fortzugehen, an einen anderen Ort, an welchem sie zwar noch fremder, noch verlassener sein mußte, aber an dem sie nicht wie hier, immer nur an sich zu denken hatte, immer nur das Gleiche sah und hörte, immer wieder in sich selbst zurückgewiesen ward. Glück, das gab es für sie nirgends. Was also konnte sie für sich begehren, als ihr Unglück und womöglich Alles zu vergessen, was ihr Herz bedrückte, ihren Sinn verdüsterte. Aber — wohin? Und was beginnen und wem sich anvertrauen?

Der Fürst und die Fürstin hatten sich ihr im Schlosse vorzugsweise geneigt erwiesen. Clarisse war überhaupt ihr Ideal. In den wenigen glücklichen Tagen, welche nach Hulda's Krankheit bis zu der Abreise des Barons vergangen waren, hatte die Genesende sich der Hoffnung hingegeben, die junge Fürstin werde nicht, wie die Gräfin, sich ihrer Verbindung mit Emanuel entgegenstellen, sie werde ihr es gönnen, von ihm geliebt zu werden, sie werde ihr helfen, sich auf dem Platze zu behaupten, auf den er sie zu stellen dachte. Ihr Vertrauen in Clarissen's Herzensgüte war sehr groß. Erfahren mußte die Fürstin es jetzt durch ihre Mutter ohne Frage haben, daß der Pfarrer hingegangen war, und doch hatte sie Hulda kein Zeichen ihrer Theilnahme gegönnt. Freilich, der Fürstin Leben war so bewegt und reich. Es gingen in dem beständigen Wechsel ihres Aufenthaltes so viele Menschen rasch an ihr vorüber, und sie war so glücklich. Sie konnte es ja nicht ermessen, welch ein Segen dem Einsamen, der sich verlassen fühlt, ein Wort des Trostes werden könne. Sie mochte der armen Pfarrerstochter vielleicht vergessen haben, sie konnte auch, wie so mancher Andere, irre an ihr geworden sein, wenn Etwas von den verdächtigenden Gerüchten zu ihr gedrungen war, welche der gewissenlose Michael im Schlosse verbreitet hatte; und von Clarisse zurückgewiesen, von der Schwelle fortgeschickt zu werden, die sie einst als Angehörige des Hauses frohen Herzens zu betreten gehofft hatte, vor dieser bitteren Möglichkeit wollte sie sich wenigstens bewahren.

Wie sie nun immer länger auf diesen Vorstellungen verweilte, traten alle die kleinen Kränkungen, welche sie in den beiden letzten Jahren von ihren wenigen Bekannten erfahren hatte, in ihrer Erinnerung schärfer und deutlicher hervor, und jene Verzagtheit, welche fast noch schlimmer ist als das Unglück selbst, bemächtigte sich ihrer. Sie fing an, sich ihres Unglückes zu schämen. Sie schämte sich endlich sogar ihrer Liebe und der Hoffnungen, welche sie dereinst auf sie gebaut hatte. Sie konnte es nicht aushalten, wenn man sie ansah, weil sie meinte, man wolle sich überzeugen, wie sie sich in die Zerstörung aller ihrer Lebensaussichten zu schicken wisse. Sie mochte dem Adjunkten nicht mehr begegnen, so dankbar sie sich ihm verpflichtet fühlte, denn sie konnte ihm nicht lohnen, wie er es wünschte. Kurz Alles, was sie sah und hörte und was sie hier umgab, ward ihr zur Pein, und das Verlangen, zu vergessen und vergessen zu werden, und an einen Ort zu kommen, an dem Niemand von ihr wußte, wurde immer überwältigender in ihr.

Darüber schwanden die Wochen hin und im Amte fing es an, recht lustig herzugehen. Da die Herrschaften wieder fort waren, hielt der Amtmann mit den Gutsbesitzern und den Freunden aus der Nachbarschaft die großen Jagden ab; nach einer Ernte, wie man sie in diesem Jahre hierzulande gehabt hatte, brauchte man nicht ängstlich zu berechnen, sondern konnte etwas daraufgehen lassen. Es gab der Gäste und der Arbeit viel im Hause, und es war eine Reihe

von Tagen hingegangen, ehe Hulda an den Amtmann
die Bitte richten konnte, er möge mit ihr einmal nach
dem Pfarrhause hinüberfahren, wo sie seit des Vaters
Tode nicht wieder hingekommen war.

Der Amtmann, der sie nach wie vor gern in seiner
Nähe hatte, war an dem Morgen besonders gut auf=
gelegt, und wie er denn überhaupt mit ihr zu scherzen
liebte, sagte er: "Hält es die Woche über nicht mehr
vor? Wir sind heut' erst am Donnerstag und Sonn=
tags war ja der Herr Adjunktus hier. Aber mir ist
es nicht zuwider. Fuhrwerk ist frei und ich hab' auch
eben Zeit." Damit stand er auf, um den Kutscher
herbeizuschaffen. Hulda trat ihm in den Weg.

"Onkel," sagte sie verlegen, "Sie wissen es wohl,
das habe ich nicht gemeint. Um den Adjunktus war
mir es nicht, aber alle meine Sachen sind noch in der
Pfarre."

"Und Du willst nach dem Deinen sehen! Das
ist recht, mein Schatz!" fiel der Amtmann ihr in das
Wort, "das wird dem Adjunktus wohl von Dir ge=
fallen."

"Ich dachte nicht an das Nachsehen, Onkel; ich
wollte mir nur von dort herüberholen, was ich für
die kalten Tage brauche, und vielleicht ein paar Bücher,
und den Nähtisch von der Mutter, wenn es sein kann,"
entgegnete sie ihm, um ihn abzulenken von dem Scherze,
der nicht nach ihrem Sinne war. Aber hinter diesem
Scherze verbarg sich bei dem treuen Freunde sein
voller, gutgemeinter Ernst, und ihr auf die Schulter
klopfend, sagte er: "Deine Kleider und Deinen Mantel

und die Bücher, Die wollen wir Dir holen, Schatz! Das Uebrige, das laß Du nur in Gottes Namen stehen. Das hat dagestanden alle die Jahre lang und wird mit Gottes Hilfe auch die kommenden Jahre dorten stehen, wenn ich es auch nicht in Abrede stellen will, daß ich und Du — denn Du hast ja jetzt Dein eigen Geld von Mamsell Kenney her — daß ich und Du nicht hie und da ein neues Stück, eine Wiege oder so Etwas, dazwischenstellen werden. Ihr kommt von Vaters Seite aus dem Hause her, und es ist gut und schön, daß sich auch wieder Einer zu Dir gefunden hat, dem das alte Haus in das Herz gewachsen ist, und neben dem Du dort sicher und in Frieden sitzen wirst Dein Lebenlang, wie Dein Vater und Deine Mutter dort gewaltet und gelebt haben bis an ihr selig Ende."

Er war, ohne ihr Zeit zu einer Antwort zu lassen, nach dem Fenster gegangen, um mit dem Eulenpfiff, den Jeder auf dem Gute kannte, das Zeichen zu geben, daß der Hofmann kommen sollte, dem es oblag, den Leuten die Befehle des Amtmanns zu übermitteln. Wie er aber das Fenster öffnen wollte, kam des Oberförsters Wagen in den Hof. Mamsell Ulrike rief nach Hulda; aus der Fahrt in das Pfarrhaus konnte heute nun Nichts werden, und dem Mädchen war das lieb und recht. Es mochte gar nicht daran denken.

Wie eine Last, unter der sie sich nicht regen konnte, wie eine schwere Angst waren des Amtmanns gutgemeinte Worte: „Dort wirst Du sitzen Dein Lebenlang" auf Hulda herniedergefallen. Alle die langen, bangen Tage, alle die schweren Stunden, die sie im Pfarrhause in den letzten Jahren zu durchleben gehabt hatte, hingen für ihr Empfinden über demselben wie der Deckstein eines Grabgewölbes, der sich nun auch über sie herniedersenken sollte. Die Aussicht, ihr ganzes Leben lang immer und immer an dem kleinen Fenster zu sitzen, an dem sie gesessen von früher Kindheit an, immer nur die Kirche vor Augen zu haben und den Kirchhof, und immer Nichts zu hören, als das Wogen und Rollen der Wellen und den schrillen Schrei der Möwe, die über die Ufer nach dem Meere eilt, das war ihr entsetzlich. Es schnürte ihr das Herz zusammen. Es war ihr, als gäbe es hier nicht mehr den Frühling und nicht den sommerlichen Sonnenschein, an dem sie sich doch sonst erfreut hatte. Die unbestimmte Sehnsucht, mit der sie schon in früher Kindheit dem Fluge der weit hinwandernden Vögel nachgesehen, bemächtigte sich ihrer mit neuer und stärkerer Gewalt. Es zog sie förmlich in die Ferne hinaus aus der Enge und der Bewegungslosigkeit, die sie hier in Fesseln schlagen sollten. Und das sollte das Glück sein, das größte Glück, auf welches zu rechnen für sie möglich war? Nimmermehr! Die Lebenslust und Lebensfülle in ihrem Innern empörten sich dagegen. Es stiegen ein Zorn, ein Trotz gegen ihr Schicksal in ihr auf, wie sie sie nie zuvor gefühlt hatte.

„Soll ich dazu jung und schön sein," dachte sie, und ihre Wangen erglühten vor Scham, wie sie sich Das eingestand, „dazu jung und schön sein, um hier in grauer, träger, freud= und hoffnungsloser Einsamkeit ein Dasein zu vertrauern? Und soll ich Liebe heucheln, einen braven Mann betrügen, einen Meineid schwören, um mir dies traurige Geschick erst zu erkaufen? — Nimmermehr!"

Sie wendete, ohne zu überlegen, was sie that, ihr Antlitz nach dem Spiegel hin, es strahlte ihr in dem hellen Scheine der Nachmittagssonne leuchtend aus demselben wider. Ihre blonden Flechten schimmerten wie Gold. „Ein Käthchen, wie es im Buche steht!" hatte der Theater-Direktor gesagt, als er sie bei Gabriele angetroffen hatte.

Sie wußte nicht, wie grade diese Worte ihr eben jetzt mitten in ihrer Traurigkeit in den Sinn kamen, aber sie klangen so deutlich in ihr wieder, als hätte ein Anderer sie in ihrer Nähe ausgesprochen, und Alles, was an jenem Morgen geschehen war, an welchem sie dieselben von des Direktors Mund vernommen, wurde mit einmal in ihr lebendig.

Sie sah Gabriele wieder vor sich auf der Bühne, in all ihrer Erhabenheit, getragen von der Bewunderung jenes Publikums, das mit athemloser Freude zu ihr emporblickte; sie war wieder bei ihr in dem traulichen Gemach, in welchem an dem kalten Wintermorgen die schönsten Blumen sie umgaben. Sie sah Briefe ankommen von hier und dort, sah wieder den Direktor mit einschmeichelnder Huldigung als Bittenden vor der selbstgewissen, heiteren Künstlerin erscheinen. Die prächtigen Kostüme, welche die Kammerfrau durch das Zimmer trug, die werthvollen Schmucksachen, die zierlichen Kleinigkeiten, die auf den Tischen umher=

gelegen hatten: sie erinnerte sich jedes einzelnen Stückes. Auch der Verhandlungen, welche zwischen dem Direk= tor und der Künstlerin gepflogen worden waren, ent= sann sie sich genau. Gleich damals hatten ihr die Hindeutung auf die Reisen, auf den Ortswechsel, die Gabrielen bevorstanden, das Herz vor Sehnsucht nach gleichem Glücke schlagen machen; und wie sie nun wie= der daran dachte, klang ihr des Amtmanns wohl= gemeintes: „Dort wirst Du sitzen Dein Lebenlang," immer in dem Pfarrhause, immer an derselben Stelle, wie der härteste Bann, der über eines Menschen Dasein ausgesprochen werden konnte, wie der böse Fluch einer feindlichen Fee, der das Leben= dige in Stein verwandelt und zur Unbeweglichkeit verdammt.

Wer aber zwang sie denn, sich solchem Fluche ohne Widerstand zu unterwerfen? Sie hatte ihrem Vater gehorsamt, so schwer ihr es angekommen war. Ihre Jugend, ihre Liebe, ihre Aussichten auf das er= sehnteste und neidenswertheste Glück hatte sie ihm still geopfert. Jahre des Schmerzes und der hoffnungslosen Trauer hatte sie durchlebt, von denen nur sie es wußte, wie schwer die einzelnen Stunden auf ihr gelastet und wie langsam sie ihr hingegangen waren. Jetzt hatte sie nicht Vater und nicht Mutter, jetzt hatte sie nicht die geringste Hoffnung mehr, dem geliebten Manne zu gehören. Sie war ganz allein, es lebte Niemand, gegen den sie Pflichten, der an sie Rechte hatte. Wes= halb sollte sie sich freiwillig in ein Schicksal fügen,

vor dem ihr graute wie vor einem langen, leidens=
vollen Sterben? Nimmermehr!

Gabriele war das einzige Menschenwesen, vor
dem sie von sich und ihrer Liebe frei gesprochen, weil
ihr warmes, verständnißvolles Auge ihr das Herz er=
schlossen, weil ihre Güte ihr dazu den Muth gemacht
hatte. Sie hatte kein Wort vergessen von Allem, was
die Künstlerin ihr damals ernst und wenig tröstend
zu bedenken gegeben hatte. Es war Alles gekommen,
wie die Welterfahrene es vorausgesehen. Hulda hatte
jetzt selber ihren Weg zu suchen, und wie zu einer
jener fernen Leuchten, zu denen der verirrte müde
Wanderer seine Blicke wendet, richteten Hulda's Ge=
danken sich auf die berühmte Frau.

Gabriele hatte ihr es ausdrücklich erlaubt, sich an
sie zu wenden, wenn sie jemals auf ihrem Lebenswege
sich ihres Rathes, ihres Beistandes bedürftig fühlen
sollte. Je länger, je fester sie sich die Vorgänge jenes
Morgens zu vergegenwärtigen strebte, um so unwider=
stehlicher setzte sich in ihr die Ueberzeugung fest, an
welchen Lebensweg die Künstlerin für sie gedacht, zu
welchem Zwecke sie ihr ihren Beistand angeboten
hatte.

Auf das Theater gehen! Schauspielerin werden!
— Es fuhr blendend und erschreckend wie ein jähes
Licht durch den Sinn der Pfarrerstochter, und doch
war ihr die Vorstellung nicht neu. Tag und Nacht
hatte dieselbe sie beschäftigt, als sie Gabriele gesehen,
und vollends, nachdem sie mit ihr den Romeo ge=
lesen, und den unvergeßlichen Morgen in ihrem Zim=

mer zugebracht hatte. Ohne daß sie es gewollt, hatte sie sich danach in den langen, einsamen Tagen im Pfarrhause es ausgemalt, wie es ihr sein würde, wenn sie dastünde vor den Augen eines ihr huldigenden Publikums. Mit heimlichem Wohlbehagen hatte sie sich der kleinen Erfolge erinnert, welche sie bei den gelegentlichen Darstellungen im Schlosse errungen, und oft genug waren ihr die Worte des Direktors eingefallen: „Auf das Theater führen alle Wege, wie nach Rom!"

Damals hatte der Direktor ihr mißfallen. Sein ganzes Behaben, die Dreistigkeit, mit welcher er ihr entgegentrat, hatten sie verletzt; indeß, das war im Grunde ihre Schuld gewesen und nicht die seine. Was hatte er ihr denn gethan? Ihre Aehnlichkeit mit Gabriele war ihm aufgefallen. Weil er sie bei Gabrielen fand, hatte er sie für eine junge Schauspielerin gehalten und sie darauf angesehen, welche Bedeutung und welchen Werth sie für die Bühne haben mochte. Er hatte ihr Aeußeres, auf das so viel ankam, examinirt, wie ihr Vater das geistige Vermögen der Kinder geprüft hatte, welche ihm zum Unterrichte im Christenthume zugeführt worden waren; und ihres Aeußeren, ihrer Mittel hatte sie sich nicht zu schämen. Sie trat unwillkürlich wieder vor den Spiegel hin, hob das Haupt stolz empor, und das Antlitz, das sie vor sich hatte, strahlte von einer siegreichen Selbstgewißheit.

Ihre Gedanken gingen mit raschem Fluge vorwärts, erhoben sich zu weitgesteckten, ruhmgekrönten Zielen, aber mit der Gewissenhaftigkeit, zu der sie er-

zogen worden war, zwang sie sich, in ihren verlocken=
den Träumen innezuhalten und, rückwärts blickend,
sich es vorzustellen, was jenen Aussichten und Plänen
entgegenstand, in denen sie sich mit freudiger Auf=
regung zu wiegen angefangen hatte.

Sie wußte es, wie die Frauen, denen es be=
schieden ist, in guten, wohlumfriedeten Familienver=
hältnissen ein ruhiges Dasein behaglich hinzubringen,
geneigt sind, über die dem allgemeinen Urtheile preis=
gegebene Bühnenkünstlerin mit hochmüthiger und kurz=
sichtiger Ungerechtigkeit zu urtheilen. Sie hatte gerade
in Bezug auf Gabriele Härten aussprechen hören, die
ihr empörend gewesen waren und gegen welche ihr
Vater Gabriele und die Künstlerinnen im Allgemeinen
in Schutz genommen hatte. Er war überhaupt keiner
von jenen engherzigen Eiferern gewesen, welche das
Theater verurtheilten; er hatte es vielmehr geliebt,
und hatte es als berechtigt anerkannt, daß Frauen sich
der Bühne widmen, um jene Meisterwerke darstellen
zu helfen, an deren Aufführung er sich noch erfreute,
als sein Augenlicht erlosch und nur seines Geistes Auge
noch klar und hell geblieben war.

Sie hatte an den beiden Abenden, an denen sie
Gabrielen spielen gesehen, lebhaft daran gedacht, mit
welch priesterlicher Freude es die herrliche Frau erfüllen
müsse, Tausenden von Menschen die Verkörperung und
die Vermittlerin der großen Dichterwerke zu sein. Sie
hatte sich oftmals im Geiste die ersten Worte des
Dialoges wiederholt, mit denen Gabriele in der Auf=
führung des „Tasso" auf die Bühne getreten war.

Jetzt zum erstenmale sprach sie dieselben mit lauter, voller Stimme vor dem Spiegel für sich selber aus, und wie der Klang ihr Ohr berührte, ergriff er sie mit einer fortreißenden Gewalt und erschütterte er ihr das eigene Herz.

„Ja! so dazustehen auf der hohen Bühne, die Blicke eines zustimmenden, bewundernden Publikums an sich zu fesseln, es zu empfinden, wie in Hunderten von Herzen das Schöne, das Erhabene, das die eigene Brust mit bebender Begeisterung erfüllte, wiederklang, das mußte ein Glück sein, über das man Alles ver= gessen konnte — Alles — auch verschmähte Liebe und gebrochene Treue. — Und wenn er dann dasäße unter den Hunderten, die ihr huldigten und Beifall klatschten, wenn er sich dann sagen müßte: „Und Du hast sie verschmäht und hast sie aufgegeben und vergessen, weil sie ihre Pflicht gegen ihren armen alten Vater höher geachtet als ihr eigenes, ach, so heiß ersehntes Glück — —"

Sie konnte nicht weiter, sie schlug die Hände vor das Gesicht, es wollte ihr das Herz brechen und sie mußte bitterlich weinen. Ihr Liebesleid, das ließ sich nicht vergessen!

Draußen fing es inzwischen allgemach still zu werden an. Der taktmäßige Schlag der Dreschflegel verstummte, und die Drescher gingen, mit den schweren Holzschuhen auf dem Pflaster des Hofes klappernd, noch an Hulda's Fenstern vorüber nach dem Dorfe. Drüben machten der Hofmann und der Schäfer die Thüren der Scheunen und der Ställe zu, die Eggen wurden zusammengestellt, die Wagen neben einander in gerader Linie aufrangirt. Am Brunnen scheuerten und spülten die Mägde die Gefäße, deren man in den Milchkammern bedurfte. Der Hofmann ging an ihnen vorüber, machte einen Scherz mit der Jüngsten und Derbsten unter ihnen, dann trat er in das Amt, die Schlüssel in der Schreibstube aufzuhängen. Oben über Hulda's Zimmer stimmte der Wirthschafter seine Flöte, um wieder eine der Melodien zu versuchen, die klar und rein herauszubringen ihm nun einmal nicht gelingen wollte. Das war einen Tag so wie den anderen! Und ein Menschenleben konnte doch lange Jahre währen und der Tage waren so viel in einem Jahre!

Sie lehnte hinträumend am Fenster. Drüben in dem Schlosse schimmerte nicht mehr der Kerzenschein wie in jenen glücklichen Tagen, die nicht wiederkehren konnten. Aber durch die kleinen Scheiben ihres Fensters leuchtete das erste Mondesviertel von dem hellen Himmel freundlich in ihr Stübchen, und ihm zur Seite schwamm der schöne Abendstern sanften Glanzes durch das leichte schimmernde Gewölk. Sie konnte ihre Augen nicht abwenden von den milden, tröstlichen Gestirnen.

„Die sind treu, die werden mit mir gehen!" sagte sie zu sich selbst; und wie über ihrem Haupte das schwebende Gewölk, so zogen in kaum merklichem Entstehen und Vergehen ihr traumhaft die Gedanken durch den Sinn, bis der schrille Ton von Mamsell Ulrikens Wirthschaftsglocke sie aufschreckte und an ihre Arbeit rief.

## Achtzehntes Capitel.

Der Oberförster hatte sich bereden lassen, die Nacht im Amte zuzubringen, weil ihn gerade Nichts nach Hause rief. Er war ein Mann noch in den besten Jahren, nicht weit in die Fünfziger hinein, war kinderlos und hatte vor einigen Monaten seine Frau verloren, so daß er froh war, wenn er aus dem leeren Hause fort war, in welchem die Frau ihm an allen Ecken und Enden fehlte. Er liebte eine gute Schüssel, ein gutes Glas, ein freundliches Gesicht; und wenn er diese drei Dinge vor sich hatte, ging ihm leicht das Herz auf.

Der Amtmann und die Mamsell sahen ihn Beide gern kommen. Er war überhaupt angesehen in der Provinz, und da er häufig unterwegs und bald in diesem, bald in jenem Hause war, wußte er immer Neues zu erzählen, und zwar von Dingen, von denen in der Zeitung und in dem Amtsblatte Nichts zu finden war. Er und der Amtmann waren gute Freunde von Alters her, er stand auch mit Mamsell Ulrike auf dem besten Fuße. Er nannte sie ein kluges, scharfsichtiges Frauenzimmer, und ihre Schrullen und Launen gingen ihn Nichts an, sie hielt sich auch vor ihm in Schranken.

Da er seit dem Tode seiner Frau öfter in das Amt gekommen war, wußte Hulda, was für ihn zu beschaffen war, und machte sich daran, es zu besorgen. Aber war es, daß die Mamsell heute eine andere Einrichtung im Sinne hatte oder hatte Hulda ihre Gedanken nicht genug beisammen, kurz, sie machte es Jener wieder einmal in keinem Punkte recht. Ulrike warf ihr vor, daß sie keine Art von Hilfe von ihr habe, daß sie Alles selbst bedenken, selber leisten müsse, und wenn sie erst einmal in das Schelten kam, war sie in ihrem Eifer nicht gewohnt, ihre Worte auf die Goldwage zu legen. Ihr Mißmuth und ihr Zorn mischten sich dann wie Hagel und Regen und fielen peinlich erkältend auf Jeden nieder, der in ihre Nähe kam.

Schon während des Abendessens hatte sie Hulda bald offen, bald versteckt getadelt, und Hulda hatte schweigend zu verbessern gesucht, was der Erzürnten nicht genehm gewesen war; als aber der Inspektor und die Wirthschafter sich entfernt hatten und die beiden Männer sich auf dem Sopha zu einander setzten, um die Früchte und das Backwerk zu verzehren, die den Nachtisch bildeten, und bei einer Bowle ihre Pfeife vor dem Schlafengehen zu rauchen, kam das Unwetter von Ulrikens übler Laune ganz zu seinem Ausbruche. Sie fand die Goldreinetten nicht blank genug geputzt, das Wasser kochte nicht genug, die Citronenpresse war

nicht sauber, der Tabakskasten und die Fidibus dem
Herrn Oberförster nicht zur Hand gestellt. Sie kam
aus dem Verweisen, aus dem verächtlichen Achsel=
zucken, aus dem verzweifelnden Kopfschütteln gar nicht
mehr heraus. Es machte den Amtmann endlich un=
geduldig.

„So gib Dich doch zufrieden und laß sie doch
in Frieden!" sagte er endlich und hieß Hulda sich mit
ihrer Arbeit an dem Tische niedersetzen. Auch der
Oberförster meinte, es sei ja Alles gut und recht,
„und", fügte er hinzu, „wenn Alles zu Allem kommt,
ist doch ein fröhliches Gesicht noch besser anzusehen,
als der allerschönste Apfel." Er erhob sich bei den
Worten, rückte für Hulda einen Stuhl heran, und
zwar an seiner Seite, und machte ihr auf dem Tische
Platz, damit sie ihr Nähkörbchen unterbringen könnte.
So aber hatte Ulrike es nicht gemeint.

„Bestärken Sie sie nur in diesem Glauben, Herr
Oberförster!" rief sie höhnisch, „nachher hat Unsereiner
es im Hause auszubaden. Unordnung läßt sich nicht
weglächeln, und freundliche Mienen und vornehme
Manieren helfen in der Wirthschaft nicht. Da muß
man auf den Kern sehen. — Ich muß doch wohl am
Besten wissen, was ich an ihr habe."

„Aber Schwester! Schwester!" zürnte der Amt=
mann, dem es verdrießlich war, daß sie sich in des
Gastes Beisein in ihrer üblen Weise gehen ließ. Hulda
erhob sich, um das Zimmer zu verlassen. Der Ober=
förster hielt sie bei der Hand zurück.

Er wußte von dem Amtmann, wie es Hulda mit dem Baron ergangen war, er kannte auch das unnütze Gerede, mit welchem man die Arme in der Umgegend verfolgte, und weil er sah, daß Hulda bei Mamsell Ulrike keine guten Tage hatte, war es ihm ein Bedürfniß ihr freundlich zu begegnen. Die gute Art, mit welcher sie ihre Obliegenheiten erfüllte, die Freundlichkeit, mit der sie dem im Amte geehrten Gaste stets entgegen kam, hatten ihm immer ein besonderes Vergnügen gemacht. Er fand dazu, wie die meisten älteren Männer, große Freude an der Jugend, und er hatte es Ulriken nie verborgen, daß er, ebenso wie ihr Bruder, viel von Hulda halte und die beste Meinung von dem Mädchen habe.

Als nun an dem Abende die Mamsell des Tadelns und des Scheltens gar kein Ende finden konnte, als selbst des Amtmanns Mahnung sie nicht zu beschwichtigen vermochte, meinte der Oberförster sie mit einem Scherze zur Vernunft bringen zu können.

„Tante Ulrike! Tante Ulrike!" warnte er, „sehen Sie sich vor! Heute dürfen Sie Mamsell Hulda nicht so schelten, denn heute hat sie doppelten Succurs!"

„Freilich!" entgegnete Ulrike spitz, „darauf verläßt sie sich ja auch!"

„Und daran thut sie wohl!" rief der Oberförster, immer noch im wohlgemuthen Scherze. Wenn es die Tante Ihnen einmal gar zu arg macht, Mamsell Hulda! so gehen Sie ihr davon und kommen Sie zu mir. Solch einen guten Hausgeist könnte ich just gebrauchen, und mir macht man es sehr leicht zu Dank!"

Das freundliche Wort des wackeren Mannes war dem Mädchen nach Ulrikens beleidigender Härte eine Wohlthat, und die schönen schwermüthigen Augen auf ihn richtend, sagte Hulda: "Man thut ja auch so herzlich gerne, was man kann!"

Der Amtmann, der vor seinem Freunde weder die Schwester bloßgeben, noch Hulda Unrecht thun lassen wollte, meinte: "Du solltest sie auch wohl vermissen, Schwester!"

"Ich?" fragte die Mamsell, in einem Tone und mit einer Miene, die bitterer und spöttischer nicht sein konnten.

Des Oberförsters gutes Herz empörte sich gegen diese Härte. Er konnte es nicht mit ansehen, daß man das Mädchen ohne Anlaß schlecht behandelte, und einem Einfalle, der ihm durch den Kopf schoß, rasch, ohne viel Bedenken Worte gebend, sagte er: "Ich habe es im vollen Ernste gemeint, Mamsell Hulda! Hier zu bleiben, das halten Sie auf die Länge ja nicht aus, und bei mir zu Hause brauche ich Jemanden. Kommen Sie zu mir!"

Ulrike traute ihren Ohren nicht. Daß man sich unterfangen wollte, ihrer Herrschsucht und ihrem Einfluß auf des Mädchens Schicksal so mit einemmale ein Ziel zu stecken, das schien ihr eine nicht zu ertragende Vermessenheit zu sein, und von ihrer zornigen Heftigkeit über jede Schicklichkeit und jede Rücksicht fortgerissen, rief sie: "Ja freilich, eine junge glatte Haushälterin, das ist so recht der Herren Geschmack!"

Der Amtmann fuhr hastig empor, aber der Oberförster trat gelassen zwischen ihn und seine Schwester, und obschon er bisher im entferntesten nicht daran gedacht hatte, nahm er Hulda's Hand in die seine und sagte: „Es steht in der Bibel geschrieben: sie gedachten es böse mit mir zu machen, und siehe da, sie haben es gut gemacht! So geht es Ihnen auch, Mamsell Ulrike! Es könnte ja noch Einer oder der Andere auf Gedanken wie die Ihren kommen, und ich meine es ja gut mit Ihnen, liebe Hulda!" — Er zog an dem Kragen seines grünen Uniformrockes und knöpfte den Haken auf. Das, was er zu sagen hatte, wollte ihm nicht gleich so kommen, wie er es wünschte. Er war ja kein junger Mann mehr, und sie konnte seine Tochter sein; aber heraus mußte es nun doch. Das Mädchen, wie es so dastand, that ihm leid und war ihm herzlich lieb. Endlich gab er sich den nöthigen Stoß. „Allein bleiben kann ich nicht und will ich nicht," sagte er, „das hab' ich mir von Anfang an gesagt. Ich brauche eine Frau für das Haus und auch für mich. Wollten Sie meine Frau werden, so sollte mir es lieb sein, und auf mein Wort, zu bereuen sollten Sie es nicht haben."

Er fuhr sich mit der Hand über das ganze Gesicht, um es nicht merken zu lassen, daß ihm die Augen feucht geworden waren; und weil Keiner der Anwesenden, ja er selber nicht, eine solche Erklärung vorausgesehen hatte, wußten sie im ersten Augenblicke sich sammt und sonders nicht zu fassen. Der Amtmann schlug, ohne zu sprechen, dem Freunde mit derbem Schlage auf die Schulter, als habe er an seinem männlich entschlossenen Vorgehen Freude. Ulrike war blaß geworden und preßte die ohnehin schmalen Lippen noch fester aufeinander, und Hulda, die im erschreckten Staunen die Hände wie die Jungfrau auf den Bildern der Verkündigung über die Brust gefaltet hatte, sagte mit gerührter Stimme leise Nichts weiter als: „Lieber Herr Oberförster!"

Indeß die drei Worte brachten doch wieder Leben in sie Alle, und der Oberförster, dem das schöne Mädchen nie so schön wie eben jetzt erschienen war, und dem sein Wohlgefallen an demselben das Herz rascher und wärmer schlagen machte, als er es seit lange gewohnt war, rief, Hulda nachsprechend: „Lieber Herr Oberförster! Lieber Herr Oberförster! Was will das sagen, Kind? Heißt das ja? Heißt das nein? Sag' es rund heraus!"

Hulda sah ihn an, wollte sprechen, schwieg aber dennoch und reichte ihm die Hand. Ihre Lippen bebten, man sah, sie rang einen schweren Kampf mit sich. Ulrikens Blicke hingen lauernd an jeder ihrer Mienen. Die bloße Vorstellung, daß sie Hulda, des Pfarrers Tochter, Simonenen's Tochter, als Frau des Oberförsters vor sich sehen, daß sie diesem Mädchen, wo immer sie es künftig treffen würde, in der Kirche oder bei Taufen und auf den Gütern in der Nachbarschaft, den Vortritt lassen solle, brachte sie ganz außer sich.

„Also ja?" rief der Oberförster, und schlang seine beiden kräftigen Hände um des Mädchens Rechte. Aber Hulda schüttelte leise das Haupt, und die Augen zu dem stattlichen Manne erhebend, sagte sie mit einer Stimme, deren Ton fester wurde, während sie sprach, und deren Wahrhaftigkeit etwas Ueberwältigendes hatte: „Ich fühle es ja, wie gut Sie sind; bis in das Herz geht es mir, wie gut Sie es mit mir meinen, und ich werde es Ihnen nie vergessen, aber ich kann nicht, ich kann es nicht, Herr Oberförster!"

„Natürlich nicht!" stieß Ulrike mit schlecht verhehlter Genugthuung hervor. „Es ist ja kein Baron!"

Der Oberförster hatte ihre Hand losgelassen. „Das thut mir leid für Sie und mich!" sagte er fest, aber man hörte es ihm an, daß er die rasch entstandene Hoffnung ungern schwinden sah und daß es ihm, dem älteren und angesehenen Manne, sehr empfindlich war, sich in seines Freundes und Ulrikens Beisein also abgewiesen und verschmäht zu sehen.

Der Amtmann fühlte ihm das nach. Er wollte begütigen, und da ihm das Anerbieten des Freundes in jedem Betrachte der Erwägung werth, ja, so weit es äußere Vortheile betraf, der Heirath mit dem künftigen Pastor noch vorziehbar erschien, denn der Oberförster hatte von Hause aus ein namhaftes Vermögen, sagte er: „Du hast sie überrascht, mein alter Freund! Sie konnte sich ja dessen nicht versehen. So Etwas will doch überlegt sein, gönne ihr nur Zeit!"

Der Oberförster schüttelte abwehrend das Haupt. „Nein!" entgegnete er, „laß es so gut sein. So Etwas muß man ohne viel Besinnen thun. Hätte sie zu mir den Zug und das Vertrauen gehabt, wie ich zu ihr, so wäre es gegangen; ohne das geht es nicht, denn ich bin alt und sie ist jung. Sie muß das selber fühlen, und" — Ulrikens boshaftes Wort hatte ihn getroffen und seine schlimme Wirkung nicht verfehlt — „vielleicht findet sich auch noch ein Besserer für sie." — Er wendete sich mit diesen Worten ab, sah nach der alten Steh=Uhr in der Ecke und meinte, es sei spät, und Zeit zu Bette zu gehen, denn morgen müsse er in aller Frühe fort.

Es war das freilich gegen die Abrede, indeß wie es nun gekommen war, konnte man ihn zum Bleiben nicht wohl überreden. Der Amtmann nahm den Leuchter, seinen Gast selbst nach seinem Zimmer zu geleiten, Ulrike nützte auf ihre Weise das Alleinsein mit dem Mädchen. Sie warf es Hulda vor, die ältesten Freunde des Hauses durch ihre Gefallsucht dem Hause zu entfremden; sie that und sprach, als wären der Antrag und die beabsichtigte Heirath durchaus nach ihrem Sinne gewesen. Sie fragte, worauf Hulda denn warte oder was sie von sich denke, und prägte es ihr mit schneidendem Spotte ein, wie sie nun wieder sich einen neuen Feind geschaffen habe, wie der Oberförster ihr das ganz gewiß gedenken werde. Jetzt dürfe sie nun vollends nicht mehr darauf rechnen, hier in dieser Gegend Aufnahme in einer auch nur halbwegs angesehenen Familie zu finden, und daß der

Amtmann sie jetzt nicht hier behalten könnte, wenn er es selbst wollte, das sei doch sonnenklar.

Hulda vertheidigte sich mit keinem Worte. Sie ging auf ihr Zimmer und schrieb die halbe Nacht. Dann steckte sie den Brief in die Ledertasche des Knechtes, die in der Schreibstube hing und die derselbe am Morgen mitzunehmen hatte, wenn er bei Tagesanbruch zum Wochenmarkte in den nächsten Flecken fuhr.

Wie sie sich dann niederlegen wollte, waren die Sterne und der Mond, die ihr am Abende so tröstlich gewesen waren, lange schon am Horizont niedergesunken, aber es waren dafür andere ihr ebenso vertraute Sternbilder emporgekommen, und sie sagte sich: „Die gehen seit aller Ewigkeit die ihnen von Gott bestimmte, immer gleiche Bahn, der Allweise wird auch mir die meine vorgezeichnet haben. Wenn die Antwort auf mein Schreiben ausfällt, wie ich es erwarte, so soll mir das ein Zeichen sein, daß ich auf dem rechten Wege bin, und ich will ihn dann, mein Ziel im Auge, in Gottes Namen freudigen Herzens gehen!"

## Neunzehntes Capitel.

Der Aufenthalt in der Villa ihres Bruders sagte der Gräfin mehr als früher zu. Seit dem Tode ihres Gatten hatte ihr Lebenskreis sich doch mehr verengt, sie kam allmälig auch in die Jahre, in denen das unruhige Gesellschaftstreiben der großen Welt ihren Reiz für sie zu verlieren begann, besonders weil sie dort nichts Wesentliches mehr zu suchen oder zu fördern hatte, denn ihr Ehrgeiz war immer mehr auf ihre Familien-Angelegenheiten als auf eine große persönliche Bedeutung gerichtet gewesen. Jetzt war Clarisse glänzend versorgt, ihres Sohnes Laufbahn auf dem besten Wege, und seine bevorstehende Heirath ihren Wünschen in jeder Beziehung entsprechend. Ihre eigenen Vermögens-Angelegenheiten befanden sich in bester Ordnung, sie hielt es sich also mit Wohlgefallen vor, daß sie jetzt keine zwingenden Verpflichtungen mehr habe und mit Behagen feiern dürfe. Indeß ihre nicht zur Beschaulichkeit geneigte Natur ward durch Nichts schneller und leichter ermüdet als eben durch die Ruhe; sie mußte, wenn sie dieselbe ertragen sollte, mindestens einen Plan haben, dessen Durchführung ihr nicht zweifellos erschien, der ihr das Gefühl des Beschäftigtseins, und sie damit in der Aussicht auf einen bevorstehenden Erfolg erhielt. Das Alles aber bot ihr diesmal das Beisammensein mit ihrem Bruder und mit Konradinen.

Sie fand in ihnen eine ihr in jedem Betrachte erfreuliche Gesellschaft, und der Wunsch, diese Beiden mit einander zu verbinden, hielt sie in einer ihr angenehmen Spannung. Er erheiterte sie oder gab ihr sorgend zu denken, je nachdem die Aussicht, ihn erfüllt zu sehen, ihr näherzurücken oder fernerzutreten schien.

Im Hinblicke auf diesen Zweck waren ihr die Mittheilungen, welche ihr der Amtmann über Hulda's Aussichten gemacht hatte, sehr angenehm gewesen, und sie hatte, da sie nach einem Uebereinkommen mit ihrem Sohne, die Verwaltung jener preußischen Familiengüter auch ferner in der Hand behielt, die Ernennung des Adjunkten zu dem Pfarramte unter den von ihm gewünschten Bedingungen sofort vollziehen wollen. Aber ihre Erfahrungen hatten sie zurückhaltend gemacht.

Sie kannte die Menschen ebensogut als Konradine; sie wußte, wie man sie behandeln müsse, sich ihres Dankes zu versichern, und war es deshalb nicht gewohnt, durch zu rasches Handeln und eiliges Gewähren ihre Gunstbezeigungen in den Augen Derjenigen herabzusetzen, denen sie zugute kommen sollten.

Der Adjunktus war in jedem Falle verpflichtet, sein Amt bis zu dem Ende des laufenden Halbjahres fortzuführen, und seine feste Berufung und Ernennung zu demselben gewannen bei seinen Heirathsplanen für ihn offenbar an Werth, wenn er sie einige Zeit lang für zweifelhaft gehalten und zu erwarten gehabt hatte.

Inzwischen mußte die Gräfin des Pfarrers Tochter, deren sich anzunehmen sie für ihre Pflicht erkannte, in des Amtmannes Hause wohl geborgen; dem Adjunktus ging in der Pfarre auch Nichts ab, und ihre Guts-Insassen waren nach des verstorbenen Pfarrers wie nach des Amtmannes Ansicht durch den Adjunktus wohl versorgt. Sie hatte deshalb, als sie ihrem Sohne, den seine bevorstehende Heirath in diesem Augenblicke ganz gefangen nahm, einmal von der Angelegenheit des Pfarr-Adjunktus geschrieben, scherzend hinzugefügt, sie wolle den jungen Leuten das süße Hangen und Bangen in schwebender Pein, nicht allzu sehr verkürzen, da ja für solche Leute thatsächlich mit dem Eintritte in die Ehe die Lebensmühe beginne und die Poesie in der Regel ihr Ende finde.

Der junge Graf hatte die Angelegenheit in seinem Antwortschreiben gar nicht der Erwähnung werth geachtet. Er war seit seiner Kindheit nicht in Preußen und auf dem Schlosse gewesen, des verstorbenen Pfarrers erinnerte er sich dunkel, von dessen Tochter hatte er nur gehört, daß sein Oheim nahe daran gewesen sei, eine Mißheirath mit ihr einzugehen, jedoch noch rechtzeitig davon zurückgekommen sei. Ihn kümmerte also das Schicksal dieses Mädchens ganz und gar nicht. Für die Besetzung des Amtes nach bestem

Ermessen zu entscheiden, war die Sache der Gräfin, und diese hatte keine Veranlassung, weder gegen Konradinen noch gegen den Baron, der Vorgänge auf den Gütern besonders zu gedenken. Kam man einmal zufällig auf den letzten Aufenthalt zu sprechen, den man im Schlosse gemacht hatte, so ging man wie auf Verabredung schnell darüber hinweg. Es hatte Jedes von den Dreien genug gelebt, um sich zu sagen, daß man nicht vorwärts schreiten könne, ohne immer und immer wieder einen Theil der Erinnerungen von sich abwerfen zu müssen, die uns niederbeugen und zurückhalten würden, wenn wir uns ihnen widerstandslos überließen; und vollends die Gräfin hielt es aufrecht, daß es ganz unmöglich sei, allen den Menschen gerecht zu werden, mit denen der Lebensweg den Einzelnen in Berührung bringe. Wie sie sich das Recht zuerkenne, Den und Jenen aufzugeben und zu vergessen, der seine Bedeutung für sie verloren habe, so fechte es sie ebenfalls keineswegs an, wenn ihr Gleiches widerfahre. Ja sie behauptete, es immer als ein Zeichen von Engherzigkeit und von Mangel an Entwicklungsfähigkeit betrachtet zu haben, wenn Menschen an einer sogenannten unglücklichen Liebe oder an den ersten Eindrücken und Verbindungen ihrer Jugend haften geblieben wären. Sich eines unveränderten Wesens, eines Gleichbleibens zu berühmen, heiße Nichts mehr und Nichts weniger, als sich für eine gering angelegte Natur erklären. Jedes Wachsen eines Organismus bedinge schon seine Veränderung; je reicher er aber sei, umsomehr sei er der Entwickelung und Wandlung fähig, und dieselbe sei ein Bedingniß seines Fortbestehens.

„Sie sprechen damit," sagte Konradine, „die Ueberzeugung meiner Mutter aus, nur daß diese die Sache in ihrer Weise ausdrückte, wenn sie behauptete, es gäbe gar keine Beharrlichkeit, und es könne keinen Menschen geben, der versprechen könne, sich selber oder einem Anderen treu zu bleiben. Deshalb sei der Eid der Treue, den zwei Menschen einander vor dem Altare leisteten, eine Vermessenheit und ein Frevel. Und wie sie denn in ihrer Lebhaftigkeit leicht weiterzugehen pflegte, als sie selber wollte, hat sie mit den Schilderungen aller der Ehen, die in gutem Glauben an ein bevorstehendes Glück geschlossen, dies Glück nicht gewährt, und zu Wortbruch und Untreue Veranlassung gegeben hatten, mir frühzeitig das Zutrauen zerstört, mit dem die Jugend eigentlich an das Leben, an die Menschen, an Glück und Liebe und an alles Gute und Bestehende glauben muß, um sich zu ihrem eigenen Heil und zu Anderer Freude harmonisch zu entwickeln. Ich habe an der Liebe gezweifelt, ehe ich sie kannte, und — vielleicht hat sie sich eben deshalb auch an mir gerächt!" fügte sie kurz hinzu.

Nach der geläuterten gesellschaftlichen Sitte, deren die Freunde sich zu rühmen hatten, nahm Keines von ihnen das hingeworfene Wort weiter auf. Emanuel jedoch meinte, indem er sich gegen seine Schwester wendete, er verstehe sie nicht in dem, ihrer sonstigen Gesinnung nach durchaus auffälligen Zugeständniß, welches sie eben heute der Unbeständigkeit mache. Er sei vielmehr gewiß, daß sie trotz ihrer Versicherung des Gegentheils höchlich betroffen sein würde, wenn man sich die Freiheit nehmen wollte, ihr gegenüber von dem Rechte der Wandelbarkeit, das sie sich einräume, den entsprechenden Gebrauch zu machen.

„Auf die Gefahr hin, Dir meine Beste, dadurch wenig entwickelungsfähig zu scheinen," sagte er endlich, „bekenne ich Dir, daß für mich, seit ich denken kann, in dieser unaufhaltsamen Wandlung alles Bestehenden etwas Schmerzliches, etwas Beängstigendes gelegen hat, gegen das ich mich nur mit dem Gedanken zu stählen vermochte, daß diese Wandlung, sofern keine Gewaltthätigkeit ihren folgerechten Lauf verhindert, oftmals eine Umgestaltung zum Besseren, ein Fortschritt auf gutem Wege ist. Ich erinnere mich sehr deutlich, wie mich als werdenden Jüngling Schiller's Wort, daß „Alles im ewigen Wechsel kreist" ergriffen, und wie mich später bei reiferer eigener Erfahrung das Goethe'sche: „Ach! und in demselben Flusse schwimmst du nicht zum zweitenmal", gerührt hat. Frage ich mein geheimstes Inneres, so trage ich in demselben ein tiefes Verlangen nach Dauer, nach Beständigkeit dessen, was mir einmal an Dingen, Menschen, Zuständen werth geworden ist. Mit dieser Empfindung hängt denn auch meine Scheu zusammen, Gegenden, in denen ich einmal sehr glücklich gewesen bin, die mir also deshalb in einem idealischen Lichte vorschweben, oder Personen, die ich als besonders schön gekannt habe, nach längerer Trennung wiederzusehen.

Man verliert in solchen Fällen gar zu häufig eine Vorstellung, an der man sich in der Erinnerung erfreute, und wird in einer schmerzlichen Weise an die Wandelbarkeit und Vergänglichkeit gemahnt, mit deren Erkenntniß für uns auch nur insofern Etwas gewonnen ist, als sie uns antreibt, den Augenblick, der unser ist, werkthätiger zu benutzen."

"Du bleibst eben der liebenswürdige Schwärmer," meinte die Gräfin, "dem das Schicksal, wenn es ihm gerecht sein wollte, die Gunst ewiger Jugend zuerkennen müßte —"

"Ach," rief Konradine mit einer Wärme, die Emanuel sehr wohl that, "besitzt denn unser Freund in seinem schönen, weichen Sinne nicht wirklich jene Jugend, die uns Anderen abhanden gekommen ist?"

"Jung bleiben in einer Welt, in welcher Alles altert, was mit uns jung gewesen ist, das heißt vereinsamen und geflissentlich auf dasjenige verzichten, was die Jahre uns lehren und bringen!" warf die Gräfin ein.

"Was lehren, was bringen sie uns denn?" entgegnete Konradine. "Selbst zugegeben, daß sie uns klüger machen, was ist denn damit für unser Glück gewonnen? Wir werden durch die Klugheit, die sie uns aufdringen, glaubenslos und mißtrauisch, werden engherziger und selbstsüchtiger. Wir lernen rechnen und berechnen, wägen und erwägen, unsere Vortheile hochhalten, und kommen mit alledem doch zuletzt nicht weiter, als an jedem Tage die Befriedigung für diesen

Tag zu suchen und sie gelegentlich auch einmal zu erlangen."

„Das ist nicht eben wenig!" gab die Gräfin zu bedenken, „das ist viel, denn aus Tagen setzt das Leben sich zusammen."

„Gewiß, es ist nicht wenig," gab ihr Konradine zu, „indeß es ist nichts Großes, Nichts, das uns erfreuen kann, sobald des Tages Befriedigung vorüber ist. Es ist das materielle Wohlbefinden, das auf solche Art erstrebt und auch erreicht wird. Aber ist es denn nicht eine Freude, einmal mitten unter allen Denen, die nach solchem billigen Wohlbefinden trachten, einem Herzen zu begegnen, das den glaubensvollen Traum der Jugend in sich festzuhalten wünscht und strebt? das sich nach der unvergänglichen Dauer des von ihm geliebten Schönen sehnt, und eine ideale Erinnerung höher hält und achtet, als das Mitgehen und Mitleben in einer nüchternen Alltäglichkeit? Ich wollte, ich vermöchte zu empfinden wie der Baron. Und ich versichere Sie, mein Freund, daß ich es in Ihrer Nähe immer mit einer Art von Beschämung und Rührung empfinde, um wie viel Sie jünger und um wie viel Sie eben deshalb auch vertrauensvoller und besser sind, als ich."

Emanuel dankte ihr für dieses Zugeständniß, und die Gräfin erhob keinen Einwand dagegen, weil es ihr erwünscht war, die Beiden auf dem Wege eines so guten Einvernehmens anzutreffen. Da sie sich jedoch nicht leicht für überwunden zu erklären vermochte, warf sie das Bedenken auf, ob sich in dem geflissentlichen Festhalten an dem schönen Scheine der Erinne=

rungen nicht ein gewisser Selbstbetrug, ein muthloses Zurückschrecken vor den Bedingungen der harten Wirk‍lichkeit verberge, und ob man sich nicht eben durch jene Verklärung des nicht mehr Vorhandenen, des Ent‍fernten, ungerecht gegen das mehr oder weniger Gute und Schöne werden lasse, welches der Augenblick und die Gegenwart uns zu bieten vermöchten.

„Sich durch die Vergangenheit um den Genuß und die Schaffenslust in der Gegenwart, und um die Hoffnungen für die Zukunft berauben zu lassen, wäre gewiß eine große Thorheit," entgegnete Emanuel. „Aber mich dünkt, daß man allem Gewöhnlichen und Alltäglichen sehr gerecht sein und es nach seinem Werthe und seiner Bedeutung fortdauernd würdigen kann, ohne darum die Heilighaltung eines Idealen aufzugeben. Man kann in dem Thale, in dem man seine Heimat gründet, sehr zufrieden sein, und schaffen, und ernten, selbst wenn man auf den Gipfeln der Hoch‍gebirge reinere Luft geathmet und weiter hinausgeschaut hat in die Herrlichkeit der Welt. Es ist ein Unterschied zwischen einem Idealisten und einem müßig schwärme‍rischen Träumer."

„Freilich, freilich," sagte die Gräfin mit einem Anfluge von Ungeduld. Denn durchaus nur auf das Positive gestellt, konnte sie sich nicht lange mit allge‍meinen Betrachtungen beschäftigen, ohne daß sie dieses Allgemeine auf ein Besonderes, auf ein Persönliches bezog. Und so fügte sie denn jenem raschen, zustim‍menden Ausrufe auch sofort die Bemerkung hinzu, daß trotz alledem der Idealismus ihr immer und vollends, wenn sie an die Ehe denke, als etwas sehr Gefährliches erschienen sei. Wie will denn ein Ehemann, es mit Gleichmuth — um nicht zu sagen mit der nothwendigen liebenden Ergebung hinnehmen, daß seine Gattin altert, an ihrer Schönheit, an ihrer Frische, an ihrem jugendlichen Frohsinne allmälig Einbuße erleidet, während er in idealistischer Empfindung sich selbst noch immer jung fühlt? Wie könnte eine Frau es ertragen, wenn irgend eine Jugendliebe in ewig unwandelbarer Schönheit und Heiterkeit vor dem jungen Auge ihres Mannes schwebte? Und wie müßte es vollends auf einen solchen Idealisten wirken, wenn ein unholder Zufall ihn einmal das einst geliebte Ideal, seinen Inbegriff der Jugend und der Schönheit, als eine sehr alltägliche und gealterte Hausfrau wieder sehen ließe?"

Sie hatte es damit auf eine leichte Beendigung der Unterhaltung abgesehen, aber da es ihr ein= für allemal an jener Harmlosigkeit gebrach, welche einem Scherze seine Anmuth verleiht, so hatte sich ihrer Phantasie sofort der besondere Fall ihres Bruders aufgedrängt, und sie hatte dies in einer Weise kundgegeben, die weder diesem noch Konradinen einen Zweifel über ihre Meinung lassen konnte. Sie bereuete das auch sofort, denn gegen ihre Absicht und gegen ihr Erwarten nahm der Baron ihre Andeutungen auf, und mit jener sanften Gelassenheit, welche einen Grundzug seines Wesens machte, sagte er: „Ich habe mich selbst bisweilen gefragt, ob es, wie die Verhältnisse sich nun einmal entwickelt haben, mich freuen könnte, Hulda wieder zu sehen, und ich habe mir das verneinen müssen; nicht etwa, weil ich daran zweifle, daß sie sich gleich, sich selbst gleich bleiben werde, sondern weil ich dazu noch nicht unselbstisch genug und noch über unser und über mein Verschulden gegen sie, und über die Folgen desselben für sie, nicht beruhigt bin."

"Unser Verschulden gegen sie?" rief die Gräfin; "ich bin mir keines solchen gegen sie bewußt:"

"Das wundert mich," entgegnete ihr Emanuel, ohne sich von ihrer Lebhaftigkeit beirren zu lassen. "Ich für meinen Theil erinnere mich sehr deutlich jenes Gewitterabendes, bald nach unserer Ankunft auf dem Schlosse, an welchem zwischen uns Beiden zum erstenmale die Rede von der Pfarrerfamilie und von deren Tochter war. Ich hatte Hulda damals eben nur gesehen, aber ihre Schönheit und ihr sanftes Insichberuhen hatten mir die Ueberzeugung gegeben, daß man dieses, unter eigenartigen Verhältnissen eigenartig aufgewachsene Mädchen, seiner eigenen Entwickelung überlassen müsse. Du aber hattest andere Plane für sie, Plane, mit deren Ausführung es schließlich auf Deine und Clarissen's spätere Bequemlichkeit hinauslief, und denen gegenüber Du meiner warnenden Bitte, an dieses Mädchens Dasein nicht zu rühren, diese holde Menschenblume nicht in fremdes Erdreich zu verpflanzen, kein Gehör gabst. Du wiesest meine Warnung mit der Bemerkung ab, daß in der Natur ein= für allemal das Geringere sich dem Höheren unterordnen, ihm dienstbar sein müsse; und ohne auch nur ein sicheres

Urtheil über die Begabung und Bedeutung dieses Mädchens haben zu können, hieltest Du Dich deshalb für berechtigt, den Eltern mit einer entschiedenen Gewaltthätigkeit das freie Selbstbestimmungsrecht über ihre Tochter aus der Hand zu nehmen."

Emanuel's Bemerkung erzürnte die Gräfin. „Du hast dabei es nur vergessen," entgegnete sie, „daß Du selber an jenem Tage mir ausdrücklich sagtest, des Mädchens Anwesenheit im Schlosse würde Dich erfreuen. Auch Dir hatte ich ein Vergnügen durch dieselbe bereiten wollen. Im Uebrigen hat Hulda bei uns wie bei der guten Kenney in jedem Betrachte Förderung erfahren. Für ihre Zukunft ist zudem jetzt ausreichend gesorgt, man kann in Erinnerung an ihren Vater auch weiterhin noch Etwas für sie thun, und da Du auf das Selbstbestimmungsrecht des Menschen so viel Gewicht legst, nun! so hat sie ja durchweg nach ihrem eigenen Bedürfen über sich entschieden, sowohl damals, als sie gegen Deinen Wunsch bei ihrem Vater blieb, wie er es vollberechtigt von ihr fordern durfte, als jetzt, wo sie nach eigenem Ermessen ihre Zukunft feststellt. Mein Gewissen ist deshalb sehr ruhig!"

„Ich wollte, ich könnte das auch von mir selber sagen!" rief Emanuel.

Die Gräfin zuckte ungeduldig mit den Schultern, und um der Unterhaltung kurz ein Ende zu machen, die ihr in Konradinens Beisein peinlich war, sagte sie: „Du bestärkst mich mit Deinen reuevollen Sorgen nur in meiner Meinung von der Gefährlichkeit des

Idealismus. Das Mädchen hat sich einem Manne ihres Standes jetzt verlobt; was konnte es Besseres erwarten?" Und sich von ihrem Platze erhebend, meinte sie, sich mit lächelnder Miene gegen Konradine wendend: "Wie doch, selbst ein von Eitelkeit sonst freier Mann, den Gedanken nicht zu fassen vermag, daß ein Mädchen ihn vergessen und an der Seite eines Anderen glücklich, wahrscheinlich glücklicher als an der seinen werden könne."

Emanuel hielt sich an diese letzten Worte, und mit einem Ernste, der gegen den leichten Ton der Gräfin fast feierlich erklang, rief er: "Gib mir diese Gewißheit, Schwester, und Du wirst eine schwere Sorge von mir nehmen. Denn Du hast Recht, ich habe mich einer unverzeihlichen, selbstsüchtigen Eitelkeit anzuklagen, wenn schon nicht in dem Sinne, in dem Du es voraussetzest!"

Er schwieg einen Augenblick und fuhr dann mit dem Freimuthe innerster Wahrhaftigkeit fort: "Mein Leben lang hatte ich mich nach einer Liebe gesehnt, wie sie mir in Hulda, ohne all mein Zuthun, wider all mein Hoffen entgegenkam, wie ich sie reiner, schöner gar nicht finden konnte. Aber statt sie zu hegen, zu pflegen, zu stützen und groß werden zu lassen in meines Herzens Obhut, verlangte ich von ihr eine Probe, die zu bestehen über ihre Kraft ging, überließ ich sie einem Einflusse, der heilige, alte, angeborene Rechte auf sie geltend machte, und — ich stehe nicht an, auch dieses auszusprechen — von Konradinens Anwesenheit und ihrem Antheil mehr beschäftigt und geschmeichelt, als mir zustand, von der gewaltigen Leidenschaft unserer Freundin falsche Rückschlüsse machend auf die Liebesstärke und Charakterkraft des um so viel jüngeren und von schwerer Krankheit kaum genesenen Mädchens, glaubte ich mich in verblendeter Eitelkeit nicht genug geliebt, meinte ich, Hulda solle in der Trennung fühlen lernen, was sie an mir besessen habe, und sich mir früher oder später in liebender Erkenntniß wieder nahen. Daß sie schwieg, daß ihr gekränktes Herz, ihr Ehrgefühl, und wer will sagen, welcher Einfluß ihres in Abhängigkeit um seinen Mannesmuth gebrachten Vaters, sie zu schweigen zwangen — das einzusehen war ich aus Eitelkeit zu blind, zu eigensinnig. Erst, da sie mir wortlos den Ring zurückgesendet hatte, kam mit der vollen Reue über mein Vergehen gegen sie, die ganze schmerzende Erkenntniß des Verlustes über mich, den ich mir selber zugezogen hatte; während doch der Zweifel, ob sie wirklich vergessen konnte, und ob sie wirklich glücklich ist, mich bis auf diese Stunde nicht verläßt."

„So lege ihr offen diese Frage vor!" rief die Gräfin, der es immer und überall nur um die Befriedigung ihrer Angehörigen zu thun war.

„Soll er neue Unruhe, darf er Zwiespalt in ihre Seele werfen," wendete Konradine ein, die mit tiefer Theilnahme dem Gange des Gespräches gefolgt war, „wenn sie vielleicht nicht ohne Kampf zum Frieden gekommen ist? Oder soll er trübe Schatten an dem Heiligthume eines Glückes heraufbeschwören, wenn sich ihr junges Herz, wirklich geheilt, in froher Liebe einem anderen jungen Herzen zugewendet hat? Solche Frage nach so langem Schweigen kann gefährlich, kann mindestens so unheimlich verwirrend und erschreckend wirken, wie die Erscheinung eines Todtgeglaubten!"

„Das ist es! Das ist es, was ich mir sage, und was mich hindert, ihr jene Frage vorzulegen!" rief Emanuel mit lebhafter Bewegung aus. „Ich habe mein Recht an sie verscherzt, ich darf mir nicht erlauben, jetzt mit einer Frage vor sie hinzutreten, die neuen Zwiespalt in ihr Leben bringen könnte. Aber die Stunde, in welcher ich sie wiedersehen, sie glücklich auch an eines Anderen Seite wiedersehen würde, diese Stunde würde ein schmerzliches Gefühl der Reue von mir nehmen; und wenn dann auch an ihr der Lauf der Jahre nicht ohne Spur geblieben wäre, wenn sie nicht ausgenommen wäre von dem Gesetze, dem wir Alle unterliegen — mir, ich schäme mich nicht, es auszusprechen, mir wird sie unverändert in der Seele leben als die leuchtende Göttin der Aehren, wie ich sie zuerst geschaut, als ein Ideal der unentweihten, frischen Jugend, und ich werde es ihr nicht vergessen, daß sie mich geliebt hat!"

Er stand mit diesen Worten auf und verließ das Zimmer. Konradine sah, daß er im Hinausgehen mit der Hand die Augen trocknete. Auch ihre Augen waren feucht geworden. Er war ihr nie werther gewesen, sie hatte ihn nie höher gehalten und lieber gehabt, als in diesem Augenblicke.

„Wie Wenige gibt es, die ihm gleichen!" sagte sie zur Gräfin.

„Ich wollte zu seinem Heil und zu dem unseren, daß er anders wäre!" entgegnete ihr diese, unmuthig seufzend. „Er wird die Menschen und die Welt nie kennen lernen wie sie sind, und eben dadurch nie zu jenem mäßigen, aber gesunden und dauernden Behagen kommen, das die bedingten irdischen Zustände doch allein ermöglichen. Er wird leiden und leiden machen, so lange er nach dem Idealen, Absoluten strebt; gleichviel ob er es für sich, für einen Anderen oder für das Allgemeine fordert."

„Um so mehr hat er selbstloser Liebe, selbstloser Freundschaft nöthig, ihm Wirklichkeit und Ideal ausgleichend zu vermitteln!" meinte Konradine.

„So machen Sie sich ihm zu der Vermittlerin," fiel ihr die Gräfin lebhaft ein, „und mein Herz, das mit weit mehr Liebe an ihm hängt, als Sie es vielleicht glauben, wird dankbar die Stunde segnen, in der Sie sich dazu entschließen."

Konradine blickte ihr fest in das Auge. Sie sah, daß die Gräfin sehr bewegt war, und ernst wie diese entgegnete sie ihr: „Heute, eben in dieser Stunde habe ich es gedacht, daß es ein Großes sein müßte, mit einem Manne wie Emanuel in dem Aether jenes reinen Denkens und Empfindens zu leben, von dem uns im Getriebe des Alltagslebens kaum ein Hauch noch übrig bleibt. Aber mit allem meinem Selbstgefühle — oder vielleicht um dieses Selbstgefühles willen, und weil ich die Elemente kenne, aus denen es sich zusammensetzte, habe ich mir sagen müssen, dazu gehört ein anderes Herz als meines, ein weniger ge=

trübter Sinn, als der meine. Emanuel, wie seine Zukunft sich auch gestalten mag, Emanuel ist, selbst wo er irrt und fehlt, uns überlegen. Man muß ihn seine eigenen Wege gehen lassen!"

„Und wohin werden sie ihn führen?" warf die Gräfin ein.

„Gewiß zu einem ihm gemäßen Ziele."

„Es liegen jetzt ernste Pflichten, es liegt gewiesene Arbeit vor ihm!" erinnerte die Gräfin.

„Wenn er es sich zutraut, sie bewältigen zu können, wird er sie ergreifen!"

„Und wenn nicht?"

„Nun, dann hat unter den Millionen, die sich auf der Erde nach Erwerb begierig und nach Ehre durstig, jagend drängen, einmal Jemand eine Ausnahme davon gemacht, weil ihn sein Geschick der Mühe des Erwerbes enthob, weil ihn frühe Krankheit von der allgemeinen Rennbahn fernhielt. Und wenn er unter diesen besonderen Bedingungen sich zu einem Manne entwickelte, dessen milder Sinn uns stets erfreut, wenn er in sich den Glauben an das Gute, an das Große, an das Schöne, das Vertrauen zu den Menschen aufrechtzuerhalten wußte, die verloren zu haben wir Anderen als ein Unglück erkennen, sollen wir ihn deshalb nicht als einen Glücklichen bezeichnen? Sollen wir uns nicht daran erfreuen, daß er ist, wie er ist, und daß wir von ihm besser denken dürfen als von uns?"

„Konradine," rief die Gräfin, „so seherisch und so gerecht ist nur die Liebe."

„Ja, die Liebe, die keinen Anspruch irgend einer Art für sich erhebt," setzte Konradine hinzu, ohne durch den Ausruf der Gräfin irgendwie beirrt zu werden, „und ich wollte, theure Frau, auch Sie ließen ihn gewähren, auch Sie verlangten, erwarteten von ihm Nichts für die Förderung Ihrer Zwecke. Um wie viel reiner und inniger würden Sie sich zu einander finden!"

Die Gräfin umarmte sie. Es war schon dunkel geworden. Emanuel kam, wie es früher oder später an jedem Abende geschah, die Freundin nach ihrer Wohnung hinüber zu geleiten. Die Gräfin aber fertigte noch in derselben Stunde das Schreiben aus, das dem Adjunktus unter wesentlich verbesserten Bedingungen die frei gewordene Pfarrerstelle zusprach; und sie schrieb daneben ihrem Amtmanne, daß sie sich der Verlobung Hulda's mit dem Pfarrer aufrichtig erfreue, daß damit der Wunsch des verstorbenen Pfarrers in Erfüllung gehe, daß man die Hochzeit je eher je lieber feiern möge, und daß eine nicht unbeträchtliche Summe, die zu zahlen sie den Amtmann anwies, als das Brautgeschenk der Gräfin für Hulda's Einrichtung verwendet werden solle.

## Zwanzigstes Capitel.

Das offene Aussprechen hatte gut gewirkt, denn es hatte fortan die scheue Vorsicht, welche Emanuel und die Gräfin seit ihrer Wiedervereinigung gegen einander beobachtet hatten, unnöthig gemacht. Ein Jeder wußte jetzt unwiderleglich, was und wie der Andere dachte, man konnte sich also freier, rückhaltloser gehen lassen, und wie Konradinens Neigung für den Freund mit jedem Tage an Wärme und an Zärtlichkeit gewann, so hatte auch der Gräfin Antheil an Konradine sich erhöht. Sie wußte Weichheit und Hingebung in einem starken Frauenherzen wohl zu würdigen, und da sie ihren Bruder wirklich liebte, war es ihr eine Freude, ihn selbst in jenen Eigenschaften, welche ihr als Schwächen an ihm erschienen, von der schönen Stiftsdame verstanden und gewürdigt zu finden, die sie jetzt mit Zuversicht als seine künftige Gattin anzusehen begann.

Es hatte sich zwischen den Beiden auch ein schönes Vertrauen herausgebildet. Sie genossen mit Be=

wußtsein eines freien, beständig wachsenden Einverständnisses, das eben, weil es zwischen Personen verschiedenen Geschlechtes stattfand, einen erhöhten, belebenden Reiz gewann. Konradine hatte sich in der Zurückgezogenheit des Stiftes ernsterem Lesen und dauernderem Nachdenken hingegeben, sie fand daher Freude und zeigte Theilnahme an Emanuel's mannigfachen Studien, die hinwiederum zu erörternden Gesprächen reichen Anlaß gaben. Während man so in müheloser Muße, in vornehmer Beschaulichkeit, nur mit einander und mit den eigenen Gedanken und Empfindungen angenehm beschäftigt, die ganze Herrlichkeit eines frischen sonnigen Spätherbstes genoß, flossen die Stunden unmerklich dahin. Die Zeit, welche für Konradinens Aufenthalt an dem See bestimmt gewesen war, nahte ihrem Ende, und ohne daß man es einander eingestand, begann man heimlich die Zahl der Tage nachzurechnen, während deren man sich dieses beglückenden Beisammenseins noch versichert halten konnte.

Aber man meinte noch auf manche schöne Stunde hoffen zu dürfen, als ein Brief des jungen Arztes, der den Majoratsherrn und dessen Gattin nach ihrem gegenwärtigen Aufenthalt im Süden geleitet und dort seine Pflege übernommen hatte, die Geschwister des Kranken davon in Kenntniß setzte, daß sie nicht säumen dürften, sich zu demselben zu verfügen, wenn sie ihm das Wiedersehen, nach welchem er verlangte, noch bereiten wollten.

Man hatte diese Kunde an jedem Tage erwarten müssen, der bevorstehende Tod des Majoratsherrn hatte in allen Planen der Gräfin seinen Platz gehabt, man hatte im Voraus um den drohenden Verlust des trefflichen Mannes, des geliebten Bruders oft gelitten und geklagt, es war Nichts in der Botschaft, das bestürzen oder irgend Jemanden überraschen konnte. Aber das Leben schreckt immer zusammen, wenn der Tod an dasselbe herantritt, und so nothwendig ist für Jeden der Glaube wenigstens an eine verhältnißmäßige Dauer der Zustände, in denen zu existiren ihm leben heißt, daß man Mühe hat, ihr Ende, mag es in langsamer Annäherung oder plötzlich über uns hereinbrechen, zu begreifen, zu ertragen. Die Gräfin war indeß noch ganz besonders von der Kunde erschüttert.

„Es ruht ein eigener Unstern über den Hochzeitsfesten meiner Kinder," sagte sie zu Konradinen, als diese, von Emanuel benachrichtigt, aus ihrer Villa hinübergekommen war, den Freunden in solchem Augenblicke nicht zu fehlen. „Clarissens Trauung, die wir im Kreise der ganzen beiderseitigen Familien zu feiern gedacht hatten, mußte im Trauerjahre um ihren Vater, an dem Sterbebette ihres Schwiegervaters vollzogen werden; und selbst wenn ich darauf verzichten wollte, der Ceremonie beizuwohnen, wird jetzt meines Sohnes Hochzeit nothwendig einen Aufschub erleiden müssen. Man kann es nicht darauf ankommen lassen, daß er vielleicht eben in demselben Augenblicke den Bund für das Leben schließt, in welchem wir den Bruder aus dem Leben scheiden sehen. Bei der lebhaften Phantasie seiner Braut, bei ihrem Zuge zu religiösem Mysticismus könnte das leicht einen verwirrenden Eindruck in ihrem Gemüthe zurücklassen, und sie würde bei all den mehr oder weniger unheilvollen Zufällen, von denen kein Menschenschicksal frei ist, auf ihren Hochzeitstag zurückblickend, an eine üble Vorbedeutung glauben. Davor muß man sie in jedem Falle bewahren."

"Clarissens Beispiel könnte es ihr aber doch beweisen," meinte Emanuel, "wie wenig das Glück der Ehe von den Umständen abhängt, unter welchen sie eingesegnet wird."

"Ja, wenn träumerisch grübelnde Naturen, wie die ihre, mit Vernunftgründen zu überzeugen wären," entgegnete die Gräfin, "oder wenn mein Sohn und seine Braut einander im Denken und Empfinden so ähnlich wären als Clarisse und der Fürst. Aber da meines Sohnes rasche Lebenslust, seine Gewohnheit, die Dinge leicht zu nehmen und das Unbequeme von sich abzuweisen, und die Insichgekehrtheit seiner Braut, ihre Neigung zu fürchtenden Sorgen und bangem, ahnendem Verbinden des Zufälligen, sich einander schroff entgegenstehen, so erfordert es die Vorsicht, Alles zu vermeiden, was das Gemüth des lieben Mädchens beunruhigen könnte. Denn daß ich es nur gestehe, trotz der ungewöhnlichen Gunst aller äußeren Glücksbedingungen kann ich mich bisweilen der beunruhigenden Frage nicht entschlagen, wie so verschieden geartete Naturen, wenn sie sich auch zu einander finden konnten, sich dauernd in einander schicken werden."

„Vielleicht müheloser als Du es erwartest," versetzte Emanuel, „sofern sich nur in Beiden Elemente finden, die einander ergänzen und sich an einander entwickeln können. Wenn Deines Sohnes Frohsinn und Julia's zur Schwermuth neigendes Gemüth sich mit einander in das Gleiche setzen, so würde daraus, wenn auch nicht das helle Licht, das über Clarissens Haus leuchtet, so doch ein ruhiges Chiaroscuro entstehen, in welchem es sich wie in einer gemäßigten Zone behaglich leben läßt, besonders wenn der Mann und die Frau, wie dies hier sicher zu erwarten steht, doch Jedes noch seine eigene Welt für sich in Anspruch nehmen werden. Das gibt dann freilich nicht das allerhöchste Glück, aber doch jenen mittleren Zustand, in welchem die Mehrzahl der Menschen sich sehr wohl behagt."

Die Gräfin, der ähnliche Sorgen nur selten zu kommen pflegten und die es gar nicht besser verlangte, als sie verscheucht zu sehen, stimmte ihm ohneweiteres bei. Auch Konradine meinte, daß ihr völlige Gleichheit der Charaktere durchaus kein Erforderniß für das Glück der Ehe zu sein scheine, vorausgesetzt, daß nur eine Uebereinstimmung in den sittlichen Anschauungen und in den Hauptforderungen vorhanden sei, welche man an das Leben stelle.

„Und daß der Mann ein ganzer Mann, die Frau in ihrer Hingebung ein echtes Weib sei," fügte die Gräfin hinzu, der es aus Vorliebe für das Hergebrachte gelegentlich wohl begegnen konnte, derartige Sätze auszusprechen, selbst wenn sie und ihre Eigenart als Beweis des Gegentheiles gelten durften. Denn Niemand besaß jene sogenannten echt weiblichen Eigenschaften, auf die sie hinwies, weniger als gerade sie, und doch hatte sie ihren verstorbenen Gatten sehr beglückt und ihre Ehe hatte als ein Vorbild gelten dürfen.

Auch konnten die beiden Anderen, da ihre Blicke sich bei der Gräfin Ausspruch trafen, das flüchtige Lächeln ihres Einverständnisses nicht ganz verbergen, und Konradine bemerkte: „Es fällt mir auf, eben von Ihnen, theure Frau, den Glauben an die absolute Geschiedenheit der Eigenschaften in den beiden Geschlechtern so scharf hervorheben zu sehen, da wir doch fortdauernd von dem Gegentheile die Beispiele vor Augen haben. Ich kenne Frauen, auf welche, neben jenen Eigenschaften, die wir als die weiblichen zu bezeichnen gewohnt sind, sich unverkennbar ein großer Theil der väterlichen Begabung — und oft auch der väterlichen Züge — fortgeerbt hat. Und ebenso begegnet man sehr tüchtigen, bedeutenden Männern, aus deren charaktervollem Antlitz uns ein paar Augen mit so mildem Glanze an sehen, aus deren breiter Brust uns eine so weiche Stimme anspricht, und in denen Kraft und Weichheit sich so eigenartig mischen, daß man durchaus behaupten darf, es sei ein Gemüth, eine Hingebung, ein Liebesbedürfniß und auch eine Liebefähigkeit in ihnen vorhanden, wie man sie hergebrachterweise nur den Frauen zuzuschreiben pflegt.

Warum sollten derartig angelegte Menschen sich nicht zusammenfinden, sich nicht ineinander schicken und einander zu ihrem Heil ergänzen können, ohne daß auch nur Einer von Beiden jenes vollendete Bild der Männlichkeit oder Weiblichkeit in sich darstellt, das Sie mit den Worten: „ein ganzer Mann, ein echtes Weib" vorhin bezeichnen wollten?"

Die Gräfin hatte ihr achtsam zugehört. Sie mochte diese Anschauung in Konradinen nicht vorausgesetzt haben, aber sie ließ sie ohne Einwand gelten und versetzte, dieselbe nach der einen Seite bekräftigend: „Was Sie von der ungleichen Vererbung der Eigenschaften auf die verschiedenen Geschlechter sagen, anerkenne ich für meinen Theil unbedingt. Ich habe mehr von meines Vaters als von der Mutter Natur in mir. Auch bei Ihnen möchte man das Nämliche behaupten; während meine Kinder Beide ihrem Großvater väterlicherseits bis in seine kleinen Eigenheiten ähnlich sind, und meinen Brüdern, vor Allen Emanuel, die Gemüthsanlagen und die Gemüthstiefe unserer Mutter zu Theil geworden sind. Das sind Spiele der Natur, und glücklich genug, wenn sie zu unserem Heil ausschlagen."

Sie erhob sich mit den Worten und verließ die beiden Anderen, da die Zeit vor der am nächsten Mittage bevorstehenden Abreise noch von mancherlei Anforderungen hingenommen war. Konradine trat auf die Terrasse hinaus, Emanuel folgte ihr dorthin.

Die Sonne stand hoch am Himmel, es war wie im Sommer hell und warm, nur daß die Luft sich erquickender und leichter athmen ließ. Die Rosen blühten noch und hingen in reicher Fülle von den Zweigen des Laurus und von den Aesten der Feigenbäume hinab, zu denen sie emporgeklettert waren, und mischten sich dort oben mit der zweiten Fruchtreife. Auch aus dem dunkeln Grün der Cypressen, die sich an den Seiten der Terrasse hinzogen, sahen die Rosen leuchtend hervor, und nach diesen hinblickend, sagte Emanuel: "Das ist recht ein Bild der Zustände, in denen wir uns jetzt befinden, Rosen von Cypressen rings umgeben. Und es ist doch schön, dieses Ineinanderranken von Trauer und Freude, eine die andere sänftigend, Trost verheißend und zur Bescheidung mahnend."

Konradine folgte seinem Blicke, und wie ihre Augen dabei weiterschweifend die schimmernde Fläche des Sees betrachteten, den die schneebedeckten Berge in sich umschlossen hielten, sagte sie: "Daß wir das Alles morgen nicht mehr sehen, daß diese Schönheit schon nach wenigen Stunden für uns nicht mehr vorhanden sein wird! — Man kann es kaum glauben und man denkt es auch nicht gern."

"Es waren sanfte, schöne Tage, die wir hier verlebten, die wir Ihnen hier verdankten," entgegnete Emanuel, "und es geht mir wie Ihnen. Auch ich habe Mühe mir vorzustellen, daß sie nun vorüber sind. Wir leben uns in das Gute, in das, was uns gemäß ist, so leicht ein. Wie spielende Kinder überlassen wir uns immer auf das Neue dem Glauben, auf sicherem Kahn in ruhigem Flusse immer weiter fortzugleiten; und plötz=

lich von einer Stromschnelle gewaltig fortgezogen, schrecken wir empor, weil wir uns weit ab von dem Ziele finden, dem wir zugestrebt haben, und weil wir wieder einmal die melancholische Erfahrung machen, wie wenig Sicherheit des Glücks es für uns giebt."

„Das Bild, das Sie brauchen," versetzte Konradine, „ist heute auch für mich und meinen Zustand sehr bezeichnend. Ich habe am Morgen einen Brief von unserer Aebtissin empfangen mit einer Nachricht, die meine innere Ruhe angetastet hat, und die meinen Planen für die Zukunft und meinen Erwartungen von derselben wahrscheinlich ein Ende machen wird."

Emanuel fragte, was das heißen solle.

„Sie wissen," gab sie ihm zur Antwort, „daß vor einigen Wochen eine unserer jüngeren Damen, die sich verlobte, das Stift verlassen hat. Heute meldet mir die Aebtissin, daß man, Abstand nehmend von der ganzen Reihe der eingeschriebenen Aspirantinnen, jene Stelle der Prinzessin Marianne, der ältesten Schwester des Prinzen Friedrich, zugesprochen hat, und daß diese noch im Laufe des Herbstes ihren ersten Aufenthalt bei uns zu nehmen gedenkt."

„Und Sie scheuen die Begegnung mit ihr?"

„Eine Begegnung mit ihr würde ich leicht ertragen, aber die Aussicht auf ein langes, dauerndes, unvermeidliches Zusammensein mit ihr, ist mir nicht willkommen. Dazu unterliegt es keinem Zweifel, daß man ihr diese Stelle nur angewiesen hat, um sie später zur Aebtissin zu ernennen, denn nur in dieser Voraussicht wird sie dieselbe angenommen haben.

Sich mit uns Anderen dauernd auf gleiche Stufe hinzustellen, ist sie viel zu stolz und viel zu herrisch. Damit sind denn nun die Schritte, welche die Aebtissin bei ihrer letzten Reise in meinem Interesse gethan hat, vergeblich gewesen, und die fast bindenden Zusagen, welche ihr höchstenorts in dem Betracht gegeben worden sind, natürlich aufgehoben. Man war so weit gegangen, mich schon im Beginne des nächsten Jahres zu ihrer officiellen Stellvertreterin bei Krankheitsfällen oder sonstigen Störungen ernennen zu wollen, und sie schreibt mir, dies zu thun, sei man auch jetzt noch gesonnen. Natürlich! denn man will der Prinzessin für die Zukunft die Mühe und die Arbeit im voraus von den Schultern nehmen; man möchte mich ihr zu einem bequemen Beamten machen. Aber unter den obwaltenden Verhältnissen paßt diese Aufgabe mir nicht mehr."

„Haben Sie denn wirklich daran denken können," wendete Emanuel ein, „Ihre Zukunft ganz dem Stifte zu weihen, die Angelegenheiten dieser kleinen Frauengemeinde als Ihre Lebensaufgabe über sich zu nehmen?"

„Und warum nicht?" entgegnete sie ihm. „Ich habe in unserem Stifte eine feste Heimat und eine dauernde, zusammenhängende Beschäftigung gefunden, zwei Dinge, die ich bis dahin nicht gekannt habe, und die ich auf unserem esthländischen Gute nicht finden würde, so lange — und ich hoffe, es wird lange sein — so lange meine Mutter lebt, die es ihrem Verwalter überantwortet hat, in den sie mit Recht

Vertrauen setzt. Dazu handelt es sich, wie Sie wissen, bei uns im Stifte nicht nur um die Einkünfte desselben. Es hängen Ortschaften mit ihren Einwohnern von dem Stifte ab, es ist eine kleine Herrschaft, die man dort zu leiten hat, für deren Insassen man verantwortlich ist. Ich habe viele von den Leuten, habe ihre Bedürfnisse kennen gelernt, konnte persönlich manche Hilfe leisten, mancher Ungerechtigkeit begegnen. Ich war gerne in dem Stifte und dachte mit Zuversicht an meine Rückkehr in dasselbe, an den mir lieb gewordenen Wirkungskreis."

Sie brach ab, Emanuel schwieg ebenfalls; so blieben sie, ihren Gedanken nachhängend, eine geraume Weile neben einander stehen, bis er leise seine Hand auf ihre legte, ihre Achtsamkeit auf sich zu ziehen. Wie sie ihn ansah, fiel ihr der Ausdruck seiner Mienen auf. Sie fragte ihn, was ihn bewege.

„Ich gehe mit mir zu Rathe, ob ich es wagen darf, Ihnen eine Frage vorzulegen, die sich mir in dieser Stunde aufdrängt!" gab er ihr zur Antwort. Dann hielt er inne, und mit einer schüchternen Zurückhaltung, die ihm bei seinem Ernste sehr wohl anstand, sagte er: „Sie besorgen, die Ihnen lieb gewordene Heimat, den Ihnen gemäßen Wirkungskreis im Stifte nicht unverändert wiederzufinden. Sie fürchten, auf dieselben aus Gründen, die mir einleuchten, vielleicht verzichten zu müssen. Es scheint mir aber, als ob Sie keine weiteren besonderen Plane für sich hätten, als ob Sie nicht danach verlangten, in die Gesellschaft der großen Welt zurückzukehren, in welcher Auszeichnungen aller Art Ihnen jetzt noch weniger als früher fehlen würden, und Sie haben es mir zu meiner großen Freude ausgesprochen, daß unser Beisammensein auch Ihnen lieb gewesen ist, auch Ihnen wohl gethan hat."

Er hielt zögernd inne, und mit einer Stimme, in welcher das Klopfen seines Herzens hörbar wiederklang, sagte er danach: „Ich bin nicht dazu gemacht, Konradine, einer Frau wie Sie, von Liebe zu sprechen, und meine neuesten Erfahrungen würden mir das bestätigt haben, hätte ich irgendwie im Zweifel darüber sein können. Dazu haben Sie einen Mann geliebt, mit dessen glänzenden, fortreißenden Eigenschaften ich mich in keiner Rücksicht messen darf. Aber eine würdige Heimat und einen segensreichen Wirkungskreis, die kann ich Ihnen bieten auf den Gütern, die mir zufallen, und die ich freudiger übernehmen würde, wenn Sie sich entschließen könnten, dort mit mir zu wohnen; wenn die Gewißheit, einem Manne, der Sie von Herzen hochhält und Ihren Werth mit liebender Bewunderung erkennt, das Leben lieb und zum Genusse zu machen, Sie schadlos halten könnte für jene Eigenschaften, die mir fehlen; wenn Sie gewillt wären, wahr zu machen, was Sie heute so tief und richtig von den sich ausgleichenden und einander ergänzenden Elementen in der Ehe ausgesprochen haben."

Konradine hatte Nichts weniger als das erwartet, aber seine ernste Gefaßtheit ergriff sie, und ihr erglühendes Antlitz in ihren Händen bergend, rief sie:

„Ach! warum haben Sie mir das gerade heute, gerade jetzt gesagt!"

Er trat erschreckend von ihr fort, aber sich gewaltsam fassend, sprach er: „Verzeihen Sie es, wenn es Ihnen widerstrebt. Es soll nicht ausgesprochen sein. Vergessen Sie es, wie ich vergessen will, daß ich mehr wünschte und erstrebte, als Sie mir gewährten."

„Soll ich Ihrem Mitleid schulden," rief sie, „was Sie mir ohne dasselbe nicht zu bieten dachten?"

„Welch ein Wort ist das! Wie mögen Sie sich und mir also wehe thun, wo Sie in so hohem Grade die Gewährende sind? Nicht die Umstände, welche Ihnen vielleicht die Entfernung aus dem Stifte wünschenswerth machen, es sind die Gedanken, welche Sie heute als Ihre Ueberzeugung dargelegt, die mich ermuthigt haben, Ihnen mein Wünschen zu offenbaren, Ihnen meine Hand zu bieten. Nehmen Sie sie an. Auch jenseits der glänzenden Erwartungen, auf deren Verwirklichung das Herz der ersten Jugend hofft, ist Glück vorhanden, wird es für uns, ich hoffe es voll Zuversicht, vorhanden sein können."

„Und ich sollte Ihnen, sollte der Gräfin den Glauben aufnöthigen, daß ich mit jenen Worten, die ich heut' Gott weiß wie arglos! ausgesprochen habe, Ihrer oder meiner dachte?"

Emanuel fand in seiner Seele für diese Bedenken weder Ursache noch Wiederhall, aber sein altes Mißtrauen in sich selbst ward vor ihnen rege. Er besorgte, Konradine suche Gründe für eine Weige=

rung, und obschon es ihm sehr wehe that, sagte er sanft und ruhig: „Ich will Sie nicht bedrängen, will Ihnen nicht zurückgeben oder auf mich anwenden, was Sie von Mitleid sprachen, und was in Ihrem Munde so unberechtigt war. Ueberlegen Sie in aller Ruhe. Nur das Eine lassen Sie mich sagen und das glauben Sie mir: Ihre Nähe ist für mich ein großer Segen. Ihre Neigung gewinnen, zu Ihrer Zufriedenheit beitragen zu können, würde mich glücklich machen; und wenn Sie, wie ich hoffe, die leicht erregbare Verwunderung der Unbetheiligten —"

Konradine ließ ihn nicht vollenden. „Nicht weiter!" rief sie; „das hieße wirklich Ihnen zu nahe thun und mir," fuhr sie fort; „aber ich habe das verdient mit meinem alten, falschen Stolz. Lassen Sie mich es nicht entgelten. Ich bin sicher, Sie fühlen es, wie theuer Sie mir sind, und was wir wünschen und erstreben, wissen wir. Mit voller Zuversicht bin ich die Ihre!" Sie reichte ihm beide Hände hin, er küßte ihr die Hand, er nannte sie mit Zärtlichkeit die Seine, und bewegten Gemüthes, herzlich einander zugeneigt, voll guten Willens und voll guten Glaubens an die Zukunft, so schritten sie Arm in Arm dem Hause zu, sich der Gräfin als Verlobte vorzustellen.

Es geschah der Gräfin selten, daß die Freude sie überwältigte, wie in dieser Stunde. Sie nannte Konradine ihre Schwester, ihre Tochter; sie pries es als eine große Gunst des Schicksals, daß der Sonnenschein dieser freudigen Botschaft noch die letzten Tage ihres sterbenden Bruders erhelle, und von der hergebrachten Sitte absehend, sobald es die Genugthuung eines der Ihren galt, sprach sie den Wunsch aus, daß die Verlobten Beide sie auf der Reise, die man morgen anzutreten hatte, begleiten möchten, um noch den Segen des Bruders zu empfangen, in dessen Rechte Emanuel jetzt eintrat, in dessen Stammsitz er und Konradine künftig walten sollten. Aber Emanuel wehrte den Vorschlag von sich ab.

Seine vorsorgende Zärtlichkeit wünschte der Braut die schweren Tage zu ersparen, denen er entgegenging, und weil es seinem feinen Empfinden ohnehin widerstrebte, dem hoffnungslosen Bruder so reich an eigenen Hoffnungen zu nahen, stimmte er Konradinen noch entschiedener darin bei, daß sie nicht als Verlobte aufträten, ehe man die Mutter benachrichtigt und sich ihrer freilich zweifellosen Zustimmung versichert hätte. Auch hielt Konradine es für geboten, auf den von ihr festgesetzten Tag im Stifte einzutreffen und der Aebtissin eben bei der Ankunft der Prinzessin nicht zu fehlen.

Man hatte also in den wenigen Stunden, deren man noch gemeinsam sicher war, vollauf zu thun, und erst am Abende kam man dazu, das nächste Wiedersehen und die nothwendigsten Verabredungen mit einander so weit als möglich festzusetzen. Am nächsten Morgen brachen die Gräfin und der Bruder gen Süden auf. Vierundzwanzig Stunden später trat Konradine in dem Wagen ihres Bräutigams, unter dem Schutze seines Kammerdieners, den er ihr zurückgelassen hatte, ihre Reise in das Stift an.

## Einundzwanzigstes Capitel.

---

Während die Reisenden sich noch hellen Wetters und warmer Mittage erfreuten, wehte der Wind schon wieder rauh und eisig von dem Meere über das Pfarr= haus und das Schloß hinweg, und trieb unablässig neue Regenwolken über das Land, daß die Wege von der langen Nässe bereits wieder fast grundlos gewor= den waren. Wen nicht eben Geschäfte dazu nöthigten, der machte sich nicht hinaus, um Wagen und Pferde nicht unnöthig zu strapaziren, sondern saß nach des Tages Arbeit stille in seiner warmen Stube an dem wohlgeheizten Ofen.

Auch der Amtmann kam nicht viel heraus. Die Kartoffeln waren eingebracht, die Felder neu bestellt, und seine gewohnten wöchentlichen Fahrten nach der Oberförsterei hatte er in den letzten Zeiten eingestellt; denn, obschon der Amtmann es unvernünftig nannte, war doch von Seiten des Oberförsters gegen ihn eine Verstimmung eingetreten. Der Oberförster ging dem alten Freunde gerne aus dem Wege, und wenn der Amtmann auch zu gerecht war, seinen Verdruß darüber

Hulda zur Last zu legen, oder ihr, wie Ulrike es that, beständig vorzuwerfen, daß sie unverantwortlich gehandelt, als sie den angesehenen Mann, des Onkels Freund, zurückgewiesen habe, so sehnte er doch nun auch seinerseits den Tag herbei, an welchem die Gräfin dem Adjunktus die Pfarre verliehen haben würde, damit die Sache mit dem Adjunktus und mit Hulda endlich in das Reine, Hulda aus dem Hause, und zwischen ihm und seinem Freunde der gewohnte behagliche Verkehr wieder in das vernünftige alte Geleise käme.

Inzwischen war es ihm ganz recht und lieb, daß der Adjunktus immer öfter in das Amt herüberkam. Er ließ sich es sogar bisweilen nicht verdrießen, Abends für den Rückweg den Einspänner an ihn zu wenden, denn der Amtmann kam auch allmälig in die Jahre, in denen man gerne spricht, weil man das Lesen satt hat. Er kannte seine alten Lieblingsbücher von Anfang bis zu Ende, die neuen Bücher machten ihm aber nicht halb so viel Vergnügen; und den ganzen Abend, so wie sonst, über den Zeitungen zu sitzen, war ihm nicht mehr recht. Es war in denselben so oft vom Volke die Rede, und von Rechten und von Freiheiten, mit denen nach seiner Meinung die Ordnung nicht bestehen konnte, und an die vordem kein Mensch auch nur gedacht hatte. Die Augen wurden ihm dabei nur müde, sie fielen ihm gelegentlich sogar zu, und das ärgerte ihn doppelt, wenn die Schwester, in deren Unermüdlichkeit und eiserner Festigkeit gar kein Vergang war, ihn lachend dabei anrief.

Man hätte meinen können, daß Ulrike, wenn man sie so sah, sich von den Kräften frisch erhielt, die sie die Anderen unnöthig verbrauchen machte; denn im Spätherbst, wenn es im Hause recht viel zu schaffen gab, wenn sie Alles und Jeden in beständiger Bewegung erhielt, daß weder sie noch sonst Jemand von Denen, welchen sie zu befehlen hatte, zur Besinnung und zu Athem kam, war sie immer am gesündesten, und sie sagte es oft selber, daß sie solches Arbeiten auf ein Jahr verjünge. Selbst wenn sie endlich einmal stille saß, mußte sie noch immer Etwas thun, und wenn es nichts Anderes war, sich noch die Karten legen, um zu wissen, was ihr am nächsten Tage glücken, was mißglücken werde, und ob Gutes oder Böses an ihrem Horizonte stehe. Es focht sie dabei nicht im geringsten an, daß der Bruder es Narrenspossen nannte, daß der Adjunkt ihr freundlich mahnend zu bedenken gab, wie dem Menschen nach Gottes weisem Rathschlusse kein Blick vergönnt sei in die Zukunft. Sie sagte, das sei Alles gut und schön, aber der Mensch müsse ja an so Vieles glauben, was auch nicht zu beweisen und deshalb doch nicht minder wahr sei. Was sie wisse, das wisse sie; und wenn auch das alte Kartenlegen ihr nicht immer ganz und gar zugetroffen sei, die Patience, welche Monsieur Michael sie gelehrt, die habe sie noch nie im Stiche gelassen, wenn sie mit Ja und Nein gefragt habe, und auf die lebe und sterbe sie.

Der Adjunkt war gerade da, als sie wieder einmal, ihre Karten legend, diese Behauptung aussprach.

Der Amtmann hatte ihn nach der Kirche mit in das Amt gebracht und sich erboten, ihn nach Hause zu schicken. Es war nach dem Abendessen, und sie machten ihre Schachpartie; aber weil des jungen Mannes Theilnahme auf Hulda gerichtet war, die mit ihrer Arbeit an Ulrikens Seite saß, hörte er auf Alles, was sie an dem Tisch am Ofen sagten. Er hatte also die letzten Worte auch vernommen, und um auf diese Art wieder eine Unterhaltung mit den Frauen anzuknüpfen, in die er Hulda hineinzuziehen hoffte, fragte er, wer der Monsieur Michael gewesen sei, dem sie ihre geheimnißvoll untrügliche Patience verdanke.

„Habe ich Ihnen denn nie von ihm erzählt? Ein ganz charmanter junger Mensch, der Geheim=Sekretär des Fürsten Severin."

„Hat sich was vom Geheim=Sekretär!" fiel der Amtmann ihr in die Rede; „er war des Fürsten Kammerdiener, ein eitler, geriebener, nichtsnutziger Gesell, den der Fürst wegjagen mußte, wie ich Ihnen vordem einmal erzählte. Er ist dann auch auf seinen rechten Weg gekommen, denn er soll unter die Komödianten gegangen sein."

„Wer hat das gesagt?" rief Ulrike, die bei ihrer Verachtung gegen Alles, was dem Theater angehörte, diese Anschuldigung auf ihrem Günstling nicht sitzen lassen wollte.

„Wer das gesagt hat? Des Posthalters Sohn, der ihn hier gesehen hat, wenn Michael des Fürsten Briefe expedirte, hat es hergeschrieben. Er hat ihn selber spielen sehen."

„Das ist freilich ein trauriges Gewerbe und ein gefährlicher Beruf!" meinte der Adjunkt.

„Ich glaub's nicht! Es ist nicht wahr, daß er beim Theater ist!" behauptete Ulrike.

„Lege Dir doch seine unfehlbare Patience darauf mit Ja und Nein, da wirst Du's zu erfahren!" meinte der Amtmann.

„Was nicht sein kann, das frage ich nicht erst!" entgegnete sie trotzig und legte ihre Karten fort.

„Es sind schon ganz Andere auf die Bretter gegangen!" warf der Amtmann hin.

„Aber kein honneter Mensch!" sagte die Mamsell, ohne daß der Bruder ihr eine Antwort darauf gab, denn der Adjunktus bot ihm schon zum zweitenmale „ein Schach der Königin", und er hatte nun an Anderes zu denken als an die Freundschaften und an die Grillen seiner Schwester. Kaum aber bemerkte sie, daß der Bruder nicht mehr auf sie achtete, so hatte sie die Karten wieder in der Hand und fing an sie in langen Reihen neben und über einander zu ordnen: hier eine fortzunehmen, dort eine hinzulegen; und sie schien es mit Erstaunen zu gewahren, wie die sonst so ungefügen Blätter sich heute leicht zusammenbringen ließen, wie rasch die Asse oben lagen und die ganze Zahlenreihe neben einander ihr entgegenlachte. Sonst war ihr das meist eine Genugthuung, heute legte sie die Karten schnell wieder zusammen, steckte sie in die Tischschieblade und ging, ohne ein Wort zu sprechen, rasch hinaus.

Auch die Anderen hatten ihre Partie beendet, der Amtmann hatte sich danach entfernt, um ein paar

Schriftstücke zusammenzusuchen, die der Adjunktus für den Schulzen des Pfarrdorfes mit hinunternehmen sollte. Hulda saß noch bei ihrer Näharbeit, die Erinnerung an Michael, die ganze Unterhaltung war ihr auf das Herz gefallen. Der Adjunktus sah ihr an, daß Etwas sie bedrückte, als er an sie herantrat und sie die Augen zu ihm aufhob.

„Es muß Ihnen manchmal doch recht schwer fallen," sagte der Adjunktus, „die Verkehrtheiten von Mamsell Ulrike zu ertragen, Sie sind so still geworden und so abgeschlossen."

Hulda entgegnete, sie habe sich wie ihre Mutter in Ulrike schicken lernen, und da dieselbe gerne spreche, gewöhne man sich ihr zuzuhören und zu schweigen.

„Sie glauben mir es wohl," hub er darauf wieder an, „wie sehr ich hieher denke, wenn ich zu Hause in Ihre Stuben komme, Ihr Klavier benütze. Es kommt mir immer wie ein Unrecht, wie eine Anmassung vor, weil Sie das Alles und obenein die Ruhe, hier entbehren. In den ersten Wochen nach Ihrem Fortgehen mochte ich die leeren Räume nicht betreten, jetzt aber freut es mich, darin zu sein. Die guten Stunden, die herzerquickenden Gespräche, die wir dort mit Ihrem Vater hatten, sind mir dann in der Erinnerung so lebendig, so erhebend!"

Sie hatte ihm bis dahin eben nur das Unerläßliche geantwortet, denn das Alleinsein mit ihm war ihr mit jedem Besuche, den er in dem Amte gemacht hatte, peinlicher geworden, und das Erlebniß mit dem Oberförster hatte sie noch scheuer und noch vorsichtiger werden lassen; aber diese Erinnerung an ihren Vater traf sie bei den Gedanken, mit denen sie sich heimlich trug, nur um so tiefer, und mit einem Seufzer rief sie: "Glauben Sie, ich dächte nicht zurück?"

Die Worte belebten ihn, denn er deutete sie sich in seinem Sinne. "Ich weiß es, o, ich weiß es!" rief er. "Ich meine manchmal, Sie müßten es empfinden, wenn ich Sie dort suche, wo Sie mir so gegenwärtig sind; es müßte Sie dorthin ziehen, wie den jungen Vogel zu dem heimischen Neste —"

Seine Wärme, seine wachsende Lebhaftigkeit machten sie besorgt, und ihn geflissentlich unterbrechend, um ihn am Weitersprechen zu verhindern, sagte sie, ohne von ihrer Arbeit aufzusehen: "Man merkt es, Sie sind nicht auf dem Lande groß geworden, Sie glauben an die Fabel! Kein flügger Vogel kehrt in das alte Nest zurück, wenn Vater und Mutter es verlassen haben."

"Mamsell Hulda!" rief er schmerzlich, aber die Rückkehr des Amtmannes hinderte ihn mehr zu sagen.

Er hatte die Papiere in Empfang zu nehmen, der Amtmann knüpfte ein paar Bemerkungen daran, die der Adjunkt ausrichten sollte. Darüber kam auch die Mamsell zurück, und da sie trotz ihrer Engherzigkeit gern Hilfe leistete und schenkte, weil sie sich dabei ihrer guten Lage und des Ueberflusses, dessen sie sich zu erfreuen hatte, recht bewußt ward, so hatte sie Backwerk und Honig und einige von ihren schönsten Gold-Reinetten mit herbeigebracht, die sie, an dem großen Tische stehend, dem Adjunktus für die nächsten Tage noch zusammenpacken wollte. Wie sie dabei nach dem Lichte hinübersah, fiel ihr ein blaues Flämmchen auf, das an besonderem Faden an dem Dochte zitterte. „Aber Herr Adjunktus," rief sie, „Herr Adjunktus, Ihnen brennt ein Brief, und zwar ein großer! Morgen wird er kommen! Sie sollen sehen, morgen kommt die Vokation! Sie sollen sehen, das wird zutreffen —"

„Wie Kälte um Lichtmeß!" fiel ihr der Amtmann in die Rede, denn morgen ist Posttag, die Vokation hat lange genug auf sich warten lassen, und wenn sie nun endlich einmal kommt, so ist es das blaue Wunder! Und die Unfehlbarkeit von des Komödianten Patience hat sich wieder neu bewährt."

Ulrike entgegnete, davon sei die Rede nicht gewesen, aber Briefe kämen morgen, auch für Hulda einer. Indeß, weder Diese noch der Adjunkt machten eine Bemerkung dazu. Nur wie er ihr im Fortgehen die Hand zum Abschied reichte, sagte er ihr heimlich: „Ich hoffe, das vom Vogel und vom Neste haben Sie nicht auf sich bezogen!"

Des Amtmanns Zuruf, daß der Wagen vorgefahren sei, ersparte ihr die Antwort; und seinem Zweifeln und seinem Hoffen überlassen, fuhr der Adjunktus in die Nacht hinaus.

## Zweiundzwanzigstes Capitel.

Am anderen Morgen saß der Amtmann schon bei dem zweiten Frühstück, als der Knecht mit der Posttasche in das Zimmer trat und sie wie immer vor dem Herrn auf den Tisch niederlegte. Der Amtmann nahm den Schlüssel zur Hand, und die Tasche öffnend, sagte er, wie er in sie hinein blickte: „Das ist ja heute eine ganze Ladung!"

„War auch für die Pfarre Etwas?" fragte die Mamsell, die nach ihrer Gewohnheit dem Knechte auf dem Fuße gefolgt war.

„Ja, Mamsell, ein Brief, und noch ein großer daneben wie ein Schreiben."

„Habe ich es nicht gesagt," rief Ulrike, „die Vokation ist da — und da ist ja für die Hulda auch der Brief!" Sie langte gleich danach, aber der Bruder bedeutete ihr mit einem Winke, den Brief liegen zu lassen, und ordnete mit gelassener Pünktlichkeit die Zeitungen auf die eine, die amtlichen Schreiben und die Briefe, die an ihn gerichtet waren, auf die andere Seite. Dann sah er noch einmal nach, ob sich viel=

leicht für einen der Wirthschafter oder einen der Leute in der Tasche sonst noch Etwas fände, und erst nachdem er sich überzeugt hatte, daß weiter Nichts darin sei, reichte er Hulda, die kein Auge von dem Tische verwendet hatte, ihren Brief hinüber und fragte: „Von wem kommt denn der?"

„Von Emilie und von der Frau Kastellanin!" antwortete sie und wendete sich ab, damit er es nicht sehen sollte, wie sie roth geworden war.

„Also die Freundschaft dauert fort!" sagte der Amtmann arglos, denn der Kastellan des gräflichen Hauses in der Stadt war ein alter Diener der Familie, und der Amtmann wußte, daß Hulda während ihres dortigen Aufenthaltes mit der Tochter desselben, die gut erzogen war, Verkehr gehalten hatte. „Was schreiben sie Dir denn?"

Hulda war an das andere Fenster hingetreten und hatte unbemerkt einen Brief, der in dem Schreiben ihrer Freundin enthalten gewesen war, in der Tasche ihres Kleides verborgen, und die Zeilen, welche die Freundin ihr geschrieben, rasch durchfliegend, antwortete sie: „Sie laden mich zu sich ein."

„Bei den Wegen? Ja, auf so Etwas verfallen sie in der Stadt, am Ofen und mit dem Steinpflaster vor dem Fenster. Es wird damit zunächst wohl keine Eile haben," sagte er und stand auf, um sich mit seinen neu eingegangenen Papieren an den alten Schreibtisch hinzusetzen.

Hulda wollte in dem Augenblicke auch hinaus gehen, um den zweiten Brief zu lesen, aber Ulrike hielt sie in der Stube fest. Sie hatte erst dies, dann jenes noch von ihr zu fordern, sie schickte sie hierhin und dann dorthin, und als ahne sie es, welche Pein sie ihr damit bereite, legte sie ihr endlich ein großes Gebinde Wolle auf die Hände, damit sie es ihr zum Wickeln halte.

Die arme Hulda zählte in ihrer Ungeduld die Minuten, die Sekunden; die Wangen flammten ihr vor Aufregung. Das kümmerte aber Ulrike nicht und Nichts die alte Uhr. Die Uhr tickte ruhig fort, und Ulrike wickelte und wickelte und zerrte an den Fäden, die sich verschlungen hatten, und gab Hulda bald einen Wink und bald ein Zeichen; denn sprechen durfte sie nicht, wenn der Bruder bei der Arbeit saß. Darum aber wollte und mußte sie gerade in solchen Stunden Jemanden bei sich haben, der ihr die Langeweile tragen half. Hulda's Gedanken schwärmten während dessen aber weit, weit ab von der sie ermüdenden Arbeit, an welcher ihre Quälerin sie festhielt.

Sie hatte den Brief, den sie, Rath und Hülfe suchend, in jener Nacht an Gabriele gerichtet, dem befreundeten jungen Mädchen nach der Stadt geschickt, und um seine Weiterbeförderung mit der Anweisung gebeten, daß man ihr, falls eine Antwort eingehe, dieselbe auf gleiche Weise übermachen möge. Nun war der Brief in ihrer Hand, ihre Zukunft hing an seinem Inhalt, und sie konnte nicht erfahren, was er für sie brachte, denn ein tückischer Dämon schien heimlich immer neues Garn zu spinnen. Das Garn nahm gar kein Ende, und noch lagen ein paar Gebinde auf ihren

Händen, als ein Wagen über den gepflasterten Damm in den Hof fuhr und vor der Thür des Amtes stille hielt.

Ulrike war bei dem ersten Hufschlag aufgestanden und, eifrig an dem Knäuel wickelnd, nach dem Fenster gegangen. „Habe ich es nicht gesagt!" rief sie, „da ist Er! Um Nichts ist er nicht ausgefahren, die Vokation ist da! Der Schulze hat denn auch ein Uebriges gethan und für den neuen Herrn Pfarrer angespannt!" — und das Fenster öffnend, rief sie mit ihrer hellen Stimme: „Guten Tag, Herr Pastor! schönen guten Tag! Nun werden es der Herr Pfarrer ja wohl selber in die Hand bekommen haben, daß unsereiner auch nicht immer als einer von den falschen Propheten zu verspotten ist!"

Der junge Mann war schnell vom Wagen und im Hause. Der Amtmann ging ihm bis an die Stubenthür entgegen. Er hatte den betreffenden Brief der Gräfin ebenfalls erhalten, er konnte es sich also denken, was den Gast zu so ungewohnter Stunde zu ihm führte; aber er ließ es sich nicht merken. Er gönnte Jenem die Freude, sich in seiner neuen Würde selber einzuführen und die gute Botschaft vor dem Mädchen auszusprechen, mit dem er seine Zukunft zu verbinden dachte. Auch ließ der Eintretende sie nicht lange erwarten.

„Verzeihen Sie es mir," sagte er mit heiterer Lebendigkeit, „daß ich schon wieder hier bin, aber es litt mich nicht allein zu Hause. Meine Vokation ist angekommen!"

„Gratulor, Herr Pfarrer!" rief der Amtmann. „Gratulor! es freut mich, daß Sie bei uns bleiben, freut mich sehr! und es wird auch manchen Anderen freuen, denke ich!" setzte er, nach Hulda hinübersehend, mit einem nicht mißzuverstehenden Lächeln rasch hinzu; aber Hulda sah es nicht. Sie hatte seit des jungen Mannes Eintritt kaum die Augen aufgeschlagen, und der Amtmann meinte es zu wissen, wie er sich das zu deuten habe. „Schwester, eine Flasche Wein! denn das ist gute Botschaft und so Gott will, für eine lange Zei!" gebot er.

„Ja, es war eine gesegnete Stunde für mich, in der es Gott gefiel, mich herzusenden, möchte mir es gelingen, sie unter seinem Beistande auch für Andere segensreich zu machen!" sagte der junge Pfarrherr, während die Mamsell die Schlüssel von dem Bunde hakte, und Hulda anwies, was sie aus dem Keller und der Vorrathskammer herbeizuschaffen habe."

Diese war froh, wenn auch nur für Minuten fortzukommen, der Angst und der Verlegenheit, die auf ihr lagen, für eine Weile zu entgehen. Als sie wieder in das Zimmer trat, hatte die eifrige Ulrike für die beiden Männer das Gedeck schon aufgelegt. Der Amtmann saß bereits am Tische und ließ sich gut= müthig, obschon er es selbst am besten wußte, von dem jungen Manne die Begünstigungen herzählen, welche ihm von der Gräfin bewilligt worden waren. Als er aber die Bemerkung machte, daß sein Glück weit über sein Erwarten gehe, stand der Amtmann auf, nahm selbst noch zwei Gläser aus dem Wandschrank, füllte sie ebenfalls, und der Schwester und Hulda winkend, sprach er: „Dazu müssen doch die Frauenzimmer auch heran! — Auf Ihr Wohl, Herr Pfarrer! und auf gute Nachbarschaft, Herr Pfarrer! und nun in Gottes Namen vorwärts, dann kann Alles bleiben, wie es steht und liegt. Damit Ihnen aber doch noch einmal mehr zu Theil werde, als Sie sich erwartet, so will ich es Ihnen nur gleich heute sagen, daß ich auch noch Etwas für Sie in petto habe, aber freilich nicht direkt für Sie und nicht für Sie allein."

Der Amtmann gefiel sich außerordentlich in diesem andeutenden Scherze, der nach seiner Meinung gar nicht mißzuverstehen war und der dem Pfarrer einen bequemen Eingang zu dem Antrage bieten sollte, den er nach des Amtmanns Ansicht zu keiner schicklicheren Stunde machen konnte. Indeß Hulda's Aeußerung am verwichenen Abende hatte den Liebenden besorgt gemacht, und wenn er sie in seines Herzens Freude sich auf dem Wege auch wieder aus dem Sinne geschlagen und als zufällig und harmlos ausgedeutet hatte, so wachte doch, wie er jetzt Hulda so in sich verschlossen und so wortkarg vor sich sah, der Zweifel wieder in ihm auf, und er konnte am wenigsten in der beiden Alten Beisein über seine Lippen bringen, wovon ihm sein bewegtes Herz doch übervoll war.

Mamsell Ulriken's sonst oft unbequeme Neugier kam ihm jetzt zu Hülfe. Sie wollte wissen, was des Bruders geheimnißvolle Versprechungen bedeuten sollten, und der Amtmann ließ sich diesmal nicht lange bitten. „Das steht Alles in dem Briefe," sagte er,

während er für sich und seinen Gast auf das Neue
die Gläser füllte, „und wir können, denke ich, nun ge=
trost noch einmal anstoßen auf die Anzeige, die ich
heute von unserer Frau Gräfin empfangen habe.
Es hat seine Richtigkeit gehabt mit den Nachrichten
über das Fräulein und Baron Emanuel. Sie haben
sich verlobt und — —"

„Hab' ich es nicht gesagt," fiel Ulrike ein, „gleich
damals, als sie hier gewesen sind!"

Der Amtmann hatte die Mittheilung mit reifli=
chem Bedacht gemacht. Er meinte, sie müsse auf
Hulda's Entschließung einen guten Einfluß haben;
aber wie er dieselbe von ihrem Platze aufstehen, er=
bleichen und nach der Thür gehen sah, ward es ihm
leid, daß er gesprochen hatte, und verdrießlich mit dem
Kopfe schüttelnd, rief er: „Hulda, Hulda, was sind
denn das für Possen!"

Indeß ehe er die Worte noch vollendet, war der
junge Pfarrer schon an ihrer Seite. Seine Sorge
um das geliebte Mädchen trug über die schmerzliche
Eifersucht den Sieg davon.

„Sie befinden sich nicht gut, Mamsell Hulda!"
sagte er, und mit einer Sicherheit, die er sich noch
einen Augenblick vorher nicht zugetraut hatte, bat er,
sie möge ihm erlauben, sie zu begleiten. Weil sie
wußte, daß sie der Unterredung, die er wünschte, nicht
entgehen konnte, sagte sie es ihm zu. Ulrike wollte
sich dazwischen legen, aber der Bruder bannte sie mit
einem: „Du sitzest still!" an ihren Platz, und Hulda
und der Pfarrer verließen das Gemach.

Recht nach seinem Sinne war dem Amtmann diese Art und Weise nicht, und über den Ausgang war er nach dem, was er eben jetzt gesehen hatte, auch nicht mehr so zuversichtlich, als die ganze Zeit zuvor. Er hatte fest geglaubt, Hulda habe sich die ganze Sache mit Baron Emanuel lange aus dem Sinne geschlagen, er hatte ihre Weigerung, des Oberförsters Frau zu werden, ohne alles Weitere auf den Adjunkten bezogen. Nun sah er, daß der Spuk noch nicht vor= über war, und obschon der Pfarrer heute anders auf= trat, und sich unter dem Nimbus seiner neuen Würde auch ganz anders als vordem zu fühlen schien, war der Amtmann doch nicht sicher, ob und wie sich Jener aus dem Handel ziehen, und welch' ein Ende es mit demselben nehmen werde, wenn er selber sich nicht dabei ins Mittel legte. Er war schon auf dem Wege nach der Thüre, kehrte aber wieder um. Ulrike lachte höhnisch.

„Was für Umstände Ihr mit dem Frauenzimmer macht, Einer wie der Andere!" sagte Ulrike, „und man soll hier sitzen und abwarten, wozu es ihr be= lieben wird, sich zu entschließen!"

Der Amtmann ward auch ungedulbig, nur daß er es nicht in Worten zeigte. Er ging in der Stube auf und nieder, schüttelte die Pfeife aus, stopfte sie und zündete sie wieder an. Von den Beiden war noch immer Nichts zu hören. Er sah in seinen Büchern Etwas nach, er setzte sich nieder, indeß er hatte keine Ruhe. Es war ihm selber sehr daran gelegen, daß es mit dem Mädchen nun endlich ein vernünftig Ende nahm, es war des Geredes darüber schon zu viel gewesen Er begriff nicht, wie die da oben so viel Zeit zu einer Sache brauchen konnten, die doch mit zwei Worten abzumachen war. Er stand wieder auf, trat an den Barometer heran und klopfte an das Quecksilber.

„Du denkst wohl," sagte Ulrike, „er soll Dir anzeigen, was der Prinzeß belieben wird?"

Ehe er ihr darauf die Antwort geben konnte, hörte man feste Schritte, die von dem langen Gange hinunterkamen. Der Amtmann und die Schwester wendeten sich Beide nach der Thüre, durch die der Pfarrer eintrat.

„Allein, Herr Pfarrer?" fragte der Amtmann mit sichtlicher Bestürzung, während über Ulrikens Antlitz ein unheimliches Lächeln des Triumphes zuckte.

Des jungen Pfarrherrn ernstes Antlitz gab die Antwort, noch ehe er, sich männlich zusammenfassend, sie ausgesprochen hatte. „Es hat nicht sein sollen," sagte er, „es wäre vielleicht zu viel Glück für mich gewesen!"

„Ist denn das Mädchen ganz von Sinnen!" fuhr der Amtmann zornig auf und wollte nach der Thüre gehen.

Der Pfarrer hielt ihn davon zurück. „Lassen Sie sie, verehrter Freund! Es trifft sie kein Tadel und kein Vorwurf. Gott hat ihr Herz in seiner Hand — er hat es gelenkt. Er weiß am besten, was ihr frommt und mir. Nicht sie, nur mein eigenes Wünschen täuschte mich. Es war nicht ihre Schuld."

„Schuld hin, Schuld her," rief der Amtmann. „Das sind ja Alles Redensarten! Ein Frauenzimmer ist zum Heirathen auf der Welt und hat in jetzigen Zeiten seinem Herrgott sehr zu danken, wenn ein Mann wie Sie sich zu ihm findet. Mit der Narrheit muß es doch ein Ende haben, und es soll gleich heut', gleich jetzt ein Ende haben!" — Und wieder gab er Ulrike das Zeichen, daß sie nach Hulda schellen solle; indeß Ulrike saß in ihrer Ecke und rückte und rührte sich nicht. Der Pfarrer aber hatte nach seinem Hut gegriffen und schickte sich zum Aufbruch an. Der Amtmann durfte ihn nicht halten. Sie wechselten noch ein paar Worte; der Amtmann meinte, so ein Mädchenkopf besinne sich wohl noch, der Pfarrer achtete nicht darauf. Er sehnte sich danach, allein zu sein, denn die Fassung, die er zeigte, fiel ihm schwer. Der ganze Vorgang hatte nur wenige Minuten eingenommen, und wie der Pfarrer nun eingestiegen war, wie der Wagen wieder über den gepflasterten Steindamm dem Hofthor zufuhr, der Amtmann mit heftigem Schritte in die Stube zurückkam, stand Ulrike auf und sagte mit kaltblütigem Tone: „Das ist nun der Dritte, den sie aus dem Hause bringt."

„Und es soll der Letzte sein!" fuhr der Amtmann auf und zog mit solcher Macht die Glocke, die nach Hulda's Stube ging, daß die Schnur ihm in der Hand blieb. Er warf sie in die fernste Ecke und setzte sich in den großen Stuhl an seinem Schreibtisch, in den er sich immer niederließ, wenn er Jemanden vor=

zunehmen hatte. Auch Ulrike setzte sich noch einmal und mit einem Behagen nieder, als wenn sie im Theater wäre, und fing die Maschen an ihrem Strumpfe zu zählen an.

„Was hat es da oben gegeben zwischen Euch?" rief der Amtmann ihr entgegen, als Hulda bleich und mit verweinten Augen vor ihn hintrat.

Sie konnte die Worte nicht über die Lippen bringen. „Rede!" fuhr der Amtmann sie an, „denn Du hast ja oben sicher reden können!"

Hulda hob die Augen zu ihm auf, und selbst in dem bebenden Schmerze war ihr Gesicht noch schön, als sie, die Hände flehend nach ihm ausgestreckt, die Bitte aussprach: „Zwingen Sie mich nicht zu wiederholen, was mir zu sagen so hart und schwer gewesen ist."

„Schwer?" spottete Ulrike, „ich denke, Du solltest nun schon Praxis darin haben, anständige Männer vor den Kopf zu stoßen, denn das ist schon der Dritte!"

„Still! Wer spricht mit Dir?" herrschte der Amtmann, der schon wieder mit Hulda Mitleid fühlte, weil sie im Grunde doch in der Welt verlassen war, und der sofort für sie Partei nahm, wenn der Haß gegen die Schönheit und die glücklichere Jugend, den Ulrike von der Mutter auf die Tochter übertragen hatte, sich gegen diese äußerte. „Steh' nicht so da und weine wie ein Kind," fuhr er, sich an Hulda wendend, fort, „denn das ist kindisch und ich kann's nicht ausstehen! Rede, daß man weiß, woran man ist. Was stellst Du Dir denn vor?"

Sie wußte darauf keine Antwort, das regte ihm den Zorn schnell wieder auf. „Ich sage nicht wie die Schwester," sprach er, „das ist nun der Dritte, denn der Michael war ein Taugenichts und Nichts mehr." Der Amtmann freute sich des Stiches, den er Ulriken damit gab. „Von Baron Emanuel rede ich nicht erst, denn damals warst Du noch ein halbes Kind und das ist abgethan; da lebten noch die Eltern, die hatten für Dich einzustehen, nicht ich. Jetzt aber ist das meine Sache und ich will in's Klare mit Dir kommen." — Er räusperte sich, zog an der Pfeife, die ihm aus= gegangen war, stellte sie hinter den Tisch, setzte sich wieder, und die Hände über der Brust gefaltet, sagte er: „Der Oberförster, der unter den adeligen Fräulein nur die Hand auszustrecken hat, um morgen eine Frau zu haben, der war Dir zu alt, und kommt uns nicht mehr in das Haus. Der Pfarrer, dem die Gräfin, die Dir noch obenein die Aussteuer geben wollte, eine schöne Stellung zubereitet hat, der ist Dir auch nicht recht und wird auch nicht mehr über die Schwelle kommen wollen, so lange Du hier im Hause bist. Soll ich mir alle meine Freunde von Dir zu Feinden, soll ich mir mein Haus um Deinetwillen zum Ge= spött und zum Gerede machen lassen?"

„Du gehst uns ja im Grunde gar Nichts an!" warf Ulrike, die sich nicht länger halten konnte, ein.

„Ich weiß es, daß ich fort muß!" sagte Hulda, und sie fügte dann leiser noch hinzu, „und ich will auch gerne fort."

Der Amtmann sah sie mit großen Augen an. „Du willst fort? Und wo denn hin? Was stellst Du Dir denn vor?"

Hulda hatte sich die Stunde, in welcher diese Frage an sie gerichtet werden und in der sie dieselbe zu beantworten haben würde, seit vielen Wochen unablässig durchgedacht, und sie war immer entschlossen gewesen, ihr Vorhaben offen auszusprechen. Jetzt aber, da sie es thun sollte, fehlte ihr dazu der Muth. Nach dem, wie der Amtmann sich gestern erst über den Beruf und die Stellung eines Schauspielers hatte vernehmen lassen, konnte sie es nicht wagen ihre Absicht kundzuthun, am wenigsten, ehe sie es wußte, was Gabriele ihr zu thun rieth; und sie hatte den Brief eben erst erbrechen können, als der Amtmann sie zu sich gerufen. Sie sagte also, sie wolle es versuchen, sich ihr Brot selber zu verdienen.

„Und wie denkst Du das zu machen?" fragte der Amtmann spöttisch, der an dem Glauben festhielt, ein gebildetes Frauenzimmer könne sich auf die Dauer selber nicht versorgen.

„Ich bin ja aufgezogen in der Voraussicht und Gewißheit, daß ich mir selbst zu helfen haben würde," entgegnete sie mit wachsender Festigkeit, weil ihr Ehrgefühl sich gegen die spottende Nichtachtung ihres bisherigen Beschützers aufzulehnen anfing. „Mein guter armer Vater und Miß Kenney haben mich darauf vorbereitet, und —"

„Also Du willst wie die Kenney Lehrmamsell werden und alte Jungfer!" unterbrach sie der Amt=

mann, dem Gouvernanten und alte Mädchen unter allen Umständen zuwider waren. "Aber wer wird Dich denn nehmen hier herum, selbst wenn er ein solches Frauenzimmer brauchte, sobald es erst aus= kommt, daß Du nun zum zweitenmale Dein Glück von Dir gestoßen und die Anträge der angesehensten und bravsten Männer abgewiesen hast? — Und herum= kommen wird es, verlasse Dich darauf, ich kenne meine Leute!" setzte er hinzu mit einem Seitenblick auf seine Schwester.

"Ich wollte Sie eben deshalb bitten, mir einen kleinen Theil der Summe zu geben, welche Miß Kenney mir hinterlassen hat, und mich in die Stadt zu schicken, wo ich der Aufnahme in der Familie des Kastellans gewiß bin, bis sich irgend eine passende Stellung für mich finden wird!" entgegnete das Mädchen, das an Zutrauen in sich gewann, je härter und ungerechter es sich angegriffen fühlte.

"Das also ist der Plan! also Alles wohl be= rechnet, Alles hübsch ausgedacht und überlegt! Und dazu dem Adjunktus Hoffnungen gemacht und mit ihm schön gethan," höhnte sie Ulrike, und zum ersten= male wies der Amtmann sie nicht zurück, sondern in den Ton der Schwester einstimmend, sagte er bitter: "Und das Alles um der elenden Liebschaft willen mit dem Baron, der sich mit seiner Frau auf seinem Schlosse kein Haar darum grau werden lassen wird, wo und wie Du einmal zu Grunde gehst."

Das war mehr, als sie ertragen konnte. Sie richtete sich hoch auf, und obschon das Blut ihr in den

Schläfen hämmerte und ihre Lippen mühsam die Worte aussprachen, sagte sie: „Ich werde nicht zu Grunde gehen, Herr Amtmann, auch wenn sich Niemand um mich kümmert! — Und ich habe — dessen ist Gott mein Zeuge — nie mit Jemandem schön gethan; habe dem Herrn Pfarrer, das hat er selber zugestehen müssen, mit keinem Wort und keinem Blick eine falsche Hoffnung angeregt. Ich wußte seit lange, daß ich hier nicht bleiben konnte, und ich bitte Sie, flehentlich bitte ich Sie, erzeigen Sie mir die Liebe und schicken Sie mich sobald als möglich fort. Hier müßte ich zu Grunde gehen!"

Dem Amtmann schwollen die Adern auf der Stirne. Er wollte einen Fluch ausstoßen, aber er schluckte ihn hinunter, denn er wußte nicht, gegen wen er so erbittert, so ergrimmt war, daß der Aerger ihm an dem Herzen fraß: ob gegen das Mädchen, das nun einmal nicht in die vernünftige Bahn zu bringen war, und das er doch so gerne in seiner Nähe behalten und unter seinen Augen glücklich hätte sehen mögen, oder gegen die Härte und den Herzenswahnsinn seiner Schwester, die dem Mädchen sein Leben so verbittert hatte, daß es lieber unter Fremde in die weite Welt gehen, als diese Unbill länger tragen wollte.

Er war mit raschem Schritt vor Hulda hingetreten, blieb dann stehen wie Einer, der sich selber mißtraut, und maß sie mit finsterem Blick vom Kopfe bis zum Fuß. Sie sah, wie die Unschuld, wie die Sanftmuth selber aus, er konnte es kaum ertragen. Er hatte nicht Weib, nicht Kind, und an der Schwester hatte er keine Freude gehabt, so lange sie zusammen lebten. Auf Hulda aber hielt er. Er hatte sie lieb, als wäre sie sein eigen Kind, und daß sie das nicht wußte, daß sie in die Welt gehen wollte, das verdroß ihn, das empörte ihn, während er ihr nicht sagen konnte, daß sie bleiben solle, denn er selber sah es ein, sie mußte für das Erste fort. — Es war ihm noch niemals Etwas so vollkommen gegen seinen Sinn gegangen. Er sollte thun und geschehen lassen, was er nicht wollte, was er für verkehrt hielt. Aber ein Ende mußte es jetzt haben, ein Ende mußte er mit ihr machen, sie mußte erst einmal fühlen lernen, was sie aufgab, probiren, wie es draußen wäre. Sie sollte ihren Willen haben. — Und ging es nachher nicht, nun, so stand das Schloß ja auf dem alten Flecke und sie konnte wieder kommen — zahmer wieder kommen, als sie sich heut' anließ. Dessen war er sicher.

Mit dieser Einsicht und mit der Gewißheit kam ihm auch sein alter Gleichmuth wieder. Er legte die Hände auf dem Rücken zusammen, was er immer that, wenn er sich so recht auf seinen Füßen fühlte, besah sich Hulda noch einmal und sagte mit gemessener Langsamkeit: „Also Du willst fort und morgen schon?"

Sie versetzte, wenn es sein könne, bäte sie darum. Der Amtmann ging nach dem Kalender, zu sehen, was für den Tag notirt war, und sagte dann: „Es steht Nichts im Wege! Mach' Dich fertig, Du kannst fort. Geld kannst Du bekommen, so viel Du für das Erste brauchst, das Uebrige findet sich nachher. Was in der Pfarre jetzt zu thun ist, das werde ich besorgen. Um acht Uhr Morgens kannst Du reisen."

Sie dankte ihm leise, er sagte, dazu habe sie nicht Ursache, und das schnitt ihr in das Herz, denn sie war ihm anhänglich von Kindheit an und wußte, daß er es redlich mit ihr meinte. Er nahm die Mütze, und wie sie ihm nach gewohnter Weise den Krückstock aus der Ecke holen wollte, meinte er: "Laß es gut sein, ich kann ihn mir schon heute selber holen!" Damit ging er in den Hof hinaus.

Sie biß die Zähne zusammen, denn sie wollte nicht weinen, sie mußte sich zusammennehmen lernen.

Ulrike sagte, "sie solle den Koffer wichsen lassen, damit er doch nach Etwas aussähe; und den Tisch besorgen könne heut' die Magd, sie wolle nach dem Ihren sehen.

## Dreiundzwanzigstes Capitel.

„Nun ist es geschehen!" — Das war Alles, was Hulda denken konnte, als sie sich in ihrer Stube müde und zerschlagen niedersetzte. Erwartet hatte sie es lange. Sie hatte sich nothwendig befreien müssen aus einer Lage, die in jeder Beziehung unerträgbar für sie geworden war, aber es war heute Alles so mit einem Schlage über sie gekommen; und wie die Entscheidung nun vor ihr stand, sah Alles um sie her so nackt, so roh, so öde aus. Der verklärende Schimmer, der die Zukunft geheimnißvoll umwoben, war dahin, es war ganz anders, als sie es sich vorgestellt hatte.

Jetzt kam es darauf an, was Gabriele schrieb. Sie zog den Brief heraus; schon die klare, feste Handschrift hatte etwas Tröstliches für sie. „Was Sie mir mittheilen," hieß es nach den ersten Zeilen, „hat nichts Befremdliches für mich. Jeder von uns trägt mehr oder weniger bewußt ein Verlangen nach einem besonderen Glück, oder nach einer idealen Bethätigung seines Wesens in sich, und wenn das Erste uns nicht winken will, trachten wir danach, die Zweite zu erreichen.

Das ist Ihr Fall, und manche Ihrer Anlagen scheinen Ihrem Vorhaben Erfolg zu versprechen. Aber der Weg einer Bühnenkünstlerin ist schwer und rauh, und selbst an dem glänzend errungenen Ziel finden sich der verletzenden Dornen unter den Kränzen des Triumphes noch genug. Ob Ihr Talent ausreichend ist, kann nur die Probe darthun. Ob Sie den Muth, die nichts= achtende Entschlossenheit und das Insichselbstberuhen besitzen, ohne welche die theatralische Laufbahn nicht zurückzulegen ist, darüber können nur Sie selbst ent= scheiden. Legen Sie sich die Frage ernsthaft vor. — Sind Sie mit sich einig, so melden Sie es dem Direktor des Theaters, den Sie bei mir an jenem Morgen sahen. Ich habe ihm geschrieben, ihn auf Ihre Absicht vorbereitet, ihm meine Meinung über die Ihnen gemäßen Studien mitgetheilt, und Sie ihm auf das Nachdrücklichste empfohlen. Fürchten Sie von Seiten Ihrer Angehörigen auf Hindernisse bei der Ausführung Ihres Planes zu stoßen, so müssen Sie suchen, ihn ohne deren Zustimmung zur Ausführung zu bringen, denn in diesem Falle, wie in manchem anderen kann man nicht durchkommen, ohne nach dem sonst übel berufenen Grundsatze zu handeln, daß der Zweck die Mittel heiligt."

Sie fügte dann noch hinzu, daß sie Zutrauen zu Hulda's Begabung habe, daß deren überraschende Aehnlichkeit mit ihr eine gute Vorbedeutung für sie sein möge, und wie der ganze Brief in einem durch= aus einfachen, geschäftsmäßigen Tone gehalten war, so sagte sie denn auch ganz am Schlusse, da Hulda sich Rath fordernd an sie gewendet, so verstände es sich von selbst, daß sie von ihr auch die Mittel anzunehmen habe, ohne welche sie jene Rathschläge nicht befolgen könne. Sie sende ihr deshalb für alle Fälle das nöthige Reisegeld bis nach dem Aufenthaltsorte des Direktors. Bei diesem werde sie eine kleine Anweisung auf einen dortigen Bankier vorfinden, deren Ertrag ausreichen dürfte, sie zu unterhalten, bis der Direktor sich überzeugt haben werde, ob sie für ihn zu brauchen sei, und ob ihre Ausbildung überhaupt eine lohnende zu werden verspreche. Wenn das entschieden sei, so möge Hulda sie davon in Kenntniß setzen, bis dahin wünsche sie ihr Muth, Geduld und Glück.

Hulda athmete auf, als sie den Brief zu Ende gelesen hatte. Er brachte ihr die Ermuthigung, die Anweisung, deren sie bedurft hatte. Man hörte jedem Worte des Briefes die reife Ueberlegung einer Vielerfahrenen an. Die Güte, die Großmuth, mit welcher sie sich Hulda's annahm, gingen über ihr Erwarten, aber auch diesem Briefe fehlte der helle Schimmer, der jenen Wintermorgen bei Gabriele für Hulda's Phantasie so zauberhaft umleuchtet hatte; die Wirklichkeit war nicht so lichtumflossen, sie war ernst und begehrte festes, ernstes Thun.

Eines Ueberlegens bedurfte Hulda nicht. Was ihr als Kind in unbestimmten Bildern verlockend vorgeschwebt hatte, das zu erreichen sollte sie jetzt streben. Das Glück hatte sich ihr versagt, sie wollte, wie es Gabriele schön genannt, nach einer idealen Bethätigung ihres Wesens trachten. Die selbstgewählte Arbeit ihres Lebens begann mit diesem Tage und in dieser Stunde.

„Die Kindheit, die Heimat, die Jugend und die Liebe sind dahin!" sagte sie zu sich selbst, „ich muß abschließen mit der Vergangenheit, und vorwärts gehen an mein Ziel!"

Ihre Vorkehrungen für die Abreise waren bald gemacht, ihr Besitz war sehr gering. Ihre bescheidene Garderobe, die wenigen Bücher und Musikalien, die kleinen Andenken an ihre Eltern, die sie bei sich hatte, waren bald eingepackt, die Guitarre in ihrem Kasten wohl verwahrt. Es war noch lange bis zum Abend hin, lang noch bis zum andern Morgen.

Als die Mittagsglocke läutete, ging sie hinab zum Essen, der Amtmann, die Wirthschafter kamen an den Tisch, Alles lag und stand wie sonst, nur daß sie es nicht mehr auf den Tisch gebracht hatte wie sonst. Der Amtmann sprach mit seinen Leuten, Mamsell Ulrike machte, ohne von ihrer Abreise zu sprechen, allerlei Bemerkungen, die es Hulda fühlen ließen, daß sie aus dem Kreise dieses Hauses schon entlassen sei. Der Amtmann gönnte ihr kein Wort. Die Wirth= schafter sahen neugierig nach ihr hin, sie wußten es schon, daß sie dem Pfarrer einen Korb gegeben habe und daß der Amtmann sie deshalb länger nicht be= halten wolle.

Am Nachmittage, als sie sich zu den gewohnten Diensten anschickte, wies Ulrike sie zurück. „Das sei für sie Nichts mehr," meinte sie, „eine Stadtdame, eine Gouvernante müsse ihre Hände schonen." Aber sie sah böse aus, als sie das sagte.

Hulda hatte den ganzen Nachmittag für sich. Sie las wieder und wieder Gabrielens Brief, sie kramte in den wenigen Papieren, die sie hatte, und band die Volkslieder zusammen, nach denen sie die Abschriften für Emanuel gemacht. Es waren Korrekturen von ihres Vaters Hand, und auch von seiner Hand darin, sie konnte das Auge nicht davon verwenden.

Sie ging an das Fenster und sah in die Nacht hinaus. Wie oft hatte sie an dem Platze gestanden und hinübergeblickt nach seinen Zimmern im Schlosse, den sanften Klängen seiner Phantasien lauschend. Jetzt war da drüben Alles dunkel, Alles still. Es drang kein Ton von dort zu ihr, und seine Gedanken suchten sie nicht mehr. Wie sollten sie das auch? Was war sie noch für ihn in seinem Glücke? Er wußte sich geliebt, er war erlöst! — Erlöst durch sie! — Der Fluch aber war zurückgefallen auf ihr Haupt. Sie war die Aufgegebene, die Vergessene, die Ungeliebte! und heimatlos und einsam mußte sie fortan des Lebens neue Wege gehen.

Sie stand noch auf demselben Flecke, als der Amtmann zu ihr in die Stube kam. Er brachte ihr das Geld, das sie bekommen sollte, und hieß sie, es einzunähen in ihr Kleid.

„Wegen Deiner Möbel und des Vaters Bücher," sagte er, „will ich mit dem Pfarrer ein Abkommen zu treffen suchen. Er kann das Alles brauchen, und rückt

man den alten Kram von seinem Platz, so ist er gar
Nichts werth. Was es ergibt, wird für Dich auf=
bewahrt."

Sie versetzte, sie sei deswegen ohne Sorge; er
antwortete nicht darauf und ging davon.

Spät, als im Hause Alles schon zur Ruhe war
und sie noch einsam wachend die Erlebnisse des Tages
an sich vorübergehen ließ, kam eine Rührung über sie.
Sie dachte an den jungen Pfarrer.

„Der wird auch noch wachen und wird traurig
sein!" sagte sie zu sich selbst, und die Vorstellung,
daß unter dem Dache, in dem Hause, welches ihr Ge=
schlecht und sie so lang beschirmt, man ihrer in Schmerz
und Unmuth denke, drückte sie wie eine schwere Last.
Sie konnte so nicht fortgehen, nicht so von ihm
scheiden. Auf dem letzten Blatt Papier, das ihr zur
Hand war, schrieb sie ihm.

„Vergessen Sie, daß Sie wünschten, was zu ge=
währen nicht in meiner Macht lag," bat sie ihn. „Ich
habe Sie nie wissentlich getäuscht, ich durfte Sie auch
jetzt nicht täuschen, ohne eine schwere Sünde zu be=
gehen. Wir haben wie Geschwister friedliche Tage
unter meines theuern Vaters Schutz verlebt, nur
dieser erinnern Sie sich, wenn Sie an mich ge=
denken, aber nicht der schmerzensvollen Stunde, die
uns trennte. Und wollen Sie mir eine Gunst ge=
währen, so behalten Sie zu meines Vaters Angedenken
und zu meinem, das Klavier, mit dessen Tönen wir
gemeinsam ihn erheitert haben, als wenig andere Er=
heiterung ihm mehr vergönnt war. Ich danke Ihnen